공을 굴리다

공을 굴리다

이목연 소설

개미

空을 굴린다

공 위에 올라앉은 '나'는 닭발에 소주 한 잔을 놓고 오래전에 떠난 아비를 미끼에 끼운다.

사돈인 시어머니와 마주 앉아 시간의 벽을 허물며 점점 허공과 가까워지는 엄마의 시간에도

파충류의 생존방식에서 벗어나지 못한 '나'는 여전히 허허벌판에서 별 박힌 허공을 우러른다.

해탈 열반, 지름길을 찾는 스님의 염불은 허공에 길을 내고

빛나지 않는 어둠 속에서 빛을 만드는 인연도 있다.

흘깃 본 그림 속 여자를 찾는 화가는 서해의 섬 이작도를 맴돈다.

오래된 나무 속에 깃든 영혼도

죽음의 자유를 잃고서야 죽음을 그리워하는 미래의 신인류도

세상 모든 짐을 떠안은 듯 쳇바퀴를 돌리는 나도 비상
구 앞에서 공을 굴린다.

　행여 이 세상 밖으로 굴러떨어질까 봐
발끝을 움츠린 채 공을 굴려 온 나의 이야기다.
아니,
엎어졌다가도 얼른 몸을 일으켜 공 위에 올라앉는 당신
의 이야기다.

　오늘도
공 위에 올라앉는다.
한나절 굴러온 해가
바다로 빠진다.

　저만큼
동쪽 산이 물 위를 간다,

2021년 11월
이 묵 연

　　　　　　　　　　작가의 말

차례

닭발

이런 상놈의 새끼들.

휴대폰을 집어 드는 손이 덜덜 떨렸다. 허둥대는 손길
에 소주병이 쓰러졌다. 일어서려다 방바닥에 흐른 소주
방울을 밟고 찔떡 미끄러져 엉덩방아를 찧었다. 분이 솟
을 대로 치솟았다. 타타타타타타타, 착암기 소리는 이런
내 꼴을 조롱하듯 담벼락 아래를 쪼아대고 있었다. 아직
어둠이 가시지 않은 새벽 여섯 시. 사람이 살고 있는 집
앞에서 이렇게 요란하게 공사를 하기엔 이른 시각 아닌
가.

소주 몇 병을 비우고 억지로 눈을 붙인 게 새벽이었다.
잠이 든 것 같지도 않은데 꿈을 꾸었다. 집이 흔들렸다.
바로 머리 위에서 포탄이 터지고 총성이 울렸다. 꿈인 것

같아서 다시 잠을 청했지만 몸까지 흔들리는 충격은 꿈이라기엔 너무 실재적이었다. 무엇인가가 와장창창 내려앉았다. 지진인가. 놀라서 일어나 앉는데 다시 집이 흔들렸다. 이어 또 한꺼번에 유리창이 내려앉는 소리. 창문 쪽에서 들려오는 지게차의 후진 경고음을 듣고서야 사태를 깨달았다. 타타타타. 꿈속에서 듣던 기관총 소리는 콘크리트 덩어리를 부수는 착암기 소리였다.

바짝 약이 올라 소주병까지 걷어차며 나갔지만 거실 앞에서 걸음을 멈추어야 했다. 베란다 난간에 매달려 있는 허깨비 같은 물체. 우유를 풀어놓은 것 같은 뿌연 안개 속에 위태롭게 매달려 있는 것은 수술 후 더욱 살이 빠져 미라처럼 보이는 어머니였다. 인조견으로 만든 헐렁한 잠옷 속에서 까치발로 선 다리는 그야말로 새다리였다. 정작 공사현장은 보이지 않고 곧 안개의 바다로 뛰어내릴 것처럼 상반신을 밖으로 내민 어머니가 난간에 걸쳐 있었다.

아쭈, 이젠 쇼까지 하셔!

철렁 내려앉았던 가슴에 훅, 열이 솟은 건 순간이었다.

그래. 까짓거, 이판사판이다 이거지. 하긴, 더 길게 산다고 무슨 뾰족한 수가 있겠어. 이 기회에 아예 제물로 만들어 버려?

우리가 하는 일이 성공하려면 제물이 필요하다던 신개반투(우리는 신도시개발반대투쟁을 줄여서 그렇게 불렀다.) 위원장의 말을 떠올리며 나는 입술을 비틀었다.

공을 굴리다

"누가 옥상에 올라가서 신나라도 뒤집어써야 왼눈이나 꿈쩍할라나. 방송국 새끼들도 돈 생기는 거 아니면 도대체가 반응이 없으니. 김 국장, 누구, 불 뒤집어 쓸 사람 하나 없을까? 내 한 장 정도는 내놓을 용의가 있는데."

한 장이 얼만지는 밝히지 않았지만, 단 백만 원도 내놓을 위인이 아니었다. 하지만, 그 말을 듣는 순간 자원하고 싶었다. 이 한 몸 던져 식구들의 생활이 보장된다면 기꺼이 그럴 용의가 있었다. 그러나 나뿐 아니라 그렇게 말하는 위원장조차 불을 뒤집어쓰기에는 이미 시기를 놓쳤다는 것을 알고 있었다.

나는 입가에 냉소를 없으며 어머니에게로 다가갔다. 잊었다고 생각했던, 이빨 사이로 침을 찍찍 갈겨가며 일부러 어머니의 속을 긁어대던 예전의 그 위악적인 모습이 살아났다.

왜, 뛰어내리고 싶소? 힘들면 내가 거들어 드릴까? 하긴, 늘 그 타령인 이 세상살이가 징그럽기도 할 거요.

슬쩍 건드리기만 해도 어머니는 그대로 추락할 것 같았다. 그러나 막말을 내뱉으려는 순간 어머니의 손이 눈에 띄었다. 그악스레 난간을 감싸 쥐고 있는 어머니의 손은 뛰어내리려는 동작이 아니었다. 무엇이 그리 궁금한지 어머니는 윗몸까지 난간 밖으로 내밀어 포크레인이 모델하우스를 때려 부수고 있는 장면을 넘어다보고 있었다.

어제까지만 해도 형체를 유지하고 있던 모델하우스는

앙상한 철골만 남긴 채 비뚜름히 서 있다. 아침마다 날카롭게 빛을 되쏘던 유리창은 안개 속에서 눈알 빠진 물고기처럼 휑했다.

"백날 사진만 찍어 대면 뭐하냐? 괜히 속만 시끄럽지."

정확한 발음. 꼿꼿한 어깨. 뒤늦게 내가 온 걸 알아채고는 얼굴 표정을 수습하며 안으로 들어서는 어머니에겐 수술 전의 심술이 살아나 있었다. 정작 어머니가 하고 싶은 말은 그게 아닐 것이다. 방구석에서 뒹굴며 소주병이나 까지 말고 정신 차리고 살 궁리를 하라고, 마누라와 새끼를 언제까지 처가에 보내 둘 셈이냐고, 예전처럼 잔소릴 하고 싶은 것이다.

주방 앞을 지나던 어머니의 몸이 기우뚱하는 걸 외면하며 나는 창밖으로 카메라를 들이댔다. 불법 현장을 찍어 두었다가 고발할 때 쓰기 위함이다. 안개에 묻힌 중장비는 희미한 형체와 달리 여전히 소리가 높다. 증거 능력이 없을 것 같긴 하지만 뿌연 공간을 향해 동영상을 작동시켰다. 아이를 안고 있는 아내의 사진이 잠깐 바탕화면에 나타났다 사라졌다.

저 정도면 그 집에 들어가 버텨낼 수도 있지 않을까. 차라리 여기보다는 그 집에 들어가는 편이 나을지도 모르지. 하지만 그 말을 흘리던 위원장의 얼굴을 떠올리자 마음이 변덕을 부렸다. 짜식, 쪼잔하게 그깟 돈 떼어먹을까 봐……

공을 굴리다

그러나 얼핏 들었던 애잔한 마음은, 보란 듯이 도마 위에 소 지라를 올려놓고 쓱쓱 썰어대는 어머니를 보자 금방 역겨움으로 바뀌었다.

"그거 먹지 말랬잖아. 누구 염장 지르려는 거야, 뭐야? 어제 테레비에 나왔잖아. 정신병 걸린다고. 정신병 걸리면 누가 고생인데. 꼭두새벽부터 그렇게 대놓고 그걸 먹어야겠어?"

나는 우걱우걱 지라를 씹고 있는 어머니를 밀치며 남은 지라를 쓰레기통에 거칠게 쓸어 넣었다. 한동안 대꾸조차 못하던 어머니가 소리를 높였다.

"뭘 먹어야 기운을 차리지. 이렇게 어지러워 죽겠는데, 그럼 그냥 팍 고꾸라져 죽으란 말이냐. 공연히 내 핑계 대며 집구석에 박혀 있지 말고 먹을 거나 좀 구해 와, 이놈아."

소리 나게 방문을 닫고 들어가는 어머니의 악다구니가 차라리 후련했다.

죽이라도 좀 쑤어놓고 나올 걸, 후회가 든 건 족히 두 정류장을 걸어 운곡마을 버스정류장 표지판을 지날 즈음이었다. 운곡마을. 예전엔 구름이 쉬어가는 골짜기라 불릴 만큼 외진 곳이었다.

어머니가 겹겹이 산으로 둘러싸인 이 마을로 떠돌이 인부를 따라 흘러들었을 때 이미 뱃속에 내가 있었다고 했다. 제 남편을 버리고 남의 남편을 따라나선 여자가 숨을 곳은 그리 많지 않았을 것이다. 어머니의 짧은 사랑은 그나마 그 사내가 공사현장에서 감쪽같이 사라지는 바람에 더욱 빨리 끝이 나버렸다. 내가 천방지축 내달을 무렵이었다고 한다. 어린 것을 데리고 찾아갈 곳도 맡길 곳도 없었다. 남의집살이부터 구멍가게, 채소 행상까지 어린 걸 달고 하는 벌이는 늘 부족했으리라.

나 또한 어머니 뒤를 따라다니는 염문에 늘 고개를 숙이고 다녀야 했다. 철이 들면서 어머니의 바람기를 잡아보려고 세간을 때려 부수고 화장대를 엎어봤지만 소용없었다. 달려들던 어머니의 팔을 비틀기도 했고 차라리 죽으라고 목을 조르기도 했다. 피가 몰려 새빨개진 어머니의 얼굴이 풍선처럼 부풀어 올라 금방 죽을 것 같았다. 하지만 목을 놓아주었을 때 어머니가 보인 반응은 어이가 없었다.

"에구, 이게 얼마짜린데. 에구, 미친놈."

어머니는 저만큼 날아간 진자주색의 전화통을 주워들고 푸념을 해댔다.

"누군 좋아서 그러냐, 이 새끼야. 이게 다 누구 때문인데. 니놈의 새끼 입히고 가르치려면 무슨 수를 써서라도 돈을 벌어야지. 네놈이 좋아하는 그 메이커 신발은 어디서 주워 오는 줄 알아. 이 망종 같은 새끼야."

그렇게 번 돈으로 누가 메이커 신발 사달랬느냐고 악다구니를 쓰며 대들었지만 사실 어머니가 사다 놓은 메이커

청바지를 입고 나서면 길표 바지보다는 어깨가 으쓱했던 것도 사실이다. 그러나 퍼질러 앉아 우는 어머니의 넓두리에 다시 성질이 났고 나는 어머니의 지갑에서 돈을 꺼내 들고 집을 나와 버렸다. 며칠 떠돌다가 돈이 떨어질 무렵이면 슬슬 집 생각이 났다. 그러나 집에 와서도 선뜻 안으로 들어설 수는 없었다. 오늘은 술에 취하지 않은 어머니를 볼 수 있을까, 행여 방문 앞에 낯선 신발은 없을까.

집을 뛰쳐나갔다 돌아오면 한동안 어머니는 내 눈치를 살폈다. 하지만 며칠 지나지 않아 술냄새를 풍기며 들어왔고, 며칠 못가 또 집을 비우기 시작했다. 방문 앞에 낯선 사내의 신발이 놓여 있던 날 나는 담벼락에 붙어서 지키고 있다가 집을 빠져나가는 사내를 두들겨 패버렸다. 그리곤 각목을 들고 들어가 어머니의 다리를 분지르겠다고 달려들었다. 아마 다리를 부러트려도 깁스를 한 채 사내를 찾아 나설 거라고 욕을 퍼부으며 쓰러져 버둥거리는 어머니의 지갑과 통장을 챙겼다. 다시는 집으로 돌아오지 않을 작정이었다. 그 후 오랫동안 객지를 떠돌며 주유소를 전전했고, 중국집 오토바이를 탔다. 열심히 움직였지만 나 역시 손에 쥔 것은 없었다.

그런 어머니가 그나마 집을 갖게 된 것은 십여 년 전인가. 떠돌다가 지친 내가 자원해서 군대에 가 있는 동안이었다. 아무리 전국에 개발 바람이 불었다지만 이 산속 마을에 무슨 수요가 있을 것인가. 세상 물정을 조금만 알아도 이런 곳에 연립을 지을 얼간이는 없을 것이다. 그러나 읍내도 면소재지도 아닌 이곳에, 새로 뚫린 길가도 아니고 가끔 시외버스나 지나다닐 길가에 연립주택을 짓겠다는 얼뜨기가 있었다. 이 연립이 설 귀퉁이에 어머니 소유의 손바닥만한 땅이 있었다. 몇 푼 모은 돈을 빌려준 사람이 돈 대신 땅으로 준 것이라고 했다. 그 땅 때문에 인연이 되어서 공사장 인부들의 밥을 해주게 되었다. 무리한 공사가 늘 그렇듯 밥값은 밀리기 시작했고, 어머니는 땅값에다가, 밀린 밥값을 쳐서 집 한 채를 얻은 것이었다.

하지만 소문은 달랐다. 어머니가 살던 동네 사람들은 전적으로 어머니가 그 사장을 꼬드겨 얻은 집으로 알고 있었다. 별로 사내 덕을 본 적이 없던 어머니에게 어쨌거나 연립 한 채는 큰 수확이었다. 비록 짓다만 것이었고, 준공 후에도 비어 있는 것이 태반이었지만 비로소 당신 명의의 집을 갖게 된 것이다. 살던 동네에서 제법 떨어진 곳이었지만 이젠 쫓겨 다니지 않고 살 수 있다고 면회를 왔던 어머니는 눈물을 찍어냈다. 아마 이 지역이 신도시에 편입이 되지 않았더라면 우리는 여전히 이 연립에서 살아갈 터였다.

며칠 나가지 않은 사이 신도시반대투쟁위원회 문은 닫혀 있었다. 위원장이 운영하는 부동산 가게 문도 닫힌 채였다. 평당 몇백만 원씩 한다는 수천 평의 땅을 경마로 날렸다는 위원장은 유일하게 남아 있는 상가가 시가의 절반

가격에 수용된다며 속을 끓였다. 그러나 회원 없는 위원회의 위원장이 무슨 힘을 쓸 것인가. 색 바랜 플래카드만 바람 없는 지붕에 늘어져 있었다.

급히 나오느라 열쇠를 두고 왔다. 위원장에게 전화를 하면 튀어나오겠지만 그러고 싶지 않았다. 갈 곳이 없었다. 아이가 보고 싶었다. 투덕투덕 걷다 보니 신도시 너머 처가 앞이었다. 하지만 무슨 낯으로 처가에 들어갈 것인가. 다시 발길을 돌려 집 쪽으로 향했다. 목적지를 잃은 내 발길은 나도 모르게 오래전에 살던 읍내의 구 터미널 쪽으로 움직였다. 어제 어머니가 닭발을 먹고 싶다던 게 생각났기 때문이다. 움푹 패여 나간 아스팔트. 머리에 닿을 듯 낮은 함석지붕. 그 아래 붉은 페인트로 쓴 닭집 유리창과 좁은 인도 위로 내놓은 간판은 여전했다. 빛이 들지 않아 동굴 입구처럼 어두운 가게. 어머니를 찾아 기웃거리던 때처럼 닭집은 오늘도 어두웠다. 큰 길이 생기기 전 구읍의 중심이었던 이 거리의 한낮은 이십 년 전, 내가 부랑자로 떠돌던 때와 달라진 게 없었다. 시대를 따라잡지 못하는 자들의 남루를 고스란히 드러내는 강한 햇살까지 똑같았다.

"계십니까?"

어두운 가게 안을 향해 나는 소리를 질렀다. 어둠 속에서 움직임이 일었다. 나는 엉거주춤 문턱을 넘으며 다시 소리를 높였다.

"닭발 좀 살 수 있습니까?"

검은 물체는 말도 하기 귀찮다는 듯 들고 있던 손부채를 활활 내젓는다. 어둠에 익은 눈은 그 물체가 늙은 여자임을 감지한다. 어머니가 말하던 충주집일 것이다. 어머니와 이력이 비슷했던 여인. 닭집 남자를 만나서 팔자를 고쳤지만 전처 자식에게 시달리느라 폭삭 늙어버렸다는 얘기를 어머니에게 들은 적이 있었다.

"저, 요 아랫동네 살던 성흡니다."

그냥 돌아설까 하다가 나는 정체를 밝혔다. 이 더위에 어쩌자고 노인네가 닭발을 먹고 싶다는지 알 수가 없다고. 여기 가면 닭발을 구할 수 있을 거라고 해서 왔다고 중얼거리며 머리를 긁적였다. 플라스틱 슬리퍼를 꿰신으며 문 쪽으로 걸어 나온 여인은 예전의 희고 고왔던 충주집이 아니었다. 검게 그을린 얼굴, 굵은 주름. 오히려 어머니보다 더 나이가 들어 보였다. 문턱에 발을 걸치고 서 있는 나를 가는 눈으로 바라보던 충주집은 그제야 감이 잡히는지 수선을 피우기 시작했다.

어머니가 수술했다는 소식은 들었다. 그래, 병세는 좀 어떠시냐, 얼마나 놀랬느냐. 어머니가 마음잡고 사는 아들을 얼마나 자랑스러워했는지 아느냐. 요즘 세상에 어머니를 위해 닭발을 사러 다니는 이런 아들이 어디 있느냐. 내가 다 고맙다. 한참 낯간지러운 소리를 내뱉던 여인은 반응이 없는 나를 흘깃 올려다보고는 시나브로 혼잣말을

공을 굴리다

끝맺었다.

"아이고, 그 여편네 이 동네 뜨면서 다시는 닭발 안 먹 겠다더니 맘이 변했나."

몸을 돌려 어둠으로 들어서던 여인은 새삼 생각이 난다 는 듯 혀를 찼다.

"징그럽게 에미 속도 썩이더니만……."

사람을 앞에 놓고 칭찬을 하다가도 뒤돌아서자마자 험 담을 늘어놓는 모습이 어머니와 별로 다르지 않았다. 함 께 술을 마시며 남의 흉을 볼 땐 죽이 맞는 듯싶다가도 집 에 돌아오면 다시 충주집 아줌마를 욕하던 엄마처럼 냉동 고에서 꽁꽁 언 검은 비닐봉지 한 덩이를 꺼내 오는 충주 집의 얼굴엔 언제 내 욕을 했냐는 듯 웃음이 담겨 있다.

"요즘 이게 귀해서, 단골에게 주기도 모자라 감춰두었 던 건데……."

공치사는 듣고 싶지 않았다. 나는 얼른 충주집의 말문 을 막으며 얼마냐고 물었다. 뭇사내들과 어울려 앉아있던 그들의 술상을 걷어차던, 툭하면 어머니의 멱살을 잡아끌 고 나오던, 나의 불량했던 시절을 떠올릴 만큼 내 말투는 불손했다. 그만두라고 손을 내젓는 여인을 피해 오천 원 을 나무 도마 위에 올려놓았다. 충주집의 시선이 나무등 치 위에 찍혀 있는 무쇠 칼로 옮겨가는 걸 보았다. 어머니 에게 안부나 전해 달라는 늙은 여인의 말이 한참만에 따 라붙었다.

군대에 가서 마음을 잡았다. 어머니를 골탕 먹이기 위해 껄렁패로 돌아치던 세월이 유치하게 느껴졌다. 제대 후 마음잡고 건설 현장을 쫓아다녔다. 어느 날 아침 현장 사무실에 앉아있는 청무 같은 여자를 발견했다. 막 여고를 졸업한 그녀에게선 그동안 어머니한테 맡아지던, 내가 알고 있던 여자들에게서 나던 물큰한 냄새가 아닌 풀잎처럼 신선한 냄새가 났다. 그녀를 보면 물 많은 무를 베어 문 것처럼 입안 가득 물이 돌았다. 그날 벌어 그날 마셔치우는 습관을 여전히 버리지 못하고 있던 나는 그 청무를 위해 생활 패턴을 바꿨다. 그녀와 데이트를 위해 하루치의 소주를 굶었다. 생전 가보지 않던 영화관을 가기 위해 신문을 읽어 사전 정보를 얻었다. 그녀를 보며 찻집에 앉아 간지러운 음악을 견뎠다. 그녀의 마음을 잡기 위해 그녀를 닮은 담백한 책을 읽었고 그렇게 공을 들이다보니 생활에 리듬이 잡혔다. 남들 눈에 그 모습이 성실하게 보였던가. 윗사람의 눈에 들어 일거리가 끊어지지 않았다. 몇 년 공 들여 그녀를 내 사람으로 만들었다. 그리고 그녀의 친척이었던 현장 소장이 차린 건설회사의 말단 사원이 되었다.

그녀를 데리고 어머니 앞에 나타나던 날. 어머니는 놀란 눈으로 나와 그녀를 번갈아 보았다. 식당에서조차 일거릴 얻지 못하는 노인이 되어 버린 어머니는 큰 산을 하나 밀어버리고 들어선 대형아파트의 버스정류장 앞에서

공을 굴리다

푸성귀 따위를 팔고 있었다. 처음으로 용돈이란 걸 드리며 이게 무슨 돈벌이가 되겠느냐고 이젠 그만 쉬시라고 철든 소리를 했을 때 어머니는 말했다.

"집안에 우두커니 앉아있으면 답답하기만 하지. 동네 공터에 씨만 뿌려놓으면 저절로 자라는 푸성귄데. 크는 대로 들고 나가 앉아 다듬어 팔면 게으른 아파트 여편네들이 얼마나 좋아하는지 아냐."

어머니는 그날 저녁 우리의 밥상을 차리며 눈물을 훔쳤다.

"이제 죽어도 한이 없겠다. 나도 이제 애 터지게 돈 벌 일도 없고 그냥 내 반찬값이나 벌고 살란다. 아가, 이 어미 걱정은 말아라. 절대 짐이 되지는 않을 테니까."

그 무렵 이 산골에 이미 신도시가 생길 거라는 소문이 돌고 있었다. 결혼해서 어머니와 함께 살 작정을 하면서 나는 어쩌면 얻게 될 이익을 계산했을까. 이 집이라도 없었으면 니가 어떻게 결혼을 했겠냐고, 아내의 부른 배를 흐뭇한 눈길로 바라보며 공치사를 하는 어머니도 예전처럼 거슬리지 않았다.

하지만 어머니의 복은 딱 거기까지였다. 아내의 배가 한껏 불러올 무렵 무리하게 일을 진행한다 싶던 회사가 부도를 맞았다. 허가도 나지 않은 상태에서 산을 깎아 전원주택 단지를 조성한 게 문제였다. 경쟁업체와 마을 사람들이 한꺼번에 올린 민원서류 때문에 사장은 구속되었고 그의 재산은 압류되었다. 뒤치다꺼리를 하던 나는 친척이라는 이유로 퇴직금 한 푼 없이 쫓겨나고 말았다. 어머니가 버스정류장에 나가 앉아 벌어오는 몇천 원이 우리의 생활비로 쓰였다.

갑자기 어려워진 생활 탓일까. 청무처럼 연하던 아내의 몸속에도 질긴 심줄이 생기기 시작했다. 융통성 없는 아내가 오로지 눈을 주는 곳은 아이뿐이었다. 아이의 분유를 사기 위해 내밀었던 카드가 정지되었다는 걸 안 아내는 식탁 앞에서 눈물을 흘렸다. 일이 풀리지 않으면 먼저 물건을 집어던지곤 하던 나의 옛 습관이 아내의 눈물 앞에서 되살아났다. 시퍼런 멍을 눈가에 얹은 아내에게 빌고 또 빌었다. 어머니가 수술을 받기 전까지만 해도 외형상으로는 그렇게 꾸려지던 집안이었다.

나는 소리를 죽인 채 현관문을 연다. 조용한 걸 보니 어머니는 잠든 모양이다. 퇴원 후 어머니는 기력이 달리는지 평소 자지 않던 낮잠을 자곤 했다. 소리 죽여 싱크대로 다가갔다. 라면을 끓여 먹은 것일까. 노란 양은 냄비가 씻겨있다. 닭발은 손질 상태가 꼭 게으른 충주집을 닮아있다. 긴 발가락에 노란 껍질이 그대로 붙어 있고 반쯤 벗겨진 채 너풀거리는 것도 있다. 껍질을 당겨보지만 잘 벗겨지지 않는다. 이렇게 힘들어서야 어떻게 닭발을 먹을 것인가. 그렇다고 누런 껍질째 요리를 할 수도 없는 일. 나는 닭발을 밀어놓고 베란다로 나가 담배를 피워 문다. 포크레인은 여전히 모델하우스를 짓이고 있다.

어머니가 햇물 상추를 뜯었다고 귓가에 입을 걸던 날, 높은 펜스 안쪽에는 수백 개의 축하화환이 모델하우스를 에워쌌다. 수백 대의 자동차가 그 너른 공터에 늘어서고 만국기는 하늘을 가린 채 새떼처럼 펄럭였다. 오색테이프 아래 검은 양복에 흰 장갑을 낀 사내들이 늘어서는가 싶더니 팡파레가 울렸다. 어깨를 드러낸 금빛 드레스 아가씨들이 들락거리며 시중을 들었고 반라의 여자들이 단상 위에서 몸을 흔들어대며 요란한 춤을 추었다. 모델하우스 오픈 행사가 끝나자 사람들은 장마철 개울물처럼 밀려들었다. 모델하우스에서 나오는 사람들은 양손에 선물꾸러미를 들고 있었다. 아직 좌판을 걷기엔 이른 시간, 문을 두드리는 어머니의 손에도 쇼핑백이 두 개나 들려 있었다. 홍보용 책자와 각 휴지 두 통이 들어있기엔 과하다 싶은 근사한 쇼핑백이었다.

"야, 겁나게 잘해 놨더라. 음료수랑 떡도 줘. 아가, 너도 애비랑 같이 다녀와라."

콧방귀도 뀌지 않는 나에게 아이를 맡기며 아내는 어머니를 따라나섰다. 그렇게 아이를 내려놓고 고부가 나란히 집을 나설 때만 해도 상황이 이 지경까지 오리라곤 예상하지 못했다.

담 너머에 근사하게 서 있는 모델하우스 때문에 더욱 우중충해 보이던 연립의 모습만큼이나 우리집 풍경도 스산해졌다. 며느리와 함께 세 개의 모델하우스를 번갈아 드나들며 휴지를 받아왔던 어머니가 쓰러진 것은 그다음 날이었다.

버틸 때까지 버텨서 다만 얼마라도 더 건져보자고 오도 가도 못하는 비슷한 처지의 사람들이 신도시개발반대투 쟁위원회란 현수막을 내걸고 버티던 중이었다. 하지만 보 상금을 받아들고 하나둘 동네를 떠나는 사람들을 보며 남 은 자들은 불안했다. 떠난 자들의 집이 헐리기 시작했다. 이제 몇 남지 않은 집들은 그동안 곶감 빼먹듯 얻어 쓴 융 자 때문에 보상금을 받아도 오갈 곳이 없는 사람들이었 다. 올라버린 집값 때문에 이주보조금만 가지곤 몸 디밀 곳이 없었다.

주방으로 돌아와 굵은 닭발 하나를 골라 든다. 새벽에 난간을 움켜잡고 있던 어머니처럼 긴 발가락 끝에 붙은 발톱이 그악스럽다. 날기를 포기한 닭들은 땅에 더욱 집 착해야 했을 것이다. 땅속 깊이 뿌리처럼 발톱을 박아 넣 으며 잃어버린 하늘을 잊었는지도 모른다. 발가락마다 티 눈이 박여 있다. 바닥 가운데의 도톰한 살갗도 시커멓게 변해 있다. 땅을 헤집다가도 고개를 들어, 날 수 없는 하 늘을 바라보던 이 닭들처럼 오늘 새벽 어머니가 난간에 매달려 넘어다본 것도 이젠 도저히 꿈꿀 수 없는 저 펜스 너머 세상이었을까. 어머니의 손에도 이런 티눈이 박여 있겠지. 어쩌면 손보다 마음에 박인 티눈이 더 깊을지도 모른다.

꽃샘바람에도 견디던 어머니의 심장은 왜 하필 그 뜨거운 햇살 아래서 오그라붙었는지 모를 일이다. 계란으로 바위 치듯 아무리 방해공작을 펴도 신도시는 끄떡없이 진행되어 갔다. 신개반투위원회 사무실은 금싸라기 땅이 몽땅 신도시로 들어가는 바람에 평당 이백만 원씩 손해를 보았다는 위원장의 부동산사무실을 반 갈라서 쓰고 있었다. 문을 닫아 영업을 할 수 없게 된 길갓집 식당의 사내들과 거래가 끊긴 부동산업자들이 모여앉아 화투나 장기를 두는 장소이기도 했다. 사무국장이라는 명함을 파고 책상에 앉아 회원들에게 전화나 돌리는 것이 나의 일이었다. 가끔 땅을 보러 오는 사람들을 위원장의 차에 태우고 현장을 돌아오는 일도 겸하고 있었지만 벌이는 그저 담뱃값 정도였다.

어머니가 쓰러졌다는 연락을 받던 날도 나는 신개반투에서 서너 명과 함께 둘러앉아 점심으로 곁들인 반주를 하고 있었다. 신개반투 위원장의 차를 몰고 달려갔을 때까지도 어머니는 의식이 없었다.

어머니의 가슴앓이는 내가 삐딱 걸음을 걸을 때부터 이미 시작된 것이었다. 학교에서 정학 처분을 받고 교문을 나오는 날, 심장이 조이는 것 같다고 가슴을 움켜잡는 어머니를 향해 나는 더 모진 말로 쥐어박았다.

"술이랑 사내를 어지간히 밝혀야지. 아직도 조일 심장

닭발

은 남아 있는 모양이네."

　가슴을 쥐어뜯다가 입술이 파래져 뒹굴어도 누구 하나 신경 써줄 사람이 없는 어머니였다. 그 옛날이 아닌 게 다행이고, 어머니가 쓰러진 장소가 버스정류장 앞인 것이 그나마 다행이었다. 호박을 팔다 가슴을 움켜쥐고 쓰러진 어머니를 옆에 대기 중이던 택시기사가 종합병원 응급실로 옮겼다. 수술 중 사망해도 병원에는 책임이 없다는 서류에 손도장을 찍으며 수술비 걱정이 앞서 대수술이냐고 물었다. 의사는 간단하게 설명했다. 가슴을 열고 하는 수술이 아니라 초음파로 시술 부위를 확인해서 좁아진 혈관에 스텐트라는 관을 삽입하는 것이니 시술 시간은 물론 입원 기간도 오래 걸리지 않을 거라고. 너무 걱정하지 말라고.

　위원장을 보증인으로 세우고 입원 절차를 밟았다. 어머니의 입에 넣어준 알약이 글리세린이라는 걸 나는 수술실 앞에 앉아서 알았다. 폭탄의 원료로, 심장혈관 확장제로, 또 어머니의 얼어 터진 손등 치료제로 쓰이던 글리세린. 휴대폰을 보며 글리세린의 다양한 용도에 놀라고 있을 때 수술을 하던 의사가 간호사를 대동하고 나타났다. 마스크를 낀 채였다. 수술 도중 실핏줄이 터질 확률이 약 2% 정도 되는데 시간이 지나면 저절로 완쾌되는 것이니 그리 걱정할 건 없지만 그래도 보호자의 동의를 받아야 한다는 것이다. 걱정할 것 없다는 의료행위에 굳이 보호자의 동

　　　　　　　　　공을 굴리다

의를 받는 이유가 뭘까. 뭔가 석연치 않았지만 병원 역시
힘없는 자들이 자세히 따질 영역은 아닌지라 나는 동의한
다고 말할 수밖에 없었다.

어머니는 의사의 예언처럼 확률 2%의 실핏줄이 두어
군데 터졌다. 남들은 스텐트 시술 후 하루면 퇴원한다는
병원에서, 그것도 중환자실에서 닷새나 머물다가 일반병
실로 옮겼다.

"야, 병원비가 만만찮을 텐데, 대체 왜 이렇게 잡아 둔
다냐? 혹시 죽을병 같으면 그냥 집으로 가겠다고 졸라볼
까나?"

아무리 아니라고 해도 어머니는 자신의 병을 큰 병으로
생각했다. 터진 실핏줄 때문일까, 아니면 어머니의 조바
심 때문일까. 퇴원하면 안 되겠냐고 조르던 어머니가 의
사 앞에서 팍 고꾸라졌다. 앉아서도 자꾸만 어지럽다는
어머니를 살피기 위해 또다시 의사들이 들락거렸다. 큰
돈이 드는 MRI를 찍었다. 한 보따리의 약을 받아들고 나
오기까지 아흐레나 걸렸건만 어머니는 여전히 비틀거렸
다.

심장 수술을 받은 후 어머니는 금방 열 살은 더 먹은 노
인네로 변했다. 내가 가끔 성질을 부리는 날이면 어서 죽
어야지, 뭔 낙을 보겠다고 살아서 이런 천대를 받는지 모
르겠다고 푸념을 하던 어머니였다. 그런 어머니도 정작
죽음 앞에선 겁이 났던가. 병원 약뿐 아니라, 몸에 좋다는

음식을 찾기 시작했다.

어머니가 맨 처음 원한 음식은 소의 지라였다.

"아무래도 내가 어지러워서 못 살겠다. 이럴 땐 소 지라 가 즉효인데……."

심장 수술 후의 어지럼증을 병원에선 말초현훈증이라 는 멋진 이름으로 불렀다. 정확한 병인은 알 수 없지만 귀 의 평형기관에 생긴 염증으로 두 달 이상 약을 먹어야 한 다고 했다. 그러나 어머니는 막무가내였다.

"그것들이 뭘 알아? 내가 너 낳다가 흘린 피가 얼만 줄 인 줄 아냐? 이게 다 그때 생긴 병이야. 그때도 고생고생 하다가 소 지라를 먹으니 금방 차도가 보이더라고. 이렇 게 어지러워서야 어디 살겠냐? 지라 좀 구해봐라."

눈치를 보면서도 자신이 하고 싶은 일은 어떤 식으로든 하고야 마는 어머니 성격을 아는지라 나는 벗었던 신발을 다시 꿰어 신었다. 차려놓은 저녁상을 못 본 체하며 집을 나서는 나를 보며 아내는 못마땅해했다. 밥상머리에 앉자 마자 종알거릴 아내의 불평을 듣고 싶지 않았다. 아이를 낳은 몸에 어머니의 수발들기도 만만찮을 테지만 그 눈빛 에 담긴 짜증이 싫었다.

동네 정육점에 들렀으나 지라를 구하려면 도살장까지 가야 한다고 했다. 내가 할 수 있는 것은 소를 잡으면 연 락해 주겠다는 정육점에 전화번호를 남기는 것뿐이었다. 허기진 속을 달래러 길 건너의 허름한 식당으로 들어섰다. 주로 소의 내장 요리를 파는 집이라 비릿한 동물 냄새가 진동하는 판잣집이었다. 거기서 소 지라를 발견했다. 흰색의 막에 둘러싸인 지라를 썰어 스티로폼 도시락에 담아주며 식당 주인은 만 원을 청구했다. 의외로 값이 싼 지라를 사들고 온 나는 의기양양해서 막 잠이 들었다는 어머니를 깨웠다.

"지라 사왔어. 엄마, 일어나서 먹고 자."

잠들었던 사람답지 않게 어머니의 눈빛에 반짝 기운이 돌았다. 어머니는 체면 따위를 포기한 사람처럼 순식간에 지라를 해치웠다. 아내는 얼음판에 나자빠진 소 눈깔 같은 눈을 치뜨며 호들갑을 떨었다.

"세상에, 어쩜 저러실 수가 있어요? 그 뻘건 핏덩이를 어쩜 저렇게……."

좀 흉물스럽긴 했지만 마치 식인종이라도 본 것처럼 몸서리를 치는 아내 역시 달갑지 않았다.

"나 낳다가 걸리신 병이라잖아. 저거라도 드시고 빨리 나으면 됐지 뭘 그래. 너무 그러지 마. 당신도 당신 아이라면 세상 누구보다 귀하게 생각하잖아."

계단을 오르며 우편함에 꽂혀 있던 카드대금 명세서를 뜯어보는 순간 이미 열이 뻗쳐 있었다. 열 달 할부로 결제했던 출산비 외에 아내가 카드로 한꺼번에 사들였던 아기 용품 대금이 얹혀 있었다. 다음 달엔 위원장 카드를 빌려 결제한 어머니 수술비도 나올 것이다. 공탁해 놓은 보상금에서 이것저것 제하고 나면 이사 비용도 남지 않았다. 안방엔 얼마 전 백일을 지낸 아이 살림이 가득했다. 문가에 매달린 모빌은 정신없이 돌았고 짤랑거리는 방울 소리를 좇아 아이가 두드린 손끝에선 고양이와 소가 번갈아 울어댔다. 거실 귀퉁이엔 아이와 산모를 위해 안방을 비워준 어머니의 짐이 아직 자리를 잡지 못한 채 쌓여 있었고 모델하우스에서 얻어온 휴지통도 칠이 벗겨진 거실장 위에 그대로 놓여 있었다. 이래저래 뒤틀린 속을 뒤집은 건 아내의 빈정거리는 말투였다.

"아이고, 효자 나셨네."

다시는 주먹을 휘두르지 않겠다던 말은 정상적인 상태일 때의 약속이다. 그동안 나름대로는 무척 참고 있던 터였다. 너는 이 아비처럼 만들지 않으마. 꼬물거리는 것 앞에서 경건해진 마음으로 다짐했었다. 하나만 낳아 잘 키우자고 아내와 했던 약속을 잊은 것도 아니었다. 하지만 누울 자리 보고 다릴 뻗어야 하는 것 아닌가. 아무리 하나만 낳을 아이라지만 진료비가 비싸기로 소문난 그 산부인과를 선택해야만 했을까. 더 못마땅했던 것은 그런 아내를 부추기는 장모님이었다.

"티브이에서 보니까 스파가 딸린 산후조리원에서 아기 아빠와 함께 산후조리 하는 모습이 얼마나 보기 좋던지. 김 서방. 그런덴 못 들어가더라도 동네 산후조리원에서 한 일주일은 지내야 하지 않겠나. 애 낳을 때 서운한 건 평생 간다네."

철없는 장모님 덕분에 이주보상금이 뭉텅 달아났다. 하지만 금방 새로운 직장이 잡히려니 했다. 그러나 무직 생활 7개월째. 생각지 않던 어머니의 수술까지 겹친 상황은 예전의 어두운 시절과 조금도 다르지 않았다.

정육점에서 연락이 왔다. 부모님이 돌아가셨다는 정육점 주인은 어머니를 위해 애쓰는 내가 부럽다며 덤으로 탱탱한 간까지 한 접시 썰어주었다. 커다란 도마를 덮고도 남을 만큼 큰 지라의 값은 식당 것의 절반이었다. 어머니는 그 많은 지라를 질리지도 않고 먹었다. 밤이고 새벽이고 가리지 않았다. 밥도 국도 물리치고 참기름을 넣은 소금장에 한 접시씩 썬 지라만을 먹어댔다. 아내는 그런 어머니를 괴물 보듯 바라보았다.

나는 위원회 사무실에서 돌아오면 어머니의 시중을 들기 시작했다. 어머니의 냄새나는 옷을 빨고 어머니를 잡고 운동을 시켰다. 그리고 지라를 손질했다. 흐물거리는 것 같으면서도 단단하고 미끈거리는 듯하면서도 설컹거리는 지라를 써는 동안 나는 모처럼 어머니를 위해 착한 아들이 된 것 같아 흐뭇했다. 긴장하고 있던 어머니의 몸은 풀리는 반면 아내의 눈꼬리는 점점 꼿꼿해졌다.

어머니는 족발이 먹고 싶다고도 했다. 시장에서 파는 족발이 아니라 정육점에서 파는 돼지 족을 원했다. 값도 헐하고 맛도 좋다며 굳이 삶아달라는 주문이었다. 평소에도 비위가 약한 아내는 어머니가 지라를 드시는 자리를 피해 아이에게 젖을 물리거나 빨래를 개며 돌아앉아 있었다.

"너 낳고 젖이 돌지 않아 애를 먹는데 이 족발을 먹고 나니까 기운이 확 돌더라. 내가 기운을 차리려면 아무래도 족발 두어 짝은 먹어야 할 것 같아. 내가 기운을 차려야 반찬값이라도 벌 텐데. 안 그러냐?"

생각해보니 어머니가 원하는 음식들은 예전에 어머니가 즐기던 음식들이었다. 지라 한 판과 족발을 사 왔다. 수술 후 보약은 못 지어드릴망정 원기 회복에 좋다면 이 정도는 해드려야 할 것 같았다. 족발을 삶기 시작하자 아내는 헛구역질을 시작했다. 돼지의 누린내는 그렇지 않아도 끈적이는 집안을 더 눅진하게 만들었다.

"이런 집에서 더는 살 수가 없어."

지라를 썰고 있던 내 옆에서 아내가 팔짱을 낀 채 종알거렸다.

"이런 집이라니?"

나는 칼을 도마 위에 찍으며 눈꼬릴 올렸다. 어느새 나는 어머니를 무시하는 아내의 언사를 참아내지 못하는 아들이 되어 있었다. 비록 나는 내 어머니를 비난할 수 있지만 다른 사람이 무시하는 것은 용서할 수 없었다.

"아무리 몸에 좋다지만 그런 걸 드시던 입으로 어떻게 아이의 우유병을 빨 수가 있어?"

아이의 우유병을 벌건 입으로 쪽쪽 빠는 어머니를 보면 엽기적이긴 했다. 평소 우유라면 입에도 대지 않던 어머니가 시중에서 파는 흰 우유도 아니고, 달콤한 전지분유도 아닌 비릿하고 맛없는 유아용 분유를, 그것도 아기가 남긴 것을 쪽쪽 빨아대는 것이었다. 굳이 분유를 고집하는 어머니의 말은 더 기가 막혔다.

"네 아기가 먹는 것이니 영양분도 좋겠지. 기운 날 때까지만 같이 먹자."

어머니가 아기에게 먹일 분유를 타달라는 것을 아내는 견딜 수 없어 했다. 결국, 아기의 우유병을 빠는 어머니를 본 아내는 아기를 데리고 친정으로 가버렸다. 처가로 전화를 하자 장모님이 받았다.

"칼을 들고 달려드는 자네가 무섭다네."

철거가 시작되면 어차피 아내가 가야 할 곳은 처가였다. 핑계김에 한 가지 일은 해결된 셈이라고 속을 삭여보지만 아기의 까만 눈동자가 아른거렸다. 구직사이트를 뒤졌다. 그러나 어머니가 걸림돌이었다. 어머니를 모시고 갈 곳도 없고, 언제 철거될지 알 수 없는 곳에 어머니만 둘 수도 없었다.

물소리에 잠이 깬 걸까. 허청허청 주방으로 들어오는 어머니의 얼굴이 닭발만큼이나 누렇다. 닭발을 벗기는 나를 보던 어머니의 몽롱했던 눈에 생기가 돈다.

"닭발 사왔구나. 그래 충주집은 잘 있더냐?"

어머니의 목소리에 탄력이 붙는다.

"야야, 닭발 껍질 벗기려면 끓는 물에 한 번 더 튀겨 내야 한다. 어서 물 올려라."

어머니 말대로 끓는 물을 붓자 그토록 질기게 달라붙어 있던 껍질이 술술 벗겨진다. 나와 어머니의 인연만큼이나 질기게 달라붙어 있던 껍질들이 뜨거운 물 한 바가지에 분리된다. 어머니에게서 나를 떼어내려면 몇 바가지의 뜨거운 물이 필요할까. 닭발의 껍질을 벗기듯 자꾸 일어나는 망상을 벗겨냈다.

신개반투 위원장의 전화를 받은 건 며칠 전이었다. 위원장 전화를 받으면 먼저 갚아야 할 빚이 떠올라 머리가 조아려졌다.

"사무장, 오해하지 말고 내 말 들어 봐."

위원장 말투가 조심스러웠다. 그의 얘기는 몸이 불편한 노인을 보살펴 줄 사람을 찾는다는 거였다. 약간 치매기가 있는 노인인데, 아들들이 엄청 효자다. 노인이 요양원이나 병원은 극구 싫어하고 며느리들은 모시기 싫어하고, 그래서 마음씨 좋은 아주머니를 구한다는데, 내 어머니가 생각나더라, 뭐 이런 얘기였다.

"그저 노인 곁에 있어만 주면 된대. 그 집 아들을 내가 아는데 선해. 마음에 들면 어머니로 모실 수도 있다더라고. 선금도 줄 수 있다네. 내 자네가 떠오르기에……."

웃기는 소리 하지 말라고, 당신 어머니 같으면 몸도 성치 않은 사람에게 그렇게 말할 수 있겠느냐고 소리를 지르고 싶었다. 그까짓 돈 안 떼먹는다고 소리를 질러야 했다. 그러나 나는 기어들어 가는 목소리로 생각해보겠다며 전화를 끊었다. 그리곤 나도 모르게 어머니의 모습을 살피게 되었다. 이젠 부축 없이 걸을 수 있고, 제법 주방에 서 있는 시간도 길지 않은가.

나는 기어이 어제저녁 밥상에 앉아 어머니의 속내를 떠보았다.

"뭐, 먹고 싶은 거 없어요."

어머니는 지라를 씹어 벌겋게 된 이빨을 드러낸 채 무심히 말했다.

"너 가졌을 때 먹던 음식들이 제일 맛있는 거 같아. 족발이랑, 순대, 닭발 같은 거, 하긴 그땐 뭐든지 맛있었지."

"맛있는 거 맘껏 드실 자리 있다면 가실래요? 고기는 실컷 드실 텐데."

"고기가 아니라 돈을 쥐야지. 내 수술비 때문에 집도 못 얻어 나가는 형편 아니냐. 왜, 어디 그런 자리가 있다니?"

눈치 빠른 어머니답게 잽싸게 말꼬리를 잡고 물어왔다.

"돈만 준다면 지옥에라도 갈 것 같네. 그 몸으로 누구 수발을 들겠다구. 이젠 그 지라 좀 그만 드세요. 테레비에 나왔잖아. 그 속에 있는 벌레가 머리로 들어가면 정신병 걸린대."

나는 얼른 눙치며 한걸음 물러났다. 하지만 더는 버틸

재간이 없었다. 토지보상금을 은행에 공탁해 놓은 건설사에서 집을 철거하겠다고 통보한 기한은 이미 한 달 전이었다. 언제 철거반이 들이닥칠지 알 수 없는 일. 실은, 포크레인 소리에 벌떡 일어서게 되는 것도 그 때문인지 모른다.

이번엔 발톱을 자를 차례다. 긴 발톱을 다듬기 위해 가위를 드는 걸 보며 어머니는 또 참견을 한다. 그냥 도마 위에 놓고 칼로 내려치라고. 노골노골 뒤로 젖혀지는 여린 닭발은 발톱도 여리다. 곧 돌이 되어 오는 아이 생각이 난다. 아이도 언젠가는 굳은살이 박이게 되겠지. 굳은살 없이 나긋나긋한 손가락을 가진 사람들은 삶도 그렇게 부드러울 터. 내 어머니가 그랬듯 무슨 수를 쓰더라도 내 아이에게는 좋은 옷 입히고 좋은 걸 먹이고 싶다.

조용해서 보니 주먹만큼 작아진 어머니가 식탁 위에 엎드려 잠이 들어 있다. 저런 어머니를 보내야만 하는 것일까. 다른 방법은 없을까. 닭발값으로 내놓았던 돈이 마지막이었다는 사실이 떠오른다.

냄비에 담긴 닭발이 제법 실하다. 뽀얗고 통통한 것들 위에 간장을 붓고 고춧가루를 듬뿍 넣는다. 집을 비울 때가 된 것처럼 집안의 모든 것들이 알아서 비워지는 느낌이다. 남아 있던 다진 마늘을 털어 넣고 적당히 버무려 불에 올린다. 가스와 물은 언제쯤 끊길 것인가.

닭발 볶는 냄새에 코를 실룩이던 어머니가 눈을 뜨더니

조리대로 다가온다. 간을 본 어머니는 설탕을 한 숟가락 더 넣고 물을 조금 더 붓는다. 언젠가 먹어 보았음직한 냄새가 나기 시작한다. 나는 무의식적으로 식탁 위에 신문지를 펼친다.

"워매, 옛날에 지 애비도 닭발을 먹을라치면 신문을 깔더니만, 씨도둑은 못한다더니 딱 그 짝이구만."

어머니와 아버지가 신문을 펴 놓고 앉아 닭발을 발라먹던 장면이 꿈처럼 펼쳐진다. 서너 살의 내가 두 사람의 잔에 술을 따르겠다고 술병을 움켜쥐던 장면, 쏟는다고 말리던 어머니. 그냥 두라고 헐헐 웃던 사내. 정말 그런 일이 있었는지는 모르지만 내 머릿속에 떠오르는 그림이 모처럼 정답다. 숱하게 바뀌는 사내들을 보며 어머닌 내 아버지도 모를 거라 생각했었다. 그런데 아직 내 아버지를 기억하고 있는 어머니가 고맙다.

의사는 어머니에게 술을 마시면 안 된다고 했었다. 하지만 딱 한 잔은 괜찮지 않을까. 나는 잔을 두 개 꺼내놓고 소주병 마개를 따며 소리친다.

"적당히 졸았으면 얼른 가져오시오."

어머니의 눈매가 그윽해진다. 그 사내가 그랬듯이, 또 당신을 배반하려 드는 이 아들의 속내를 모른 채 어머니는 한껏 가늘어진 눈으로 호물쩍 웃고 있다. 아마도 그 사내, 내 아버지가 했던 말과 억양이 비슷하지 않았을까.

흐르는 벽

"글쎄, 바로 눈앞에서 아장거리던 애가 순식간에 없어졌다니까요."

아침 드라마를 보고 난 두 노인이 식탁으로 나와 앉으며 시작한 이야기는 끝없이 이어졌다. 엄마는 어제 아침에 한 이야기를 또 늘어놓는 중이다.

"그러게요. 어린애들은 삼신할미가 돌본다는데 어째 그런 일이……."

시어머니는 열 번도 넘게 들었을 엄마의 이야기를 처음 듣는 양 장단을 맞춘다.

"돌이 막 지났어요. 아장아장 걷기 시작했으니까. 걔가 돌을 앞두고 며칠 전부터 걷기 시작했거든요."

이 대목이 시어머니가 반색하는 부분이다.

"아이구, 일찍 걸었네요. 저도 그랬대요. 돌이 되기 한 달 전부터 걸음을 걷더니 돌날 제가 직접 사람들에게 돌떡을 돌렸다잖아요. 그래서 우리 고모는 저를 돌떡 돌린 애라구 불렀어요."

엄마가 하려던 이야기의 방향이 엇나가는 시점이기도 하다.

"아하, 사돈도 일찍 걸으셨구나. 우리 애들 중에는 걔만 빨리 걸었어요."

"그런데 내 동생은 늦도록 못 걸었대요. 커서도 어찌나 잘 넘어지던지. 걔도 사돈처럼 무릎 수술을 했잖아요. 저는 좀 날랜 편이라 잘 넘어지지도 않거든요. 그래서 무릎이 아직 이렇게 버텨 주나 봐요."

이쯤에서 이야기는 완전히 삼천포로 빠진다.

"아유, 얼마나 다행이에요. 저는 벌써 수술을 네 번이나 했잖아요. 무릎에 허리에……."

엄마가 수술 이야기를 꺼내려 하자 그건 들은 기억이 나는지 시어머니가 이야기를 튼다.

"에구, 그러니까 나이 먹어서 수술할 게 아니더라구요. 저기, 고려병원 의사가 나보고도 허리 수술하라는 걸 안 했어요. 우리 동생도 수술 끝이 시원치 않아서 앓다가 그렇게 가버린 거잖아요."

"잘 가신 거지요, 뭐. 나도 기다려지는 건 그것밖에 없어요. 안 아프고 얼마나 좋겠어요."

시이모가 돌아가신 걸 잘 가셨다고 하는 엄마는 올해 아흔 살이다. 아흔넷이 된 시어머니 앞에서 이번만 해도 벌써 몇 차례나 같은 이야기를 주고받는다. 아침 여섯 시, 눈을 뜨면서부터 시작한 이야기 장단은 아침 드라마 시간을 제외하면 종일 이어진다. 저러다 병이 나지 싶어 그만들 쉬시라고 하면 두 노인이 함께 달려들었다. 오랜만에 이야기 상대 만나서 대화를 나누는데 웬 참견이냐는 거였다. 하긴 엄마는 벌써 20년 전에, 시어머니는 오 년 전에 남편을 보낸 후 홀어미로 지내는 중이니 말벗이 그립긴 할 터였다.

엄마가 하려는 얘기는 어려서 잃은 언니 얘기였다. 나는 과일 접시를 내려놓으며 슬그머니 엄마가 하려던 이야기로 물꼬를 돌려놓았다.

"그래서, 그렇게 걸음마를 하던 언니가 어떻게 됐는데."

엄마는 옳다구나 이야기를 풀어냈다.

남들이 귀신 붙은 땅이라고 거들떠보지도 않던 땅이었건만 내 집에 대한 소원 때문에 아버지가 그 터에 집을 지은 게 잘못이라며 엄마는 한숨을 쉬었다. 당연히 나는 아는 내용이었다. 마을 사람들이 무모한 짓을 한다고 말렸지만 아버지는 유물론자였다. 세상은 물질로 이루어져 있다고, 귀신이나 꿈 따위는 정신이 나약한 인간들이 허상을 보거나 꾸며낸 공상일 뿐이라고 믿었다. 아침 밥상머리에서 늘 꿈 얘기를 하는 엄마와 달리 아버지는 꿈이란 오매불망이요, 생각이 짙어지면 나타나는 현상이라고 단정했다. 나 역시 근거 없는 엄마의 이야기보다 그렇게 단호한 아버지의 말에 더 믿음이 갔다.

터가 세면 얼마나 셀 것인가. 북한에서 태어난 아버지는 일본에 징용되어 만주군과 싸웠고 해방 후 돌아오니 다시 징집명령이 내려와 북한군이 되었다. 한국전쟁에 투입된 미군에 잡혀 포로가 된 아버지는 말수가 적었다. 전쟁과 포로수용소에서 수많은 죽음을 본 아버지는 믿을 건 자신의 신념뿐이라고 생각했을 것이다. 일제강점기 때 탄광에서 목수 일을 배운 아버지는 남쪽에 내려와서도 목수 일을 했다. 전쟁이 끝난 후라 목수를 찾는 곳은 많았다. 집터를 알아보던 중 마침 그 귀신 붙은 땅의 임자가 일감을 주었다고 했다.

그 터 앞으로는 제법 넓은 개울이 흐르고 있었다. 등 뒤엔 야트막한 솔숲이었다. 누군가 다져놓은 터는 금방 집을 지어도 될 듯했다. 남한에서 새로 맞은 아내, 즉 우리 엄마는 산달을 앞두고 있었다. 이제 곧 자신의 피를 받은 생명이 태어날 판이었다. 자식에게만은 떠돌이 신세를 면하게 해주고 싶었으리라.

아버지가 그 땅에 관심을 보이자 땅 임자는 문틀이나 짜주고 그냥 그 터에 집을 지어 살라고 했다. 그 시절엔 그렇게 땅을 거저 주기도 했노라고 아버지는 말했다. 아버지는 마을에 사는 그 땅 임자네 집 방 문짝을 짜 주고 덤으로 방을 잇는 툇마루도 놓아주었단다. 이젠 그만 됐다는 주인의 말을 듣고서야 비로소 내 땅이 생겼구나, 한시름을 놓았다고 했다.

해토 무렵, 뒷산에서 황토를 캐다가 짓이겨 벽돌을 만들었다. 엄마가 몸을 풀기 전에 집을 지으려면 서둘러야 했다. 집이 들어설 자리를 다져놓고 그 자리에 반듯반듯하게 만든 벽돌을 늘어놓았다. 제법 벽을 올릴 만큼 벽돌이 쌓여 집 지을 날을 잡을 참이었다.

"그런데 비가 내린 거예요. 무슨 봄비가 그리 억세게 내렸나 몰라요. 금방 벽돌이 풀려서 벌겋게 진창이 되어 흘러내리더라구요."

엄마는 말을 구수하게 하는 재주가 있었다. 처음 그 말을 들었을 때 낭패한 듯 아버지가 담배를 말아 피우는 장면과 함께 개울로 벌건 도랑을 이루며 흘러내리는 황톳물이 보이는 듯했다. 아버지는 다시 황토를 캐다가 남아 있던 흙과 버무려 또 벽돌을 만들었단다. 그 벽돌이 말라 집 지을 날을 받았을 때 다시 비가 내렸다. 아버지가 그 흘러내린 흙을 긁어모으고 짚을 썰어 넣고 다져서 또 벽돌을 만들기를 수차례, 일이 있는 날엔 일을 나갔다 와서 한밤중에도 작업을 했다. 장마가 오기 전에 집을 지으려면 서둘러야 했다. 가진 것 없는 몸으로 살아보겠다고 기를 쓰는 아버지에게 마을 사람들은 혀를 찼다. 세상일이란 게

흐르는 벽

마음만 가지고 되는 건 아닌데…….

엄마는 혀를 차던 그들의 말을 흉내 냈다. 그 땅을 내준 권씨까지 덩달아 욕을 먹었단다. 엄마의 이야기 속에서 그 터는 집터가 아니라 무덤이 있던 자리로 변해있었다. 예전에 내가 알던 것과 달라진 대목이다. 결국 산달이 되어 버린 엄마는 세 들어 살던 할머니네 집에서 아이를 낳았다. 딸이었다. 세상에서 처음 가져보는 핏줄에 감동한 아버지는 다시 집짓기에 도전했다. 여섯 번째 벽돌을 만들어 놓고 난 날은 장마철도 한참 지나 별빛이 더욱 밝아진 가을 녘이었다. 논에서 벼 이삭이 비릿한 냄새를 풍기며 익고 있었다. 이젠 비가 내릴 철이 아니었다. 벽돌이 마르면서 구수한 냄새를 풍겼다.

하지만 벽돌이 굳어갈 즈음에 다시 뇌성벽력과 함께 비가 쏟아졌단다. 아버지가 지켜보는 앞에서 흙벽돌은 허물어져 붉은 흙이 되더라고 했다. 울고 싶었단다. 아니 미쳐 버릴 것 같더란다. 대체 정말 귀신이라는 것이 있단 말인가. 오기가 난 아버지는 다음 날 말짱하게 갠 하늘을 올려다보며 다시 흙을 짓이겼다.

"누가 이기나 끝장을 볼 심산이었지요."

엄마는 마치 자신이 한 일인 양 입술을 앙다물었다.

그렇게 일곱 번 만에야 온전한 벽돌을 얻을 수 있었단다. 그 벽돌로 조심조심 집을 지었다. 정성껏 낙성식도 하고 초가를 올려 지붕을 덮었다. 구들을 놓고 아궁이도 만들었다. 산에서 해온 싸리나무로 나지막한 울타리도 둘렀다.

"그런데 당최 집에 들어가기가 싫은 거예요. 마당에 들어서기만 해도 머리끝이 쭈뼛쭈뼛 서는 게 누가 잡아채는 것 같이 뒤가 선뜩거리더라니까요."

아이를 업은 엄마는 마당에 들어서기가 꺼려졌지만 누가 봐도 아담한 집이었단다. 이제 내일이면 새집으로 이사를 드는 날이었다. 아버지는 구들을 말리기 위해 아궁이에 불을 넣고 있었다. 몇 번이나 벽돌을 이기느라, 억지로 집을 짓느라 피곤하기도 했을 것이다. 드디어 완성했다는 마음에 긴장이 풀렸던 걸까.

깜박 졸았나 싶었는데 시커멓고 몸집이 큰 거인이 아궁이로 빠져나오며 아버지를 와락 밀어내더란다. 뒤로 벌렁 자빠졌다 일어난 아버지는 비몽사몽 겪은 일을 엄마에게는 비밀로 했단다.

"이제라도 도깨비가 빠져나갔으니 됐지 싶었대요, 글쎄."

그때 아궁이를 빠져나간 게 터줏대감이었을 거라며 시어머니가 추임을 넣었다.

"그건 잘 모르겠고요. 그런데 참 희한한 일도 다 있어요."

이 대목에서 엄마가 침까지 삼키며 하는 얘기가 있다.

"사돈도 아시죠, 왜 예전에는 가을걷이 끝나고 나면 동네에서 큰 굿을 하곤 했잖아요. 제가 애를 업고 그 굿 구경을 하고 있는데 글쎄 그 무당이 멀쩡하게 서 있는 저한테 굵은 소금을 뿌리면서 가라고 하는 거예요. 얼마나 기분이 나쁘던지 쌩하고 돌아섰지 뭐에요. 근데 나중에 들으니까 무당이 사람들한테 그러더래요. 저 집에서 사람이 상하겠더라구요."

"사람이 상한다면 죽는다는 얘기잖아요."

시어머니가 다시 맞장구를 친다.

"예, 돈은 벌겠는데 사람이 죽어 나갈 거라 했대요."

"그 사람들 공돈 안 먹는다니까요. 그래도 애가 갔으니 다행이지, 바깥사돈이 그때 갔으면 어쩔 뻔했어요."

"그러게나 말이에요."

그게 다행이라고 입 밖에 낼 수 있는 소리인가. 잔치국수를 만들기 위해 올려두었던 멸치육수가 구수한 냄새를 풍기며 끓고 있었다. 호박을 채 썰던 나는 잠깐 두 사람을 살폈다. 얼굴이 검은 엄마가 입술이 마르는지 컵에 든 물을 마시고는 다시 말문을 열었다. 시어머니는 컵이 놓여 있던 자리의 물기를 손으로 문지르며 엄마를 바라보았다.

그렇게 우여곡절 끝에 새집으로 이사를 하고 나자 무당 말대로 아버지한테 일거리가 밀려들기 시작했단다. 집 뒤로 내어 단 작업실에서 아버지는 쉼 없이 일을 했다. 전쟁이 끝난 뒤라 집집마다 수리할 것들이 널려있었다. 문을 만들어 달아주고 지붕 서까래도 잇고 시집가는 처녀 장롱도 만들고 쌀 뒤주도 만들었다.

"돈은 원 없이 들어올 거라던 무당의 말이 맞긴 맞더라 구요."

그 시절에 무슨 돈이 원 없이 들어 왔을까마는 엄마는 그렇게 말을 했다. 그러나 엄마는 그 집이 무서웠단다. 대낮에도 혼자 마당엘 나갈 수가 없었다고 했다. 그 무렵 도둑이 들어 연장을 훔쳐 갔는데 연장을 사러 시내에 나가는 아버지를 아이를 둘러업고 따라나섰단다.

"무서워서 혼자 있을 수가 없더라니까요."

엄마는 진저리를 쳤다. 그렇게 무서워하는 엄마를 앞세우고 아버지는 큰 시장에 나가서 망치며 끌이며 대패, 장도릴 사들였다. 그것들이 또 곳간을 채워주었다. 지금까지 살았던 어느 시절보다 풍족한 시절이었다고 했다. 엄마는 아버지가 아장아장 걷기 시작한 딸을 흐뭇하게 바라보는 장면을 회상하며 덩달아 눈빛이 잔잔해졌다.

"일하다가도 애가 걸어오면 연장을 놓고는 뭐라고 말을 붙이곤 하는 거예요. 나한텐 생전 그런 아기자기한 게 없는 양반이었거든요."

어지간하면 새집에 익숙해질 만도 하건만 엄마는 여전히 밤이면 변소조차 가지 못했다. 무서웠단다. 엄마는 아버지보다 아홉 살이나 어렸다. 지금이야 억척스런 삶에 지쳐서 그렇지 예전 사진을 보면 여리여리한 몸매에 얼굴도 곱상한 엄마였다.

"그렇게 세 식구가 붙어 지내다시피 했어요. 그런데 그날따라 점심을 차리러 가는데 쟤 아버지가 아이를 놔두고 가라는 거예요, 이것 하나만 대패질해놓고 내가 데려갈게. 그러더라구요."

잠깐 사이였단다. 아버지가 부엌을 들여다보며 애를 찾더라고 엄마의 목소리가 울먹인다.

"옆에서 연신 종알거리는 애 목소리를 들었대요. 그런데 애가 안 보인다는 거예요. 가슴이 덜컥 내려앉더라고요. 주걱을 팽개치고 달려 나오는데 벌써 아랫마을 사는 부뜰네의 째지는 목소리가 들리더라구요."

부뜰네가 축 늘어진 아이를 안고 있더란다. 방금 딴 호박꽃을 손에 움켜쥔 채였다. 엄마를 찾아가던 길이었을 것이다. 작업장을 돌면 바로 안채였다. 아이는 부엌이 아닌 마당을 지나 사립문을 나선 것이었다. 문 앞의 다리를 건너려면 아장아장 걷는 그 걸음으로는 한참이나 걸렸을 터였다. 아무리 생각해도 그 시간에 거기까지 갈 수 있었을 것 같지가 않았다고 엄마는 머리를 흔들었다. 젤젤 흐르는 물은 발목에도 차지 않을 정도였단다. 게다가 어린 것들은 삼신할미가 돕는다질 않던가. 그런데 마치 누가 불러내기라도 한 듯 아기가 그리되었단다. 부뜰네가 물에 빠진 아이를 들어올렸을 때 아이는 벌써 숨을 쉬지 않고 있었다고 했다.

"아이 손에 아직 시들지 않은 호박꽃이 쥐어있었다니까

요."

엄마는 늘 이 대목에서 나를 가리키며 말을 잇는다.

"죽은 애는 쟤보다 훨씬 이뻤어요. 쌍꺼풀이 진 눈에 피부는 하얘 갖고 얼마나 이뻤는지, 지나는 사람마다 한마디씩 했다니까요. 인형 같다고요."

마을 사람들이 죽은 아이를 포대기에 싸서 윗목에 밀어 놓았다. 그리곤 아는 소리를 곧잘 하는 태환할매가 아버지와 엄마에게 복숭아나무 가지를 내밀었단다.

"암말 말고 이걸로 야무지게 때리게."

그래야 다시는 이런 일이 생기지 않을 거라면서 복숭아가 귀신 쫓는 과일이라 제사상에 올리지 않는다는 것과 일맥상통한 얘기였다. 아버지는 누구에게 퍼부어야 할지 모르는 분노를 그 나뭇가지 끝에 실었단다. 아직 아이에게 들러붙어 있을 것 같은, 그 음흉하고 사악한 기운을 향해 매질을 하는 아버지의 눈이 뒤집혀 있었다고 했다.

"내레, 이놈의 새끼를 패 닦아 버리갔어."

눈이 뒤집힌 아버지를 향해 이번엔 엄마가 달려들었단다.

"불쌍한 내 새낄 왜 때려. 말 못하고 죽은 것도 억울해 죽겠는데 왜 때려? 애 본다고 놓아두고 가라고 한 사람이 누군데, 뭘 잘했다고 애를 때려?"

마을 사람들이 달려들어서야 아버지를 때리던 엄마의 매질이 멈추었다. 금슬 좋은 사람들이 저렇게 싸우는 건 처음 보았다고, 이 역시 귀신의 조화라고 사람들은 또 혀를 찼단다. 마을 노인들은 엄마 아버지가 모르는 곳에 아이를 버리고 돌아왔다. 어린애는 묻지 않고 버리는 거였다. 죽음이 흔하던 시절이었다. 굶어서, 병들어서, 또 전쟁 중에 총 맞아서. 죽어가는 죽음들을 숱하게 보았을 사람들에게 아이의 죽음은 그리 대단치 않았을지도 모른다. 묻지도 않고 내던져버린 아이. 그래야 산 사람에게 뒤탈이 생기지 않는다고. 산 사람은 살아야 하지 않겠느냐며 위로하던 사람들은 아버지에게 술을 권했다.

술 주전자를 들고 오던 엄마는 아이를 묻지 않고 짐승의 밥이 되게 버렸다는 소릴 듣고는 그 길로 집을 뛰쳐나갔단다. 깜깜한 밤, 산속이 오히려 편했다고 했다. 엄마는 온 산을 쏘다니며 희끗한 것만 보이면 쫓아가서 확인했다. 흰 눈이 내려 산을 덮을 때까지 엄마가 집을 뛰쳐나가는 버릇은 고쳐지지 않았다.

결국 엄마와 아버지는 생애 처음 마련했던 그 집을 비워두고 그곳을 떠났다. 그렇지 않아도 무섭다던 엄마는 아이가 죽은 후 숫제 집에 붙어 있질 않았단다. 한밤중에 깊은 산속은 그리 쏘다니면서도 집은 무서워서 들어가기가 싫더라고 엄마는 마른 입가를 훔쳤다.

막연히 터가 세다고 했던 지형들을 지구과학 전문가들은 지구 내부 맨틀에서 나오는 가스 때문이라고 설명한다. 터가 센 지역에 사는 사람들은 암에 걸릴 확률이 더

높고 어린이가 일찍 사망할 확률도 두 배나 높다는 기사를 본 적이 있다. 이런 지역에 날고기나 채소류를 매달아 놓고 관찰해보면 고기가 빨리 썩거나 매달아 놓은 양파가 빨리 썩는단다. 한때 긴 실에 금반지를 꿰 지형을 알아보던 놀이도 있었다. 기운이 안 좋은 곳에서는 금반지가 심하게 돌았다.

예전과 달라진 것은 엄마의 말소리였다. 성했던 이가 하나둘 망가지면서 틀니를 한 엄마는 그것도 마땅치 않다고 집 안에선 늘 빼두고 있었다. 합죽한 입에서 나오는 소리는 분명치가 않았건만 그래도 아직까지 원형이 잘 보존된 이야기 중 하나다.

"뭘 드실래요?"

이야기가 주춤한 틈을 타서 물었다. 점심을 차려야 할 때였다.

"난 밥으로 주라."

국수를 달라는 엄마와 동시에 시어머니의 입에서는 밥을 달라는 말이 튀어나왔다.

"난 밥이 싫어요. 입에서 맨들거리는 게 당최 씹히질 않아서. 그냥 아침부터 세 끼 다 국수를 먹으래도 먹을 것 같아요."

예전엔 사돈의 뜻에 따라 주는 대로 먹던 엄마가 요즘엔 자기 주장을 굽히지 않는다. 두 노인의 식성을 알고 있던 터라 이미 어머니를 위해 호박 넣은 된장찌개를, 엄마를 위해 국수 고명으로 호박을 볶아 놓았다.

"난 국수를 스무 살 때까지 못 먹어 봤어요. 우리 동네는 쌀이 흔해서 잔치할 때도 국수가 아니라 떡국을 내곤 했거든요."

여수가 고향인 시어머니는 맨손으로 이북에서 내려온 엄마와는 다른 삶을 살았다. 얼핏 엄마에게 자랑처럼 하는 그 소리 역시 매번 하는 얘기건만 신기하게도 엄마는 늘 부러운 표정을 지었다.

"그럼요. 사돈이야 우리네와 달리 사셨잖아요."

그리고 이어지는 건 시어머니가 처음 국수를 먹어 본 날의 회상이다.

"우리 큰애가 세 살 먹었을 때였나 봐요. 그때 우리 옆집에 친구가 살았는데, 그 친구네 대청마루에서 사람들이 춤을 배우고 있었거든요. 애 아버지는 전방에 가 있고 우두커니 애만 보고 있는 내가 안 되어 보였나 봐요. 하루는 저희 친정아버님이 애는 내가 봐줄 테니 가서 놀다 오라고 하시더라구요."

북쪽이 고향이었던 우리 부모와 달리 시어머니는 여수에서 장사를 하는 부모 밑에서 자라 남부럽지 않은 어린 시절을 보냈다. 우리 아버지는 북한의 인민군 병사였고 시아버지는 국군 장교였다. 전장에서 서로 총부리를 맞대었을지도 모르는 사람들이 지금은 사돈이 되어 있었다. 이북에서 혼자 피난을 와 몸 붙일 곳을 찾던 엄마와 달리

공을 굴리다

시어머니는 국군 장교인 남편이 전방에서 근무하는 동안 기반을 잃지 않은 친정에서 춤을 배우며 풍요로운 시절을 보냈다. 출발선이 다른 출발이었다.

"남자는 많은데 여자 파트너가 귀하다고, 하도 친구가 조르는 바람에 춤을 배웠지 뭡니까. 그런데 그때 새참으로 나온 게 국수였어요. 가는 국수를 삶아서 찬물에 말아 설탕을 타 주는데 그게 그리 맛있을 수가 없더라고요. 전 지금까지도 국수는 그렇게 설탕물에 말아 먹어요."

시어머니의 국수 시식 버전은 또 다른 것도 있다. 생전 못 먹어 보던 국수를 경상도에 시집가고 나서 처음 먹어 보았다고. 쌀이 흔한 동네에 살아서 어릴 때는 국수를 구경도 못 했다는 후렴은 똑같았다.

시어머니는 알 굵은 보석 반지를 한 번 쓰다듬고는 분홍색 매니큐어를 칠한 손톱을 들여다본다. 목에 건 굵은 진주 목걸이는 잘 때도 어머니 몸에서 떨어지지 않는다. 엄마도 그 모습이 부러웠던가, 푸른 정맥이 꿈틀거리는 구부러진 손가락을 내려다보다가 식탁 아래로 손을 감춘다. 반지 하나 해드릴까, 물었을 때 다 늙은 손가락에 반지가 어울리기나 하냐, 대꾸하던 엄마였다.

동생 내외가 독일에 공부하러 간 아들을 만나러 간다며 늙은 엄마와 기르던 개를 잠깐 나에게 부탁하고 떠났다. 오늘이 일주일째다. 거동이 시원치 않은 노인들이라 외식도 마땅치 않아 매끼를 준비했다. 그사이 엄마는 투정을 부리는 아이처럼 그간 먹고 싶었던 것들을 만들어 달라고 했다. 분식은 속이 거북하다고 드시지 않는 시어머니와 달리 엄마가 원하는 것은 주로 밀가루 음식이었다. 그제는 김치에 호박을 썰어 넣은 김치부침개를 했고, 어제는 이북식 만두를 해 달래서 김치에 돼지고기를 굵직하게 썰어 넣은 만두를 만들었다. 시어머니는 김치전보다는 오징어를 다진 해물전을 원했고, 김치만두는 매워서 싫다며 고기와 양파를 갈아 넣은 고기만두를 원했다.

두 노인이 재탕, 삼탕씩 우려내는 묵은 얘기를 들으며 나는 국수를 삶고 감자를 갈았다. 오래도록 사회 경험이 단절된 노인들의 이야기는 뒤란에서 해마다 피어나는 잡초 같았다.

"그럼 사돈은 춤을 잘 추시겠네요."

엄마의 부러운 시선에 시어머니는 신이 난다.

"아이, 뭐 잘 출 것까지야 없지만 그저 남들 하는 만큼 스텝은 밟을 수 있지요. 춤은 우리 동생이 잘 춰요. 걔가 마흔이 넘어서도 춤바람이 났었잖아요."

이야기는 또 올봄에 돌아가신 이모에게로 이야기가 흘러간다.

"예, 워낙 미인이셨으니까."

엄마의 맞장구에 이모의 춤바람 사연이 이어졌다.

"그래도 결혼해서 애까지 낳은 년이 이틀이나 밤을 새고 안 들어오면 말이 됩니까. 제부는 애들을 데리고 우리

　　　　　　　　　공을 굴리다

집으로 쳐들어오고, 에구 지금은 가고 없는 애, 흉보면 안 되지만 생각하면 평생 내 애간장을 무지하게 녹였어요."

이젠 체면을 차릴 것도, 가려서 할 얘기도 없다는 걸까. 사돈지간인 두 노인은 흉이 될 이야기도 서슴없이 꺼내놓는다.

"그래서 이모는 어디에 가 있었대요?"

네 살배기 손녀처럼 엄마의 호기심도 원초적이다.

"제가 친구들을 수배해서 찾았지요. 밤새 춤추다가 친구 집에서 자빠져 자곤 또 춤을 추고 그랬대요."

시어머니는 말끝에 이모의 또 다른 비행을 꺼낸다.

"내가 결혼 초에 애를 낳고 누워 있을 땐데요. 내 대신 월급을 받아오라고 부산 훌령부에 보냈더니 아, 글쎄 그년이 여관에 있던 사람들과 어울려 화투를 치다가 그 봉급을 다 털어먹었지 뭐예요."

우리 엄마가 아버지를 늘 주태백이라고 폄하하는 것처럼 시어머니는 늘 연년생이었던 이모의 흉거리를 찾아낸다. 시어머니는 이모가 처녀 시절 유부남을 좋아해 집안을 들쑤신 이야기며 중학 시절 굳이 고집해서 정신대에 자원해 간 전력까지 털어놓았다. 두 노인의 이야기가 국수 가닥처럼 뚝뚝 끊기며 괴괴한 집안을 흐른다.

점심 식사를 마치고 난 두 노인을 각자의 방으로 들여보냈다. 그대로 두면 과로로 병이 날 것 같았다. 진종일 침묵하며 살던 노인들은 입술이 파리할 정도로 이야기에 에너지를 쏟았다. 엄마는 며칠 새에 눈이 퀭해져 있었다. 처음 두 노인을 떼어놓을 때만 해도 동시에 나에게 눈을 홀기며 못마땅해하던 노인들도 이젠 힘이 부치는지 식사를 마치면 각자의 방으로 들어간다. 하지만 잠깐 마트라도 다녀오면 두 노인은 어느새 얼굴을 맞대고 앉아 있었다. 엄마가 시어머니의 침대에 걸터앉아 있기도 하고 시어머니가 엄마가 묵는 방 침대에 올라가 있기도 했다.

"아, 글쎄 그년의 사진을 지갑 속에 넣고 다니더라니까요. 애를 넷이나 낳아 놓은 사람이, 더구나 부하 직원의 미망인에게, 그게 할 짓이에요?"

이번엔 시아버지가 한눈판 얘기를 하는 모양이다.

"그러니까 사내들은 다 짐승이라잖아요. 그래서 그년을 가만두셨어요? 머리채를 뜯어 놓지."

엄마는 상대가 사돈이라는 것도 잊은 채 맞장구를 치는 중이다.

"이름도 안 잊어먹어요. 권인숙이라고. 참 나, 얼굴이나 잘생겼으면 또 몰라요. 얼굴은 넓적하니 몸집도 크더라구요. 그때는 제가 호리호리했거든요."

그럼요, 사돈이야 지금도 미인이신데 그땐 얼마나 더 미인이었겠어요. 두 노인 사이가 화기애애하다.

시부모님들 부부싸움 끝에 늘 어머니가 무기로 사용하는 얘기였다. 시아버지가 돌아가시기 전 나는 그 사건에 대해 물어본 적이 있었다. 행여 그분이 살아 있느냐고, 혹시 뵙고 싶으면 찾아봐 드리겠다고, 병상에 앉아 계시던 시아버지는 고개를 저었다. 이미 이 세상 사람이 아닐 거라며. 좋아하던 사이가 아니었다고, 네 어머니가 공연히 오해하는 거라고 했다.

"부하 직원이 먼저 가고 남아 있는 게 안쓰러워서 몇 번 찾아간 것뿐이야, 아무리 아니라고 해도 믿지를 않으니 달리 방법이 없지 않니?"

시아버지는 허랑하게 웃었다. 아버님은 그해에 세상을 떠나셨다. 평소에도 옷 태가 나는 분이었지만 수의 위에 덧입은 한지 옷이 참 잘 어울렸다. 마지막 가시기 전에 내가 들었던 말을 전했건만 어머니는 코웃음을 쳤다. 같은 사실일지라도 그 순간을 기억하는 사람과 먼 곳을 회상하는 사람과의 시선 차이일까. 두 분이 기억하는 거리가 참 멀었다.

어느새 이야기의 바통을 넘겨받은 엄마가 피난 시절 얘기를 하는가 싶더니 또 시어머니가 포항 오산에 살던 시절을 얘기한다.

"우리가 그때 문방구를 했어요. 뒤에 텃밭이 크게 있는 집이었어요."

시어머니의 과거는 늘 풍요롭다. 늘 가난하고 불우했던 엄마와 달리 어머니의 집은 늘 컸고 당신은 세상의 중심이었다.

"뒤란에 채소를 키우고 병아리를 길렀는데요. 그 닭똥

흐르는 벽

이 좋았던 건지, 애들 아버지가 철모로 화장실에서, 그땐
변소였잖아요, 거기서 똥을 퍼다 줘서 그랬는지 채소가
그렇게 잘 되더라구요. 그때가 우리 아들이 학교에 들어
갔을 때였거든요."

"아, 우리 사위가요."

엄마의 말에 어머니는 예, 우리 아들이요, 하며 못을 박
는다.

"그런데 애가 학교에 갔다 오면 매일 다락으로 올라가
는 거예요. 그땐 집들에 다락이 있었잖아요. 대체 뭘 하는
가 싶어 올라가 봤더니 세상에, 고물상이 따로 없더라고
요. 다 떨어진 고무신에 빈 깡통이며 돌멩이까지 온갖 게
다 들어 있는 거예요."

"에구 그때부터 사위가 뭘 모으는 걸 좋아했나 보네요.
그러니까 이렇게 살림 이루고 사는 거예요."

"맞아요. 집으로 끌어들이는 놈한텐 못 이기지요."

지금도 뭘 잘 끌고 들어오는 남편이다. 너무 낡아서 버
린 어머니 화장대를 퇴근하던 남편이 다시 들여온 이야기
를 하신다.

"제 아버지랑 기껏 들어다 버린 내 화장대를 애비가 끌
고 들어온 거예요. 누가 멀쩡한 화장대를 버렸다면서요.
제 눈에 익은 거라 좋게 보였던가 봐요."

어머나 세상에, 하며 두 노인이 깔깔거린다. 엄마는 나
도 알지 못하는 이웃집 남자가 당한 교통사고 얘기를 하

고 있고 또 어느 순간엔 시어머니가 노인 회장의 흉을 보고 있다. 이제 이야기는 우리의 어린 시절로 결을 잡았다.

"아 글쎄 기껏 떠서 입혀 보낸 스웨터를 잃어버리고 왔더라구요."

시어머니는 그 시절 505 털실로 애들 옷을 짜 입혔는데 애를 꾀어내 그 옷을 도둑질하는 애들도 있었다고 얘기했다.

"아유, 말 마세요. 마당에 빨아 널어놓은 빨래도 장대로 훔쳐 가던 시절이었잖아요. 저도 쟤한테 내 속치마를 풀어 빨간색 스웨터를 짜 주었었는데, 너 생각나니? 그때 김학준 선생이 담임이었는데."

아이고 놀라워라. 치매기가 있는 엄마는 내 초등학교 6학년 때 담임 김학준 선생을 기억하고 있었다. 나도 어느새 돌아갈 수 없는 시간을 걷는다.

"얘들아, 이제 집에 가자."

아름드리 느티나무가 운동장 가에 서 있던 교정. 우리는 느티나무를 짚은 아이를 따라 한 줄로 주욱 늘어서 있다. 저만큼에서 도망 다니는 우리 편 아이가 와서 줄 끝에 선 아이의 손을 채 주기를 기다리는 것이다. 선생님이 우리 편 아이 대신 제일 끝에 서 있던 아이의 손을 채며 말했다.

담방구.

편을 갈라 담방구 놀이를 하던 아이들은 선생님을 에워

흐르는 벽

쌌다. 붙임성 있는 애들은 선생님 손을 잡거나 팔에 매달려서 걸었다. 집으로 가는 길에 가끔 라면을 얻어먹는 횡재를 누리는 것도 다 선생님 덕분이었다. 은희는 지지미 원피스를 찰랑거리면서 늘 선생님 오른손을 잡고 걸어갔다. 나는 그들을 보호하듯 제일 뒤편에서 홀로 걸었다.

수업이 끝나고 나면 선생님은 우리들에게 운동장에서 놀고 있으라고 했다. 집이 같은 방향이었던 나와 은희 숙자 미숙이는 학교에 남았다가 선생님과 같이 걸어서 집으로 오는 하굣길을 좋아했다. 선생님은 키가 크고 하얀 얼굴과 백묵처럼 길쭉한 손가락을 가지고 있었다. 아이를 낳으러 가신 엄지현 선생님 후임으로 이 총각 선생님이 우리 반 담임이 되었을 때 나는 시커멓게 탄 내 얼굴이 부끄러웠다. 아이들보다 머리통 하나는 더 큰 내 키가 원망스러웠다. 선생님과 자주 마주치는 눈길도 민망했다. 봉긋해지기 시작한 가슴은 슬쩍 건드리기만 해도 아플 때였다. 행여 다른 아이들보다 가슴이 볼록해 보일까 봐 어깨를 잔뜩 움츠리고 앉아 있었다. 이런 내 마음을 아는지 모르는지 선생님은 수업 중에도 가끔 뒤에까지 걸어왔다. 심장이 웅크린 가슴 쪽에서 뛰고 있는 게 얼마나 다행이던지. 우리집은 선생님 하숙집을 지나서도 한참 더 가야 했다. 선생님은 집에 가도 할 일이 없다며 나를 집에까지 데려다주곤 했다.

선생님을 혼자 독차지하며 걷는 것이 행복했다. 남자들

과 어울리지 말라는 엄마에게 야단을 맞을까 봐 걱정도 되었다. 선생님이 내겐 남자였다. 아무런 흥미도 없던 또래 남자애들한테는 욕도 하고 침도 뱉었다. 고무줄을 끊어가는 애를 쫓아가서는 냅다 발길질을 하기도 했다. 하지만 선생님 앞에서는 얌전하게만 보이고 싶었다.

선생님은 한쪽 손엔 내 가방을 받아들고 다른 한 손은 내 어깨에 얹고 걸었다. 우리는, 아니 나는 영화 속 연인이 된 것처럼 엉덩이를 살랑살랑 흔들며 걸었다.

"집에 가면 커피 한 잔 줄 수 있니?"

우리집에는 커피가 없었다. 그때까지 커피를 본 적도 없었다. 선생님이 찾는 게 없는 우리집의 궁색한 살림이 부끄러웠다. 선생님을 집에 들이기 싫었다.

"저희는 구식이라 커피 같은 것은 없어요."

주눅 들지 않고 당당하게 둘러댄 내가 기특했다. 그 한 마디가 아직도 가슴에 얹혀있다는 것을 엄마는 모를 것이다. 나는 양반도 아니고 신문물을 갖추지도 못한 채 기신기신 사는 부모가 원망스러웠다. 부모가 다 이북에서 내려온 터라 친척조차 없어 그 시대의 풍습을 알 길도 없었다. 은희네 집에는 커피뿐만 아니라 코코아도 있다고 했다. 선생님이 오는 날 수박화채를 예쁜 그릇에 담아 내놓기도 한단다. 곳간에 먹을거리를 잔뜩 쌓아두고 손님이 올 때면 곶감 띄운 수정과를 내놓는다는 숙자네도 부러웠다. 숙자는 기와지붕과 넓은 마당을 가진 큰 집에 살았다.

우리집은 아버지가 손수 지은 방 서너 칸짜리 벽돌집에 잇달아 방을 붙여 하숙을 치고 있었다. 피아노도 없고 커피도 식혜도 내놓을 수 없는, 오롯한 삶의 현장. 오직 밥을 먹고 잠을 자는 구실밖에 못하는 문화의 불모지. 하숙을 치면서 교양 없이 부엌에 숨어서 술이나 홀짝이는 그런 엄마를 보이고 싶지 않았다.

그런 김학준 선생을 기억하는 엄마가 신기했다.

"쟤 초등학교 6학년 때 담임이 김학준 선생이었는데 쟤한테 축사를 써 줬어요."

축사가 아니라 졸업생 답사였다. 나는 졸업식에서 답사를 읽으며 아이들처럼 울지 않으리라 마음먹었다. 흰 와이셔츠에 검은 양복을 입은 키가 껑충한 선생님과 눈을 맞추지 않았다. 선생님이 은희의 이모와 연애를 한다는 소문을 들었기 때문이다. 선생님은 결국 피아노가 있고, 커피가 있는 집의 여자를 택한 것이다.

나는 그 선생님을 집 앞에서 돌려보낸 것을 다행이라 여겼다. 그렇게 외로워진 내가 시작한 것이 독서였다. 나에게 주어진 유일한 문화가 책읽기였다. 『현대 한국문학전집』열두 권은 훌륭한 놀잇감이었다. 김학준 선생님을 그냥 문 앞에서 돌려보냈던 그해, 겨울 방학이 오기 전까지 나는 열두 권의 책을 모두 읽었다. 책 속에 있는 주인공들의 삶이 우울한 내 삶과 비슷했다. 우리집처럼 못 사는 집에서 열등감에 젖어 있는 주인공들은, 또 나처럼 미욱하기도 했다. 나도 그들처럼 그저 삶의 주변에 머물며 사람들을 비웃고 싶었다. 소설 속에서 빠져나오고 싶지 않았다. 그들은 해서는 안 될 사랑을 했고, 그들도 나처럼 허영을 감춘 채 세상을 조롱하고 있었다. 현진건의 운수 좋은 날을 읽으며 어그러지는 운명에 가슴이 아려 눈물을 흘렸고, 김유정의 봄봄을 읽을 때는 점순이가 되기도 했다.

나는 소설 속 주인공처럼 그런 속물 같은 선생님을 냉소했다. 가슴 언저리가 마비되는 먹먹한 통증을 입술을 깨물며 눌러 참았다. 졸업식이 끝나고 대부분의 아이들이 부모님들과 짜장면을 먹으러 갈 때, 나는 냉면을 사달라고 했다.

"겨울에 먹는 냉면이 참 맛이라고. 그 맛을 알아야 인생을 아는 거야."

이 추운 겨울에 웬 냉면이냐고 엄마가 말렸지만 어디선가 읽은 글귀를 인용하며 억지를 부렸다. 아버지는 택시를 불러 타고 역전 뒤에 있는 제일면옥으로 데리고 갔다. 지금도 그 냉면 맛을 잊을 수가 없다.

종일 식탁 앞에서 묵은 시간을 들추던 노인들이 이제 각자의 방으로 돌아갔다. 시어머니 잠자리를 봐 드리고 엄마 방에 들어갔더니 엄마는 방금 헤어진 시어머니 흉을 본다.

"애, 너희 시어머니 정말 대단하시다. 내가 화장실 갔다 오면서 주무시라고 들렀더니 글쎄 얼굴에 팩을 붙이고 계시더라."

엄마도 붙이고 싶다는 뜻이다.

"엄마도 누워. 내가 붙여 드릴게."

허리가 굽어 똑바로 눕지 못한다면서도 엄마는 무릎을 세워 누우며 얼굴을 내민다.

"엄만 팩 같은 거 안 해도 피부가 좋네. 우리 시어머니보다 훨씬 팽팽한데."

나의 말이 위로가 되기를 바라며 엄마의 얼굴에 팩을 붙인다. 팩을 붙인다는 명분으로 생전 처음 엄마의 얼굴을 쓰다듬는다. 엄마의 하루가 눈을 감는다. 점점 흐려지는 엄마의 벽을 다독인다. 골 깊은 주름 사이로 엄마의 꿈이 지나간다. 꿈길은 환한가. 엄마의 입술이 빙그레 웃는다.

파충류 우리

열차가 도착한다는 방송이 흘러나온다. 굼뜨게 내려가는 에스컬레이터를 지나쳐 계단으로 뛴다. 9호선은 깊다. 가도 가도 여전히 계단이다. 나는 왜 이렇게 달려야 할까. 이렇게 뛴다고 해도 지금 들어오는 열차에 오른다는 보장은 없다. 나를 기다려주는 사람도 딱히 없다. 그런데 늘 열차가 다가온다는 소릴 들으면 뛰게 된다. 뛰는 쪽이 마음이 편하다. 치맛자락을 움켜쥐었건만 흘러내린 치마가 계단을 쓸며 따라왔다.

이 늦은 밤에도 열차에서 내리는 사람들은 많다. 사람들은 언제부터 이렇게 한밤중까지 활동 범위를 넓혔을까. 이것도 예전 파충류 시대부터 내려온 흔적일까. 초기의 포유류들은 근육질의 파충류 꼬리와 긴 혓바닥을 피해 밤에 활동했다고 얘기한 건 피기였다.

"파충류는 변온동물이라 햇살의 온기가 사라지면 꼼짝 못하고 숲에 박혀 있었거든. 그제야 포유류들은 먹이 활동을 시작하는 거지. 쉿, 하는 소리가 바로 뱀이 혀를 내두르는 소리잖아. 당시 포유류들에게 그건 끔찍한 소리였겠지. 그게 이 시대를 살아가는 우리 인류에게까지 전해오는 거래요. 쉿, 조용히 하라는 이 소리는 지금도 만국 공용어로 쓰이잖아."

틈만 나면 파충류 그림을 살피는 피기의 모습은 등껍질 단단한 거북을 닮았다.

마지막 계단을 내려서는데 사람들을 뱉어낸 열차가 출발한다. 터널 속으로 들어간 열차는 풀숲으로 사라지는 뱀처럼 금방 꼬리를 감춘다. 에스컬레이터로 오르려는 줄도 뱀처럼 길다. 오늘은 온통 머릿속이 뱀이다. 그 여자 때문일 것이다.

네 줄로 서시면 빠르고 편리합니다.

늘 보던 글귀가 새삼 거슬렸다. 그냥, 네 줄로 서면 빠르고 편리합니다, 이 정도면 됐지 서시면은 뭐야? 오늘따라 모든 것들이 나를 조롱하는 느낌이다. 행여 피기가 뒤따라오지는 않을까 전철역까지 걸어오며 슬쩍 뒤를 돌아다보았다. 보이지 않는 피기 때문에 나도 모르게 신경이 곤두섰다. 이렇게 일이 늦어질 때면 피기의 차로 퇴근을 했다. 우리집은 피기의 집을 지나쳐 더 가야 하지만, 피기는 수고를 마다하지 않았다. 그러나 오늘 밤, 피기는 밤을 맞은 뱀처럼 움직일 생각이 없어 보였다. 그의 팔은 느리게 느리게 그녀의 살갗 위를 기어 다녔다. 밤이 깊어갈수록 나의 불안은 더 커졌다. 끝까지 피기를 기다릴 수가 없었다.

오늘은 손님이 거의 없었다. 몇 통의 문의 전화를 받았고 문의한 손님들이 보낸 도안을 검토하고 몇 건의 예약을 받았을 뿐이다. 오락가락하는 비 때문에 후텁지근한 날씨였다. 냉방기 돌아가는 소리가 유난히 크게 들렸다. 도기의 치카노 도안 위에 〈30% OFF〉라는 세일 광고지가 실외기 위에서 퍼덕거려 무안했다. 문이 열릴 때마다 문에 붙은 종이 울렸고 그때마다 타투이스트들이 문 쪽으로 고개를 돌렸다.

장마전선을 따라 발생한 국지성 소나기 때문에 많은 지역에 호우주의보가 내려졌다. 이 비는 주말쯤 장마전선이 물러가면서 그칠 것이고 그때부터 본격적인 무더위가 몰려올 거라고 기상캐스터가 비음을 섞어 떠들어 댔다. 가느다란 허리 부근에서 팔꿈치가 규칙적으로 움직였다.

"저 캐스터의 팔에 세로로 한 줄 레터링을 넣으면 어울리겠지?"

내 말에 미키가 장미라도 한 송이 그려 넣으면 심심하지 않을 것 같다고 했다. 저런 사람들이 타투를 하고 나와야 우리가 바빠질 텐데. 멍하게 화면을 보며 중얼거리는

데 TV 화면이 바뀌었다. 채널을 돌린 건 최근 머리에 보라색 물을 들인 도기였다. 전에 했던 노랑 머리카락이 더 잘 어울렸던 도기는 요즘 보라색에 꽂혀 있다. 바뀐 화면에서는 얼굴이 벌겋게 부어오른 거구의 사내들이 서로 치고받으며 격투기를 하고 있었다. 온몸이 타투로 덮여 있었다. 보랏빛 머리카락 때문에 더욱 창백해 보이는 도기는 눈에 힘을 준 채 손을 뻗어 화면을 향해 잽을 날려댔다.

"왠지 나에게 날리는 주먹 같네."

내 말에 그는 돌아보지도 않은 채 시니컬하게 대꾸했다.

"실장님, 많이 크셨어요."

찌르면 바로 반응하는 게 겁 많은 애완견을 닮았다. 보기와는 달리 속에 불덩이가 많은 도기. 제 감정을 숨기지 못하는 편이긴 하지만 웃을 땐 영락없이 귀여운 강아지다.

이제 다음 열차가 오려면 10분을 더 기다려야 한다. 10분. 스튜디오에서부터 빨리 걸었으면 놓친 열차를 탔을 것이다. 행여 피기가 따라 나오려나, 머뭇거렸던 걸 생각하니 속에서 뭔가가 훅 올라온다. 내 마음대로 되지 않을 때 나도 모르게 올라오는 열, 피기는 이런 걸 화라고 했다.

"화라는 것은 한방에서 쓰는 용어고, 실제는 분노의 감정이지요. 분노의 감정은 포유류 시대부터 발달한 거라

깊숙한 뇌에서 보내는 신호라고 보면 돼요."

피기는 모든 걸 파충류와 연결하는 버릇이 있다.

"우리 인간은, 아니 모든 생물의 세포는 오래전 원시 생물부터 지금까지의 유전자를 모두 간직하고 있잖아요. 지금 이성이라는 이름으로 억누르고 있지만 분노는 누구나 갖고 있는 감정이라고요. 실장님도 차라리 화를 내세요. 병 만들지 마시고요."

위장약을 털어 넣고 가슴을 두드리던 우리 엄마가 들었다면 입을 삐죽거렸을 소리였다.

"그래도 참을 건 참아야지, 모두가 제 성질대로 살아버리면 가정이고 사회고 유지가 되겠나. 그러려면 다 뿔뿔이 혼자 살아야지."

엄마는 늘 참으라고 했었다.

"김 서방, 속은 착한 사람이잖니. 오죽하면 저러겠어. 그래도 평생 밖으로 나돈 네 아버지보다는 훨씬 낫잖니? 엄마 봐서라도 참아 봐."

엄마의 오죽하면, 이라는 소리가 싫었다. '오죽하면'은 한 발짝 떨어져서 볼 때 생기는 여유고 배려다. 직접 당하지 않은 자의 방관이다. 엄마의 '오죽하면'은 엄마와 나 그리고 아이가 지켜보는 앞에서 남편이 커다란 식탁 유리를 망치로 내려치는 걸 본 후 사라졌다.

처음엔 자잘한 걸 던지던 남편은 언제부턴가 점점 큰 물건을 부수기 시작했다. 결혼 초 어른들 앞에서는 조심

　　　　　　　　　　　　파충류 우리

도 하고 화도 다스리던 그였건만 언제부턴가 어려운 사람이 없어졌다. 초기엔 금방 자신의 잘못을 사과하던 그가 어느 순간부터 변명도 사과도 하지 않았다. 자기가 깬 유리 위를 뒹구는 그가 무서워 이혼하자는 말도 못 꺼냈다. 엄마의 화병은 더 깊어졌다. 딸년 팔자는 에미를 닮는다더니, 날 닮아서 네 팔자가 그런 모양이라는 넋두리가 듣기 싫어 엄마도 만나지 않았다.

그러던 어느 날 그가 이혼서류를 내밀었다. 모두 죽여버리겠다며 칼을 휘두르고 난 며칠 뒤였다. 이대로 가다가는 아무래도 무슨 일을 낼 것 같다는 그의 눈에서 잠깐 진심을 보았다.

"어떻게 살 건데."

그는 내 말에 슬쩍 웃었다.

"그래도 걱정은 되나 보네. 그게 바로 당신의 문제야. 착한 건지, 음흉한 건지. 이럴 땐 얼른 알았다고 해야 하는 거라구. 기회란 늘 오는 게 아니더라니까."

언젠가 TV에서 본 새끼 밴 암컷을 두고 혼자 떠나던 수컷 뱀이 떠올랐다. 건기를 견디던 수컷이 극한 상황이 되면 암컷이 낳는 제 새끼를 잡아먹을까 봐 차라리 먼 곳으로 떠나는 거라고 했다. 그게 제 종족을 보존하는 방법이라는 걸 오래전 뱀들도 터득하고 있었노라는 해설을 들으며 고개를 끄덕였었다.

진심 같기도 하고 비아냥 같기도 한 건 남편의 화법이

다. 또 꼬투리가 잡힐까 싶어 얼른 도장을 찾아 내밀었다. 그는 무작정 쏘다니겠다고 했다. 설마 요즘 같은 세상에 굶어 죽기야 하겠냐고, 자신의 문제점을 알고 있으니 스스로 방법을 찾겠다는 남편은 너무 멀쩡한 사람이었다.

남편은 가끔 카톡으로 지방 공사 현장에서 일을 하는 사진도 올리고 배를 타고 있는 사진도 올렸다. 열심히 살고 있다는 얘길 하고 싶은 건지 멀리 있으니 안심하라는 건지. 하지만 난 아직도 남편이 두렵다. 혀를 날름거리며 주변을 탐지하는 뱀처럼 어디선가 나를 감시하는 건 아닐까. 어디선가 이 시각에 들어오는 나를 본다면 남편의 반응은 어떨까? 벌건 눈을 희번덕이며 신발이라도 집어 던질까. 칼을 감춘 채 담벼락에 붙어 서 있을지도 모른다. 그러나 집을 떠난 지 3년이 지났지만 아직 남편이 나타난 적은 없다. 심호흡을 하며 불안을 털어낸다.

퇴근하는 피기의 차 안에서 남편과의 일을 털어놓았다. 드러내고 싶은 일은 아니었지만 피기의 차에서 내리는 나를 보며 행여 남편이 해코지할까봐 걱정이 되었다. 퇴근 시간이 가까워지면 안절부절못하는 나를 보며 무슨 사연이 있을 거라 생각했단다.

"걱정 마세요. 큰 도로변에 내려드릴게요. 정신과 치료를 받아보시는 건 어때요. 겉으로야 누르는 것 같지만 이성보다 더 깊은 곳에 자리 잡고 있는 감정을 그냥 다스리기는 어려울 거예요."

조금 기다리면 편히 갈 수 있는 버스를 탈 수 있는데도 지하철을 택하는 이유는 조금이라도 빨리 돌아가야 한다는 마음 때문일 것이다. 집을 떠난 남편이지만 여전히 남편은 내 뒷덜미를 잡고 있었다. 밟혀본 사람은 안다. 상대를 죽여버리겠다는 각오가 서지 않는 한 반격이 어렵다. 폭력 앞에 제일 먼저 드는 감정은 두려움이다. 그 뒤를 체념이 따른다. 그렇게 밟히면서도 살아야겠다고 몸을 웅크리던 내 모습에 자괴감이 드는 건 더 나중이다. 이렇게 반격없이 당하는 것도 또 다른 형태의 공격이라고 말한 게 니체라던가.

　아직 아들은 독서실에서 돌아오지 않았을 것이다. 아들은 제 아빠에게서 벗어나지 못하는 나를 원망하는 눈치다. 피기는 오이디푸스 콤플렉스에 대해 설명하고는 실은 아비와 아들의, 아니 수컷들의 싸움 역시 그 뿌리가 오래되었다며 이 또한 도태되지 않으려는 생명의 몸짓이니 아들을 너무 나무라지 말라고 했다. 별로 많은 말을 하지는 않지만 피기에게선 남을 배려하는 마음이 보였다. 이렇게 속내를 들어주고 나를 두둔해주는 피기가 고마웠다.

　떠난 열차 꽁무니를 바라보던 나는 바닥에 그려져 있는 첫 번째 발자국 위로 올라섰다. 이 발자국 위에 설 때마다 터키의 에베소광장 귀퉁이에 있던 발자국이 떠오른다. 남편과 나는 터키로 배낭을 짊어진 채 신혼여행을 갔었다. 저렴하게 구매한 항공 티켓은 모스크바의 좁은 공항에서

9시간을 기다려야 했지만 우리는 계단에 앉아 잘 버텼다. 바퀴벌레가 나오는 게스트하우스였건만 의미가 부여된 여행은 즐거웠다. 손만 잡고 있어도 온몸이 충만해지던 시절이었다.

남편은 우리가 이 세상에 온 것은 분명 무언가 큰 뜻이 있을 거라고 했다. 공부를 더 하고 싶었지만 가정 형편상 그 뜻을 이루지 못했다는 말도 그때 들었다. 조직에서도 잘 적응하는 편은 아닌 듯했다. 진지하고 바른 성격이었다.

우리는 한가하게 지는 해를 바라보며 도서관 앞 광장에 오래 앉아 있었다. 햇살을 받아 따듯했던 대리석 위로 찬 바람이 몰려올 때까지. 아무것도 안 하고 엎드려 있는 고양이들처럼 편안했던 여행, 내 생애 가장 느리고 평화롭던 시간이었다.

그가 꼭 가보고 싶다던 켈수스수도원은 웅장했다. 이오니아 문화의 수준 높은 지성과 철학이 응집된 곳이라는 설명이 없어도 그 기운이 느껴졌다. 커다란 광장 앞에 남은 기둥만으로도 주눅 들게 했다. 여기가 바로 현대 과학의 기본을 이룬 곳이라며 남편은 들고 있던 여행책자를 읽어주었다.

"탈레스라는 사람 알지. 우리가 배울 때는 그리스의 궤변론자라고 했는데 요즘은 당대 최고의 철학자라고 하네. 그 옛날부터 지식 사회에도 주류, 비주류 간의 암투가 있었나 봐……."

남편이 책에 빠져 있을 동안 나는 주위를 두리번거렸
다. 바닥에 깔아놓은 작은 대리석 모자이크를 보며 어느
정도의 정신적 물질적 풍요가 있어야 이런 문화가 배어
나올까 생각했다. 도서관으로 가는 길 양옆에 세워진 기
둥과 조각상들은 성한 게 별로 없었다. 하지만 제 몸에서
떨어져 나와 뒹굴고 있는 건물 조각들조차 뭔가 기품있어
보였다. 살아있는 나보다 풍요로워 보였다.

남편은 등을 구부린 채 도서관에 대한 정보를 읽어내렸
다. 몇 시간을 머물렀을까. 서늘한 바람이 불어왔다. 가야
할 것 같다고 남편을 일으켜 세웠다. 도서관에서 왼쪽으
로 구부러진 길에 사람들이 모여 있는 게 보였다. 가까이
가보니 바닥 대리석에 가운뎃발가락이 긴 발자국과 목걸
이가 인상적인 여자의 그림이 그려져 있었다. 이 문명과
는 상관없는 듯 조악해 보이는 그림이었다.

발자국 방향이 사창가라고 했다. 이 발자국보다 발이
작은 사람은 그 골목으로 들어갈 수 없다는 표시라며 주
위에 있던 사람이 킬킬거렸다. 미성년자를 걸러내는 일종
의 표지판이자 호객을 하는 광고판 같았다. 조금 전까지
한껏 진지해 있던 남편도 거기에 발을 대보고는 무슨 관
문을 통과한 것처럼 '합격'이라며 웃었다.

최대의 항구로 많은 문물과 사람이 밀려들던 곳이니 유
흥가가 있었을 것이다. 그러나 도서관 앞의 사창가는 의

외였다. 최고의 지성들이 모이는 곳이라며? 내 말에 남편은 웃었다.

"그들은 남자 아닌가? 남자는 훨씬 본능적이거든."

그리고 보니 본능이라는 말은 남편이 자주 쓰는 단어였다.

열차가 도착하고 문이 열렸다. 비로소 합격자가 된 것처럼 나도 발자국을 떠나 열차 안으로 들어선다.

사람들은 늘 시기를 놓친다. 타투를 즐기려면 여름이 오기 전에 시술을 받는 게 좋다. 그래야 무리 없이 아물고 예쁘게 착색이 된다. 그러나 코앞에 휴가 날을 잡고서야 작품을 만들어 달라고 오는 고객들이 많았다.

오늘 낮에 다녀간 젊은 커플도 그랬다. 그들이 원하는 건 보름 정도 걸려야 아물 만한 면적이었다. 그들은 다음 주말에 휴가를 갈 예정이라고 했다. 최소의 면적만 가능했다. 남자는 더 큰 타투를 원했지만 시간이 모자랐다. 그들은 팔목에 서로가 원하는 레터링을 새기는 것으로 만족해야 했다. 남자는 왼쪽 팔뚝 안쪽에 우연 속의 행운이란 뜻의 serendipity를, 여자는 오른쪽 팔뚝 안쪽에 사랑은 나를 구원한다 love will save me를 새겼다. 남자는 굵은 필기체의 폰트로, 여자는 섬세하고 날렵한 서체로 가늘고 길게 새긴 레터링이었다. 만난 지 백일을 기념하는 이벤트였다. 시술한 후 서로 팔뚝을 내밀어 맞춰보는 그 둘의 눈동자가 아직은 사랑에 젖어 몽롱했다. 도기가 남자를,

미키가 여자를 시술했는데 두 사람은 아주 만족스러워하며 다음에 또 오겠다고 했다.

나는 그들이 남기고 간 도안을 고무판 위에 놓고 새겨보았다. 큰 것보다 작은 게 더 어려웠다. 하지만 아직 다른 이의 피부에 바늘을 꽂는 건 자신이 없다. 아마도 내가 타투를 하게 된다면 첫 작품은 내 몸 위에 내가 그리는 것이 될 것이다.

언제부턴가 남편의 말에 짜증이 났다. 이상이 높은 남편에게 현실은 우울했다. 세상이 자기의 가치를 몰라준다고 속상해했다. 그냥 이렇게, 기계적인 일을 하며 돈 몇 푼 벌자고, 이렇게 살기 위해 이 세상에 온 건 아닐 거라는 그의 푸념을 더는 듣고 싶지 않았다. 아니, 우리는 이렇게 애 낳고 먹고 싸고 늙어가려고 태어난 거야. 그러니까 제대로 돈이나 벌어오세요. 이렇게 말하고 싶은 걸 참았다. 대신 나도 직업을 갖기로 했다.

지금은 합법적 영업 장소지만 전에는 트리애니멀 타투 스튜디오는 불법이었다. 나는 그곳에 코디네이터로, 상담 겸 사무보조로 일하는 중이다. 나이가 너무 많다며 걱정하는 다른 멤버들과 달리 그게 장점일 수 있다며 나를 뽑은 건 피기라고 했다.

9호선 종점을 향하는 전철엔 남편의 관점으로 보면 그다지 성공하지 못한 사람들이 타고 있다. 남편은 그들을 어중이라고 불렀다. 물론 그중엔 자신도 포함되어 있다.

그들은 도시의 중심을 벗어난 변두리에 산다. 세상에는 중심보다 변두리에 사는 사람이 많다. 이 늦은 시간에도 손가락 끝의 모세혈관처럼 가늘고 지쳐 보이는 사람들이 전철 가득 차 있다. 대부분 휴대폰을 들여다보는 이들이 내게는 오래전 에베소 광장에서 본 대리석 조각들보다 격이 느껴지지 않는다.

등을 대고 설 수 있는 자리가 없다. 직업이 그래서인가, 나는 좀 튀는 외모를 가진 사람들 앞에 서는 경우가 많다. 오늘은 이 사내의 탈색한 흰 머리가 눈길을 끌었다. 검은 뿔테안경 속에 내리뜨고 있는 눈과 제법 높은 콧날이 자존심깨나 강할 것 같다. 흰 긴 팔 셔츠를 입은 손으로 무릎 위에 올려놓은 검은색 가방을 잡고 있다. 그런데 소매 부근에 검은 흔적이 보인다. 손목 위에서 멈춘 비늘 타투다. 용의 꼬리인지, 잉어 지느러민지 구별되지 않는다. 이 사람 역시 젊었을 때 호기롭게 새겨 넣은 타투를 부담스러워하는 이들 중 하나일까. 요즘 스튜디오에는 몸에 있는 타투를 지우고 싶다는 상담도 많이 들어온다. 시술하는 것보다 가격이 비싸고 좀 더 아플 거라고 하면 대부분 한숨을 쉰다.

남편도 신혼여행지에서 타투를 했다. 오래전부터 하고 싶었다고 했다. 모범생처럼 보이는 남편과는 어울리지 않는 발상이었다. 희고 가냘픈 팔뚝에는 버거울 것 같은, 거친 파도 위를 달리는 범선 그림을 고집했다.

파충류 우리

"아프지 않을까? 작은 그림으로 하지."

생각보다 큰 그림을 보며 내가 걱정하자 온몸에 각종 문신을 하고 있던 검은 수염의 이방인 타투이스트가 아프지 않다고 고개를 저었다.

"그 정도는 각오해야겠지. 이런 거 한 친구 녀석들이 은근히 부럽더라구."

자기도 하나 해볼래? 남편의 말에 나는 고개를 저었다.

남편의 돛단배는 이두박근 위에 돛을 펼쳤다. 남편은 잘 참았다. 많은 사람이 지켜보았기 때문일 수도 있다. 나는 그 덕분에 두 시간 넘게 타투가 새겨지는 현장을 보고 있어야 했다. 요즘은 그때처럼 야만적이지 않다. 나는 타투를 하러 오는 고객들에게 타투 후의 처치법을 자세히 설명해 준다. 그것도 모자라 타투 후 관리법 및 주의사항이 적힌 프린트까지 들려 보낸다.

우리 스튜디오에서는 랩핑을 해 주고 두 시간 후에 꼭 떼라고 일러주지만 남편의 경우엔 랩핑은커녕 바셀린을 바르라는 말도 하지 않았다.

그래도 비교적 잘 아물었다. 하지만 남편은 그 타투를 세상에 드러내지 못했다. 돛단배는 반소매 셔츠 속에서 돛을 부풀린 채 숨어 지냈다. 세상 편견을 깨고 싶다던 남편은 마음만 그럴 뿐 용기가 없었다. 신혼여행에서 돌아온 남편은 행여 그 타투가 보일까봐 신경 써서 셔츠를 골랐고 더 짙고 두터운 셔츠를 선호했다.

나이가 한 사십쯤 됐을까. 머리를 탈색한 걸 보면 그래도 남편의 회사처럼 보수적인 직장은 아닌 모양이다. 꼿꼿하게 서 있던 그의 고개가 끄덕 떨어진다. 꼿꼿한 사람이 무너질 때가 더 애잔하다. 졸고 있는 그의 셔츠 속 팔이 움찔한다. 저 정도의 타투를 한 사람이라면 한때 세상을 향해 주먹질 깨나 했을 것이다. 그러나 본능은 감추고 이성의 뇌를 강조하는 집단에선 저런 파충류들을 용납하지 않는다. 셔츠 속에 도도한 물결 위를 항해하는 돛단배를 가린 채 출근하던 남편 역시 이 세상에 적응하지 못했다. 남편은 점점 초라해져 갔다.

"당신도 날 무시하는 거야?"

이 세상에 온 큰 뜻이 있을 거라던 남편이 아이가 열 살쯤 되었을 때 주로 내뱉던 말이었다.

"너도 내가 우습니?"

기르던 강아지에게 툭하면 발길질을 하던 남편은 자주 술을 마셨다. 술로 인해 몽롱해지는 게 싫다던 남편이었다. 깨고 나면 지옥에 다녀온 것 같다며 머리를 두드리던 그가 스스로 지옥을 들락거렸다.

그 무렵 직장을 얻은 곳이 여기였다. 피기가 친구 진희의 동생이라는 말에 남편은 출근을 허락했다. 진희는 남편에게 훌륭하다고 말했던 친구였다. 생각이 멋지고 낭만적이라고 했다. 그 역시 한 발자국 떨어진 사람이 할 수 있는 말이었다.

정작 진희는 동생인 피기를 못마땅해했다.

"하고 많은 것 놔두고 하필, 사람 몸에 그림을 그린단다."

미대를 다니며 아르바이트로 일을 하던 동생이 이젠 타투를 직업으로 택했다며 머리를 흔들었다. 도기와 미키는 피기가 아르바이트하던 시절 만난 사람들이었다. 세 사람이 합쳐서 낸 스튜디오에서 그들은 나를 실장이라 불렀다. 나는 무료하면 도안을 그려보기도 하고 작은 그림을 그리기도 했다. 어느 날 피기가 내 스케치를 보더니 말했다.

"실장님도 한번 해보세요. 손재주가 있으시네요."

자신이 서질 않았다. 고무판 연습까지는 그래도 할 만했다. 하지만 돼지껍데기에 닿는 감촉은 좀체 익숙해지지 않는다. 하물며 사람의 살갗에 물감을 넣어야 한다고 생각하면 도무지 자신이 생기지 않았다. 세 명의 타투이스트들은 스타일이 달랐다. 그들은 요즘 제자도 키운다. 타투에 관심 있는 사람들이 의외로 많았다. 야쿠자 문신인 이레즈미는 미키의 영역이다. 이레즈미를 선호하는 수강생이 가장 많다. 그중 하나는 열정적으로 돼지껍데기를 오려다가 냉동실에 보관해놓고 몇 장씩 그려대기도 한다. 도기는 치카노와 트라이벌이 주 장르다. 개인적으로 나는 이게 더 멋있다. 라인 바늘을 사용해서 결을 만들어 윤곽을 살린 후에 총이나 얼굴 가면, 쇄골을 새기는 올드스쿨

장르를 섬세하게 그리는 도기는 요즘 들어 찾는 사람이 늘었다. 반면 진짜 예술가 같은 피기는 수강생이 별로 없다. 투박한 외모 때문인 것 같은데 본인은 다른 타투이스트들보다 자신의 까다로운 교수법 때문이라고 자평한다.

경력이 십 년 이상 된 트리애니멀 타투이스트들은 자신들의 일을 예술로 자부하는 사람들이다. 그들은 고급스러운 작품으로 이 세계에서는 인정을 받고 있다. 가격도 만만치 않다, 요즘 여기저기 생겨난 타투숍들 때문에 가격은 떨어지는 추세긴 하지만. 이곳에도 가격을 싸게 해 달라거나 남의 도안을 가지고 와서 시술해 달라고 하는 고객들이 종종 있다. 그들을 중재하는 게 내 일이다.

"타투는 한 번 새기면 빼기가 더 힘들다는 거 알고 계시죠? 신중히 의미 있는 것으로 고르셔야 해요. 저기 계신 타투이스트들은 세상에 하나뿐인 작품을 만드는 아티스트입니다. 한번 몸에 새기면 평생 간직할 작품이라 손님이 원한다고 해도 다 해드리지 않습니다. 전문가의 의견을 들어서 결정하세요."

나는 이제 제법 고객들 앞에서 주도권을 잡는다. 고객들이 원하는 바를 알아내 타투이스트들과 연결시키는 법도, 고객들이 가지고 온 싸구려 도안을 거절하는 법도, 가격을 막무가내로 깎거나 예의에 어긋나는 고객들을 훈계하는 것에도 요령이 생겼다.

목이 짧고 뚱뚱한 피기는 본인 스스로가 만든 애칭이

다. 땀을 많이 흘리는 그의 책상 위에는 늘 드리클로가 놓여 있다. 작업을 하기 전 피기는 드리클로를 손바닥에 들이붓고 검은 장갑을 꼈다. 두툼한 손은 머신을 잡으면 날렵해진다. 그는 폭력이 싫다고 했다. 그 말을 처음 들었을 때 나는 피식 웃었다. 남의 몸에 수백 번 바늘을 꽂는 건 폭력이 아닌가. 핏물이 번지는 살갗을 아무렇지도 않게 쓱쓱 닦아내는 건 끔찍하지 않은가. 그러나 다한증 치료제를 바르는 피기를 보면 그도 남의 몸에 바늘을 대는 일이 만만치는 않은 것 같다.

나는 그가 예술가라는 데에 한 표를 던진다. 그는 늘 진지하다. 비록 고객이 들고 온 도안일지라도 그들이 원하는 위치와 구도가 맞으면 작업을 했고, 원안보다 훨씬 더 작품이 잘 나오는 경우가 많았다.

오늘 저녁에 왔던 그녀도 그의 단골이었다. 그녀는 여섯 시가 넘어서 도착했다. 그녀가 처음 한 타투는 오른쪽 가운뎃발가락에 장미를 새겨 넣은 것이었다. 그 후 장미 순은 그녀의 발등을 지나 복숭아뼈를 에둘러 발목까지 자라났다. 잎에 가려진 작은 장미꽃이 복숭아뼈 위에서 도발적으로 피어났다. 피기의 작품이었다.

배꼽 양옆으로 허리 라인에 작은 월계수 나뭇잎을 그려준 것도 피기였다. 그녀는 가늘게 돌린 나뭇잎을 드러내기 위해 가을까지 배꼽티를 입는다며 환하게 웃었다. 그녀의 남자친구들은 그녀의 시린 허리를 감싸느라 팔이 저

렸겠다며 도기가 입을 비틀었다.

그녀는 온몸에 타투를 새겼다. 개미가 기어가듯 가늘게 배꼽 주변을 둘렀던 나뭇잎들은 한 줄에서 두 줄로 지금은 세 줄까지 늘어나 팬티 라인에서 흘러내리기 시작했다. 허벅지를 타고 내린 넝쿨 몇 가닥은 풀린 실밥처럼 무릎까지 내려왔다. 왼쪽이 짧고 오른쪽 넝쿨이 길었다. 하지만 그녀가 단정히 입고 있는 검정 슈트 밖에서는 절대 보이지 않는 선이었다.

"저 최우수 사원으로 뽑혀서 대리가 되었어요. 이상하게 이거 하나씩 늘 때마다 도전할 힘이 생긴다니까요."

그녀는 우리에게 커피를 돌렸다.

이제 그녀의 몸은 초현실주의 캔버스다. 가슴에 그려진 두 개의 붉은 입술은 크기가 달랐다. 유두를 품고 있는 왼쪽의 작은 입술이 먼저 시술되었다. 그녀는 다른 쪽 가슴에 더 도톰하고 요염한 입술을 요구했다. 그녀의 마음에 들기 위해 피기는 오래 그림 작업을 했다. 입술산 아래 초록 눈이 박혀 있다. 이 작품은 캔버스 위에서도 좋은 그림이 될 것 같았다. 피기는 그녀의 가슴에 그림을 그려 넣으면서 가끔 멈추고 바라보았다. 작업을 하다 말고 가죽 장갑을 벗어 두 번이나 드리클로를 부었다. 그걸 지켜보는 동안 나 역시 자꾸 침이 고였다.

어제 그녀가 스케치해서 보내온 도안은 새였다. 등쪽 브래지어 끈에서 시작해 허리 사이의 등판에 숲을 새겨

파충류 우리

달라고 했다. 그 숲에 사는 새로 전체를 마무리해달라는 그녀의 그림 속엔 길고 가느다란 부리의 새가 그려져 있었다. 새의 머리, 상당 부분을 차지한 눈동자에는 빨강, 긴 부리에는 노랑, 이라는 글자가 적혀 있었다. 피기는 그녀의 스케치를 바탕으로 몇 가지 도안을 만들어 냈다. 큰 잎사귀가 겹쳐진 사이에 크고 강렬한 꽃, 그 위에 노랑 빛의 새가 있는 그림도 있었고 그녀 엉덩이의 컨셉에 맞춘 자잘한 잎새에 자잘하게 늘어진 꽃잎 사이로 파란 깃털의 노랑부리새 그림도 멋있었다. 도안만으로도 강렬한 그림이었다.

그녀는 앞쪽의 그림들과는 달리 선이 굵고 검푸른 초록 빛에 강렬한 꽃이 있는 숲을 선택했다. 나는 전사한 프린트를 그녀의 몸에 붙였다. 이제 그녀는 피기 앞에서 망설임 없이 옷을 벗었다. 프린트가 재생될 동안 맥주도 청해 마셨다.

음주가 타투에 안 좋다는 내 말은 그녀에게 통하지 않았다. 여러 번 시도해 본 결과 상관없었다고 했다.

"오히려 더 착색이 잘 되는 것 같더라고요."

잎새에 명암을 넣는 피기의 모습은 잔뜩 긴장되어 보였다. 그녀가 주문한 붉은 눈의 노랑부리새가 초록과 검은 선 사이에서 강렬하게 빛났다. 그녀의 몸 전체 컨셉과 맞는 것도 같았다.

대체 이 여자는 왜 이리 몸을 가만두지 않는 걸까. 등쪽

갈비뼈 근처가 움찔거리는 여자를 보며 혼자 상상을 펼쳤다. 이것도 살아내려는 방법이지 싶었다. 그녀의 이론대로라면 전쟁터에서 살아남기 위해 힘을 보충하는 것이다.

"당신, 꾹꾹 참는 거 그것도 마조히즘인 거 알아?"

남편은 그렇게 말했었다. 그럼 당신은 새디스트야? 그러면서 즐겁니? 속으로 물었다. 같이 소리를 지르고 맞싸워서 난 상처보다 혼자 참으며 생기는 상처가 덜 아팠다. 언젠가 너에게 똑같이 갚아주마, 입속 가득 고이는 저주가 위로가 되었다.

열 시가 넘어서야 작업이 끝났다. 꼬박 네 시간을 그려넣은 작품은 묘하게 그녀와 어울렸다. 일을 마친 피기와 함께 담배 한 대를 태우고 난 그녀는 나중에 몸이 낫고 나면 한잔하자는 말을 남기고 스튜디오를 떠났다. 피기는 진이 빠진 사람처럼 그녀가 간 후에도 거푸 담배를 빨아댔다. 바셀린 냄새와 비릿한 피 냄새가 엉겼다. 격투기 선수들이 치고받는 장면이 떠올랐다. 왠지 한바탕 치고받은 느낌이었다.

단정하고 청순하게만 생긴 그녀의 얼굴에서 사람들은 그녀의 강렬한 몸을 상상도 못할 것이다. 또한 그녀는 이 뚱뚱하고 목 짧은 피기가 피를 말리며 그녀를 좋아하고 있다는 것도 알지 못하는 것 같다. 그 두 사람 사이에 흐르는 신뢰와 공감대에 은근히 질투가 생기는 나는 또 뭔가. 나는 얼빠진 듯 앉아 있는 피기를 두고 파충류의 우리 같은 가게를 나섰다. 보통 함께 문을 닫고 퇴근하던 피기는 끝내 뒤따라오지 않았다.

당산을 지나면서 열차 안에 자리가 비기 시작했다. 나는 탈색한 머리의 사내를 바라보며 정면에 앉았다. 그의 옆자리도 비어 있었지만 그 옆에 앉아 있는 여자의 목소리가 거슬렸다. 나이가 들면서 여자들의 목소리는 커진다. 저 아주머니도 큰 목소리로 친구에게 며느리 흉을 보고 있다.

그러고 보니 이 열차도 한 칸의 우리 같다. 칸막이로 격리된 우리 한쪽에선 날씬한 도마뱀 한 마리가 꼬리를 흔들고 있다. 여자가 신은 검은 샌들의 엄지발가락에서 무언가가 달랑거렸다. 덩달아 샌들에 박힌 진주도 흔들리며 미세한 소리를 냈다. 타투 하나 있을 법한 여인이다. 이어폰의 수신기에 대고 밀어를 속삭이는 여인. 말보다 표정이 사랑에 빠져 있음을 알리고 있다. 이성을 넘어 자신도 모르게 몸을 꼬게 만드는 것이 사랑의 힘일 것이다. 이 역시 오래된 흔적일 터. 조용해진 열차 안을 사랑의 속삭임이 자잘한 레터링처럼 떠다닌다.

남편의 타투는 그 시절엔 흔하지 않은 블랙엔 그레이였다. 타투를 시술받고 엄청 만족스러워하던 남편은 그러나 돛을 펼칠 일이 별로 없었다. 돌아오는 대로 몸을 만들겠다던 다짐은 매번 다음 달로 밀렸다.

"어쭈, 니가 끼어들었다 이거지? 좋아 너도 한번 당해

봐라."

전조등을 번쩍이며 앞 차를 추격하는 남편은 독이 오른 독사 같았다. 이를 악문 채 경적을 울리며 끼어든 차를 추격하던 남편은 그 차를 들이받고서야 멈추었다. 그악스레 핸들을 움켜쥐고 추격하는 그의 팔뚝에선 모처럼 파도를 헤치는 범선이 돛을 활짝 펼쳤을까. 하지만 바다를 보려고 나선 여행은 결국 터널에서 멈추고 말았다.

뒷좌석에서 아이를 안고 있던 나는 그가 내달리는 속도보다 거칠게 튀어나오는 그의 욕이 더 두려웠다. 남편이 앞차를 박을 때 충격보다 아이의 증오스러운 눈빛이 더 충격적이었다. 눈과 귀를 가리는 내 손을 아이는 밀어냈다.

"차라리 이 자리에서 죽었으면 좋겠어."

아이의 목소리가 차가웠다. 그 순간, 나는 남편을 죽이고 싶었다. 두들겨 맞을 때보다 더 아팠다. 차의 본네트에서 연기가 솟고 앞차의 문이 열리며 사람들이 나오는 걸 보면서도 꼼짝하지 않는 남편을 보며 나도 아이도 꼼짝하지 않았다. 정작 충격을 받은 건 남편 같았다.

핸들을 움켜쥔 채 꼼짝 않던 그가 비로소 무슨 일을 저질렀는지 깨닫고는 와들와들 떨기 시작했다. 겨우 합의를 보고 벌금을 물고 차를 처분했다. 정리해고 기간이었다고 했다. 그 명단에 자기가 들어 있을까 봐 두려웠단다. 그 얘길 하려고 마음먹고 가족들을 데리고 나간 길이었다.

차라리 이렇게 결말이 나서 다행이라며 남편은 위악적으로 웃었다. 남편은 놀라면 더 크게 몸을 부풀리는 작은 동물 같았다.

아들이 돌아올 시간이다. 문자를 보낸다.

집에 왔니?

아직 독서실인데요.

엄마가 일이 늦어져서 지금 퇴근하는데 같이 들어갈까?

그냥 혼자 갈게요.

그래. 조심해서 와.

이 열차는 김포공항역까지 운행되는 급행열차입니다. 개화역으로 가실 손님이나 5호선으로 갈아타실 손님은 이번 역에서 갈아타시기 바랍니다. 안내 방송과 함께 종착역임을 알리는 음악이 요란하다.

일반 행 열차에 올라서 보니 옷소매 속에 감춘 타투 사내가 옆에 앉아 있다. 모서리가 닳아버린 가방을 옆구리에 낀 채. 자꾸 신경이 가는 그를 피해 차 안을 한 바퀴 둘러본다. 샌들을 흔들던 여자는 아직도 통화 중이다.

어두운 들판 한가운데 있는 종착역. 밝은 조명에서 벗어난 여남은 명의 파충류들이 길게 몸을 끌며 승강장을 걸어간다. 또각또각 굽 높은 샌들을 신은 도마뱀이 먼저 내린다. 불 환한 야생 우리에서 벗어난 나는 어두운 우리를 찾아간다. 딱히 보금자리라는 느낌도 없는데 나는 왜 이 먼 우리를 찾아오는 걸까. 남편에게도 이곳이 우리였을까. 설마 이곳으로 돌아오지 못한 채 이슬을 맞고 야생에서 잠드는 것은 아니겠지. 저기 보이는 별빛은 몇억 년 전에 그 별에서 출발한 것이라던가. 지금 우리가 보고 있는 별빛은 정작 사라지고 없는 별의 빛일지도 몰라. 늘 하늘에 눈길을 주고 있던 남편의 희떠운 소리가 검은 허공을 떠돌고 있다.

파충류 우리

쭙의 시간에 들다

안을 살피고 싶었는데 보이는 건 유리창에 어른거리는 내 그림자였다. 1hr 200바트. A4용지에 싸인펜으로 쓴 한글이 어설펐다. 들어갈까 말까, 잠시 주저하는 사이 안에서 문이 열렸다. 쭙이었다. 그녀는 어서 들어오라는 듯 사마귀 같은 긴 팔로 문을 잡아주었다. 그녀의 체취가 건너왔다. 안에는 아무도 없었다. 나는 들고 있던 비닐봉지를 쭙에게 건넸다. 주고받는 우리의 동작이 어느새 자연스럽다. 봉지 안에는 치앙만 사원에서 먹다 남은 잭프루트가 들어있었다.

봉지를 받아 든 쭙이 의자에 앉는 나를 지나 성큼성큼 걸었다. 아니 성큼성큼은 적절한 표현이 아니다. 성큼성큼,에는 어느 정도의 힘이 실리지만 그녀의 걸음걸이에는 힘이 빠져 있다. 보폭은 넓으나 힘이 실리지 않은 걸음걸이. 그녀에게서 사마귀를 느낀 건 긴 팔과 저 걸음걸이 때문일 것이다.

"오, 팔로밀."

그녀는 과일을 꺼내며 말했다. 치앙만 사원에서 사내가 한 것과 같은 말이었다.

오늘은 치앙만 사원에서 하루를 보냈다. 사원의 뒤편 너른 도량에는 천 년 전에 세워졌다는 금빛 파고다가 찬란했다. 보통 도량 전면에 탑을 두는 우리네와 달리 이곳의 사원들은 주 법당 뒤편에 파고다를 갖추고 있었다. 여러 마리의 코끼리가 받치고 있는 금빛 파고다에는 오랜 세월이 스며 보였다. 관광객들은 파고다를 찍기 위해 연신 밀려들었다. 사진 안에 커다란 파고다를 넣으려면 거리를 두고 서야 할 텐데 바로 파고다 아래로 들어서서 잔디를 뭉개고 있었다. 나 또한 그랬을 것이다. 이만큼 떨어져 보았더라면 진즉 그 윤곽이 보였을 텐데 삶에 너무 바투 붙어 있었다.

법당 안에도, 그 앞 발코니에도 가부좌를 틀고 앉아 참선하는 사람들이 많았다. 저렇게 앉을 수 있다는 것 자체가 마음이 고요하다는 뜻이다. 그러지 말자, 말자 해도 마음은 여전히 들끓었다. 법당 밖으로 나와 나무 아래 자리를 잡았다. 법당 너머, 파고다 꼭대기에 제법 크게 자란 나무 한 그루가 보였다. 잎이 무성해 위태로웠다. 이 너른

공을 굴리다

비옥한 땅을 두고 왜 하필 저 꼭대기 돌 틈에 자리를 잡았을까. 부처를 기리는 건축물에 뿌리내린 저 나무는 과연 생명을 보존할 수 있을까. 부처는 자신을 파고드는 나무 뿌리에 과연 자비를 줄 수 있을까, 망상을 피우고 있는데 어디선가 총소리가 들렸다.

나도 모르게 벌떡 일어났다. 시커먼 새떼가 사원 하늘을 돌았다. 관광객들이 웅성댔다. 관리인은 그 모습을 즐기는 듯 빼드렁니를 드러내며 새를 쫓기 위한 거라고, 손짓을 섞어 설명했다. 총소리는 그 후로도 한 시간 간격으로 들렸고 그때마다 놀란 새들은 하늘로 날아올라 맴을 돌았다. 나 역시 그때마다 총소리가 난 곳을 찾아 두리번거렸다.

앞니가 빠져 나이를 가늠할 수 없는 사내가 다가온 건 세 번째 총소리가 울린 후였다. 사내는 내가 앉아있는 벤치에 큰 그늘을 드리우고 있는 나무를 가리켰다. 새가 날아가며 떨어뜨린 잎사귀 몇 잎이 아직 허공을 날고 있었다.

아름드리나무 둥치에는 어른 머리통만 한 것부터 아이 주먹만 한 과일이 용비늘 같은 껍질에 싸여 매달려 있었다. 뾰족뾰족 돌기가 나 있는 모습이 언젠가 먹어 본 두리안처럼 생겼다. 냄새가 지독한 두리안 역시 호감 가는 과일은 아니었다. 먹을 만한 거라면 저렇게 매달린 열매를 그냥 두었을까. 아마도 독이 있거나 먹을 수 없을 만큼 맛

쯥의 시간에 들다

이 안 좋을 것이다. 지레짐작으로 눈을 거둔 나무였다.

그랜 파, 파더, 베이비…… 올망졸망 매달려 있는 과일을 가리키며 그가 사람 좋게 웃었다. 한 가족 나무라는 뜻인가. 그는 팔로미라고 했다. 손가락으로 법당을 가리키며 팔로미를 거듭 강조했다. 빠진 앞니 사이로 혀와 웃음이 들락거렸다. 팔로미? 따라오라는 소린가?

감이 잡히지 않아 어리둥절해 있는 나에게 그는 또 사람 좋은 웃음을 지어 보였다. 뭔가 내게 전하고픈 것이 있다는 건 알겠는데 그게 뭔지 알 수 없었다. 여전히 법당 너머를 가리키며 한참 설명을 하던 그가 안 되겠는지 이번엔 따라오라는 몸짓을 했다. 이번에도 팔로미였다. 왜, 하는 표정을 지었지만 몸은 벌써 엉거주춤 일어서고 있다.

"자넨 그게 문제야. 아닌 것 같으면 접어야지. 이러다 우리까지 길거리로 나앉겠네."

마지막이라며 통장을 건네던 처남이 떠올랐다.

그는 사원 후문에서 과일을 팔고 있는 가판대로 가더니 다듬어진 과일 한 팩을 내밀었다. 덜 핀 백합꽃 같은 누런 열매 밑에 Jack fruit이라고 적혀 있었다. 그는 아내와 함께 사원 입구에서 과일 장사를 하는 사내였다. 잭프루트 한 팩은 30바트였다.

이걸 사라고 그렇게 구구절절 설명한 건 아닌 듯했다. 하지만 더 이상의 소통은 불가능해 보였다. 엉겁결에 그가 주는 과일을 받아들고 30바트를 건네는 걸로 우리는 미진한 소통을 마쳤다. 나는 다시 벤치로 돌아와 과일팩의 비닐을 벗기고 잭프루트 한 조각을 입에 넣었다. 열대 열매 특유의 쿰쿰한 향이 도는 과육은 새콤달콤했다. 닭가슴살처럼 쫄깃한 식감도 있었지만 커다란 씨가 들어 있는 그것은 딱히 입에 맞는 과일은 아니었다.

과일 팩을 여미고 있는데 그가 다시 다가왔다. 팔로미. 엄지를 추켜세우며 또 팔로미라고 했다. 이젠 됐어, 맛도 별로구만. 중얼거리며 그에게 손을 내저었다. 이곳에 온 지 열흘이 넘었지만 저들의 말은 한마디도 알아들을 수가 없었다. 나는 나의 말을, 저들은 저들의 말을 하며 지내는 생활에도 점차 익숙해졌다. 무슨 말인가를 더 하려는 그를 피해 자리에서 일어났다. 아무리 선의를 가졌더라도 내게 닿지 않으면 피곤한 법이다.

그런데 과일을 들여다보던 쭙이 그 사내와 같은 말을 하는 것이다. 그녀는 피얼이라는 전통차와 함께 내가 건넨 과일을 접시에 담아 내왔다. 연밥을 가로로 썬 것처럼 구멍이 숭숭 뚫린 열매를 쭙은 피얼이라고 했다. 눈이 마주치자 쭙은 영어로 천천히 말했다. 이게 태국어로 팔로밀, 영어로 잭프루트이라고, 자기가 좋아하는 과일이란다. 며칠 전 커피를 한 잔 사다 준 후로 말문이 열린 그녀였다. 하지만 나나 저나 의사를 전하려면 서로 서툰 영어뿐, 하고 싶은 말이나 듣고 싶은 말을 다 할 수 없다.

쭙이 보여준 휴대폰 화면에는 한자로 波羅蜜바라밀이라고 적혀 있었다. 사원에서 과일을 팔던 사내가 팔로미라고 했던 게 따라오라는 얘기가 아니라 바라밀의 태국 발음이었던 모양이다. 바라밀은 해탈에 이르는 저쪽 언덕이라는 뜻으로 깨달은 자가 건너가는 곳. 반야심경의 본래 이름이 마하반야바라밀경이라는 것 정도는 알고 있었다. 사내는 나를 중국 사람이라 여겨 열심히 설명했을 수도 있다. 바라밀은 사원에 많이 심는다고 했다. 이 과일이 왜 바라밀이 됐는지, 이걸 먹으면 저쪽 언덕으로 건너가 해탈을 한다는 것인지, 아니면 저쪽으로 가기 위한 수행자들이 먹는다는 것인지 여전히 의문이지만 쭙과의 대화도 더 이어지지 않았다.

나는 차를 훌쩍 마시고 늘 그랬듯이 먼저 2층으로 올라왔다. 잠시 후면 그녀는 물수건을 들고 내 뒤를 따라올 것이다.

"무조건 튀어."

굳이 박의 권고 때문은 아니었다. 다른 방법이 없었다. 아니, 솔직히 용기가 없었다. 한때 300여 명 가까이 되던 직원을 줄이고 줄여 스무 명 남짓 남겼다. 직원들을 식구라고 여겼기에 공장이 잘 되면 누구보다 먼저 그들을 불러들이겠노라고 각서를 써주며 감원을 했다. 그사이 두 동이었던 공장이 하나로 줄었고 한 동마저 은행 빚에 언제 넘어갈지 모르는 상황이 되었다. 거금을 들여 설치한

공을 굴리다

자동 생산 라인은 멈춘 지 오래였다. 발바닥에 티눈이 박히도록 뛰어다녔건만 이렇다 할 성과가 나질 않았다.

마포에 있던 아내 명의의 작은 건물도 팔아치웠다. 집안 살림을 충당하던 건물이었다. 이건 내가 모은 걸로 장만한 거라며 절대 내놓을 수 없다던 아내는 어느 날 도장을 건네주었다. 끌어다 쓸 수 있는 자금은 다 끌어왔다. 요즘 아내는 아들이 운영하는 음식점에 나가 일을 돕는다. 언제까지 버틸 수 있을까. 심란한 마음을 둘 곳이 없었다.

그나마 속내를 보일 수 있는 친구가 몇 년 전에 부도를 내고 필리핀으로 달아난 고교동창 박이었다. 당시 여러 가지 자문을 구하던 그는 아직 한국으로 돌아오지 못하고 있었다. 박은 무조건 튀라고 했다. 미루다가 늦는다고, 지금 당장 떠나라고 했다.

"야, 돈이 말을 하는 세상이야. 다만 얼마라도 건질 수 있을 때 챙겨. 제수씨나 애들한테도 알리지 말고. 상황 좋아지면 다 좋아지는 거니까, 너 그러다 덜컥 감방 가면 모두 다 곤란해져 인마."

꼭 그의 말 때문이 아니라 정말 방법이 없었다. 부채가 자산을 넘은 지 오래였다. 더는 자금을 구할 데가 없었다. 문을 닫는다는 소리가 나가면 즉시 크고 작은 채권자들이 몰려들 것이다. 마지막에 돈을 준 건 가까운 이들이다. 갚지 않으면 안될 빚이다. 하지만 방법이 없었다. 떠오르는 생각은 죽음뿐이었다.

그러기엔 억울했다. 회사를 살려보겠다고 죽도록 일한 결과가 이것뿐이란 말인가, 미칠 것 같았다.

인천공항에 도착해서 동남아로 출발하는 비행 편을 알아보았다. 밤 12시. 빈 좌석이 남아 있는 치앙마이 항공권을 샀다.

삐걱거리며 계단을 올라오는 소리와 함께 쭙이 다가온다. 마른 들판에 누렇게 변한 사마귀. 눈이 큰 얼굴엔 표정이 없다. 억지로 웃지 않아 편했다. 내가 올 때만 그런 건지 알 수 없지만 아직 이 가게에서 다른 손님을 본 적이 없다. 이렇게 해서 운영이 될까, 쓸쓸한 실내를 둘러보다 슬며시 웃음이 나왔다. 지금 누가 누구 처지를 걱정하고 있나 싶다.

그녀가 다가와 침대 발치에 무릎을 꿇고 앉는다. 찬 수건으로 발을 조심스레 감싸서 가슴께로 가져간다. 발바닥과 발등을 통해 전해지는 찬 기운. 머리까지 서늘해진다. 첫날, 발을 닦던 쭙은 내 발바닥 가운데 박혀있는 티눈을 한참 만지작거렸다. 발바닥에 크게 자리 잡은 티눈이 민망했다. 나도 모르게 발가락을 움찔하자 쭙은 티눈을 한 번 더 만져보고는 다음 동작으로 넘어갔다. 손가락에 수건을 감아 들러붙어 있는 발가락 사이로 쑥 밀어 넣었다. 허를 찔린 것 같았다.

우리 디자이너들이 이런 신선한 느낌의 샘플을 만들어

낼 순 없을까. 누구도 예측하지 못한 허방한 방. 긴장으로 늘 들러붙어 있어야만 했던 발가락 사이에 길을 내듯 무슨 산뜻한 아이디어가 없을까. 누구에게도 맡긴 적 없던 발가락 사잇길을 헤집는 쯥을 보며 든 생각이었다.

기울어 가는 플라스틱 사출 공장을 지금의 휴대폰 단말기 생산라인으로 확장한 걸 보고 사람들은 기적이라고 했다. 그러나 이 시장은 지금 과열 상태다. 참신하고 창의적인 제품을 만들어내라고 강요하지만 수많은 부품을 담아내야 하는 그릇의 용도를 무시할 수 없다. 디자인 하나만 터지면 지금까지의 시련은 금방 회복할 수 있다. 그런데 그 하나가 터지질 않았다. 아직 망설이는 이유도 그 때문이다. 모기업에 집어넣은 모델 중 하나만 채택되면 전 공장을 돌릴 수 있는 것이다. 그런데 그게 안 됐다.

발가락 사이를 훑은 쯥은 내 발가락에 제 손가락을 집어넣어 깍지를 껴 늘린다. 빠른 손놀림이 아니라 직수긋한 시간을 보내고 나서야 다음 동작으로 넘어가는 게 쯥의 특징이다. 그녀의 시간이 나를 이완시킨다.

옆으로 돌아와 내 등을 대각선으로 늘리는 그녀를 견딘다. 엉덩이를 밀어 올리는 그녀의 손에 힘이 실린다. 워밍업으로 몸을 늘려놓은 그녀는 이제 모로 눕히고 다리 경혈을 누르며 내 몸을 연주할 것이다. 차가웠던 그녀의 손에 열기가 오른다. 손바닥 가운데 고인 후끈한 기운이 나의 혈자리로 전해진다. 엉덩이 쪽 고관절을 타고 그녀의 맥박이 흘러든다. 이제부터 내 몸은 누르고 비틀고 쓰다듬는 그녀의 손에서 무아지경에 빠질 것이다. 코를 골며 잠에 빠져들지도 모른다.

열흘 전, 이곳에 도착해 자그마한 호텔에 들어서자 카운터를 지키고 있던 직원이 여권을 보여 달라고 했다. 내속을 들킨 것 같아 여권을 꺼내지 않았다. 그게 법이라고, 여권이 없으면 묵을 수 없다고 했다. 내가 숨을 곳은 없구나 싶었다. 휴대폰으로 내 여권을 찍고 나서야 직원은 방키를 주었다. 작은 방에 들어서자 긴장이 풀렸다.

창사 멤버였던 공장장과 아내에게 며칠만 정리할 시간을 달라는 내용의 문자를 보냈다. 그게 도리일 것 같았다. 도리, 그 명분에 많이도 끌려다녔건만 아직 벗어던지지 못한 도리였다. 옷을 입은 채 그대로 쓰러졌다.

눈을 뜨니 숙소 창문으로 수십 가닥 전깃줄이 허공에 걸려 있는 게 보였다. 일어나서 창밖을 내다보았다. 아스콘이 떨어져 나간 좁은 도로 건너편 아직 완공되지 않은 건물은 호텔로 쓰일 것인가. 꽃잎처럼 끝을 궁글린 베란다가 소녀 취향이었다. 담벼락 안에는 쓰다 남은 자재들이 어지러운데 잿빛 먼지 속에 분홍빛 페인트가 도드라졌다. 오토바이와 승용차가 좁은 골목을 엇갈리고 있었다. 하지만 그 모든 것이 소리를 죽여 놓은 영화처럼 몽롱했다. 문득 꽃잎 모양의 휴대폰은 어떨까 싶었다.

다시 침대로 돌아와 눈을 감았다. 잠이 쏟아졌다. 자다

공을 굴리다

가 눈을 뜨면 잿빛 허공이 검은색으로, 다시 희부연 하늘로 바뀌기를 몇 번. 전깃줄이 길을 낸 허공을 나는 새들도 보였다 사라졌다. 두런두런 소리가 들리기도 했다. 옆방에서 들리는 낯선 언어들이 편안했다. 수면제를 먹어도 들지 않던 잠은 뻘처럼 나를 빨아들였다. 밤마다 뭔가 억울하고 분하고 답답하고 불안하던 감정들이 이곳까지는 따라오지 않았다.

얼마나 잠들어 있었을까. 해무에 싸인 듯 몽롱한 상태였지만 허기가 졌다. 내가 묵고 있는 숙소는 3층짜리 허름한 호텔이었다. 행여 길을 잃을까, 습관처럼 아래층에 있는 커피숍을 기억하며 길을 나섰다. 두 사람이 나란히 걷기 힘들 정도로 좁은 인도를 걸었다. 먼지가 뒤덮인 길은 우리의 옛 모습을 닮아 편안했다.

서울 변두리에서 플라스틱 사출 일을 시작할 때만 해도 이렇게 먼저 덮인 골목이 익숙했다. 공단 주변이 디지털단지가 되고 주변 허름하던 집들이 아파트로 바뀌었다. 다행히 공장 규모도 커지고 시설도 현대화되었다. 번듯한 사옥도 지었다. 모두 같은 자리에서 이루어진 일이다. 그런데 나중에 입주한 아파트 주민들이 민원을 넣었다. 공장에서 유해 물질을 내보낸다고도 했고 직원들이 점심시간에 옥상에서 자신들을 바라본다고도 했다. 구청에서 감사가 나오고 세무조사까지 이어졌다. 예전보다 공무원이나 하청을 주는 회사 직원들과의 뒷거래가 없어진 대신 그들과 소통 방법을 몰라 한참 힘들었다. 세무조사는 너무 맑아 실핏줄 숨구멍까지 털리는 기분이었다. 뜻하지 않게 엄청난 벌금을 내야 했다. 여긴 아직 법적 손길이 미치지 않는 탓일까. 길가에는 노점상이 인도를 막아 버티고 있었다. 버젓이 인도를 막고 있는 나무를 사람들이 피해서 다녔다.

길가에 늘어선 마사지샵이나 토산품 가게. 노천 식당엔 맥주를 앞에 두고 앉아있는 관광객이 많다. 세계의 여느 관광지와 다를 게 없었다. 먹을 것을 찾아가던 발은 마야 몰이라는 쇼핑센터로 들어갔다. 1층엔 마네킹들이 눈에 익은 상표의 옷을 입고 있었다. 약국이며 선글라스 화장품 매장들을 지나 음식 냄새가 나는 지하로 내려가 빵 몇 개와 우유를 샀다. 그 앞에 놓인 식탁에 앉아 허겁지겁 빵을 먹었다. 젊어서 일을 하면서도 늘 이렇게 허겁지겁 음식을 먹었다. 늘 할 일은 많고 시간은 없었다. 할 일이 없는 지금도 몸은 그 시절을 기억했다.

밖으로 나오니 어둠에 가려진 흙먼지 대신 네온사인이 비처럼 흘러내렸다. 노점에서 우선 필요한 속옷 몇 가지와 면바지, 티셔츠를 구입했다. 어떤 이들은 민소매 티셔츠를 입었고 어떤 이들은 패딩 파커를 입고 있는 거리가 편했다. 두툼한 셔츠와 바지가 그리 튀지 않아 다행이었다. 길거리 음식이 늘어선 가판대를 지나는데 뱃속에서 또 신호를 보내왔다. 먹을까 말까. 몸이 원하는 대로 하기로 했다. 철판 위에서 채소와 볶아주는 국수를 먹고 나서도 뭔가 부족해 오리와 돼지고기 꼬치도 먹었다. 오랜만에 포만감이 생겼다.

돌아오는 길에 이곳저곳 기웃거렸다. 회사를 운영하고 살 만해졌음에도 소비에 인색한 나를 아내는 늘 못마땅해 했다. 어쩌다 아내와 떠난 패키지 여행에서도 선택 관광조차 선뜻 못하는 나를 아내는 경멸하듯 말했다.

"당신에게 돈은 뭐예요?"

아내에게 차를 사주었지만 나는 차가 없었다. 필요하면 회사차를 이용했고 집과 회사 앞에 있는 지하철을 이용했다. 길거리 상점에 늘어놓은 가방가게 앞을 지나며 맘에 드는 걸 발견하면 콧소리를 섞어가며 매달리던 아내가 생각났다. 앞으로 아내와 여행을 떠날 수 있을까. 우리가 함께 할 수 있는 시간은 얼마나 될까. 천으로 된 작은 가방을 하나 골랐다. 여자들 것 같았지만 아무려면 어떤가.

조금씩 굴레에서 벗어나는 기분이 통쾌했다. 상점 시계가 맞는다면 그때가 저녁 8시 45분이었다. 숙소로 돌아와 침대에 몸을 던졌다. 또 잠이 쏟아졌다. 이틀째인지 사흘째인지 알 수 없었다.

쭙은 나를 읽고 있다. 점자를 읽듯 나의 몸을 읽는다. 강하게 때론 약하게. 내 몸이 원하는 만큼 내 혈을 눌렀다가 뗀다. 하나 두울 세엣 네엣. 느린 네 박자 곡조가 몸에 실린다. 어찌 이런 구석에 이런 사람이 숨어 있을까. 세상 그 무엇보다 위로가 되는 손길이라 생각하며 또 잠이 들었다.

며칠 전엔 머리를 밀었다. 머리카락을 밀고 싶다는 생각은 젊어서도 종종 했었다. 뭔가 일이 잘 안 풀리면 공연히 머리 탓을 했다. 하지만 내 머리카락조차 마음대로 할 수 없는 게 현실이다. 이발소가 눈에 띄지 않아 미용실에 들러 머리를 밀어달라고 했다. 현란한 솜씨로 머리칼을 잘라내며 남자 미용사는 거듭 확인했다. 더 짧게? 가위를 든 채 길이를 묻는 그에게 박박 밀어달라는 시늉을 했다. 미용사는 거울 속에서 흘깃거리며 물었다. 왜 밀려고 하느냐는 뜻이리라. 하지만 대꾸해 줄 말을 찾지 못했다. 태국어도 모르고 영어도 짧다. 언어를 안다 한들 내 속을 내가 몰랐다.

머리통이 어릴 때 같지 않았다. 나이를 먹으면 머리통도 변하는 모양이다. 하얗게 드러난 속살이 민망하게 불퉁거렸다. 하지만 시원했다. 껍질 하나를 벗어던진 기분이랄까. 벌거벗은 몸을 가리듯 머리통을 쓰다듬었다. 뜨거운 햇살에 민둥머리가 화끈거렸다. 모자를 하나 사서 썼다. 무얼 할까. 쉬는 데 익숙하지 않은 몸은 습관처럼 뭔가 할 일을 원했다. 노는 일도, 나를 위하는 일도 쉬운 게 아니었다.

습관처럼 목표를 세웠다. 사원 둘러보기. 수십 개의 사원이 있는 도시니 눈에 띄는 게 사원이었다. 향로 앞에서 머리를 조아리며 무언가를 빌고 있는 사람들을 오래 바라보았다. 불이 두려움과 놀라움의 대상이었던 시절은 오래전이건만 이 밝은 세상에서도 여전히 숭배의 대상이 되고 있다는 걸 새삼 알았다. 젊은 커플, 중년 남녀, 아이, 노인 할 것 없이 모두 시커멓게 그을린 향로 앞에서 두 손을 모으고 머리를 조아렸다. 저들은 무엇이 저리 절실할까. 향로에서 타오르는 불보다 그들의 모습이 경건했다. 이보다더 절박할 수 없는데, 나는 왜 기도조차 떠오르지 않는 걸까.

이곳 법당엔 우리나라 사찰들과 달리 부처가 많다. 눈을 치뜬 부처, 누워있는 부처. 각양의 부처 앞에서 절을 올리고 기도하는 사람들. 천 년전에 생겼다는 사원을 어슬렁거렸다. 두툼한 황금빛 방석에 앉아 휴대폰을 받던 승려가 축복을 원하는 커플에게 종을 흔들며 축원을 해주었다. 복을 바라는 고객에게 축원해주고 그 대가를 받는 승려가 화려한 법당과 묘하게 어울렸다. 이런 사찰 사업도 괜찮겠다는 생각이 들었다. 사원 한 모퉁이에는 졸고 있는 어린 승려가 있고, 잠깐 사이도 못 참아 끌어안고 입을 맞추는 서양인 커플도 있었다. 바람이 모자를 벗은 내민머리를 쓰다듬었다. 부드러운 촉감이 좋았다. 이런 게 전생 기억일까. 어릴 때 외가에 온 것처럼 편안했다.

대나무 마루 아래 가지런하게 놓인 슬리퍼가 생소했다. 화장실 팻말 아래 DON'T WASH FOOT이라는 문구도

낯설었다. 호기심에 화장실로 들어가자 머릿수건을 두른 여자가 황급히 자리를 피해주었다. 청소를 하던 중이었던 가, 세면대와 수전도구 소변기까지 비누 거품이 덮여 있었다. 호텔보다 더 반짝거리는 화장실, 변기를 항아리로 여겨 발을 씻을 만도 했다. 법당에선 승려가 돈벌이를 하고 허름한 화장실에는 변기까지도 이렇게 공들여 닦는 보살이라. 진지해지려는 생각을 털어냈다.

유창한 영어로 길 안내를 하는 승려의 과장된 몸짓도, 멀리 담벼락 아래 숨어서 휴대전화를 하는 어린 승려도, 천년의 세월이 뒤섞인 또 하나의 세상, 사원은 또 다른 만다라였다.

회사를 거의 떠나지 않았다. 비울 수가 없었다. 어느 순간부터 사람들은 나를 피했고 나중에 내가 사람들을 피했다. 하지만 다른 방법이 없어 출근과 퇴근 시간을 지켰다. 그런데 그 조바심이 사라졌다. 돌아가야 싶다가도 마음이 내키지 않았다. 이렇게 돌아다니다 꿈도 없는 잠으로 빠져드는 건 언어의 작동이 멈춘 때문인지도 모른다. 말을 멈추니 생각도 단순해졌다. 미리 판단하고 옳고 그름을 재던 예전과 달리 시간에게 맡기는 일이 많아졌다. 이렇게 쫍의 손길에 내 몸을 맡기는 것도 예전이라면 상상할 수 없던 일이다.

처음 쫍을 만나던 날, 나는 이 도시를 에두르고 있는 잿빛 산에 올랐다. 호텔 로비에 붙어 있는 지도를 보며 가는 길을 살폈다. 치앙마이 대학 구내를 걷고 있을 때 전동 카트 한 대가 다가오더니 타라고 했다. 관광객들이 타고 있었다. 운전하는 사람과 여행객들의 얼굴에 선한 웃음이 가득했다. 모르는 언어, 모르는 사람들. 멈칫거리는 내게 초로의 여인이 자리를 좁히며 타라고 권했다. 손사래를 쳤지만 웃음들이 자꾸 권했다. 부모님을 모시고 여행 중이라는 이 가족은 중국 시안에서 왔단다. 이 전기차는 무슨 용도인지, 걸어가겠다는 나를 굳이 왜 태웠는지, 어디로 가는지, 내 또래나 되었을까 싶은 태국인 기사까지 거들며 설명을 한다. 모두 자기들만 아는 말들이었다. 내 서툰 영어, 그 영어조차 못 알아듣는 타국 사람들의 언어는 새의 말이나 나무의 말이었다. 내가 한국에서 온 걸 알고는 휴대폰 번역기까지 동원했다. 그가 보여주는 휴대폰엔 '이 오빠들 내던지고 나면 당신을 데리러 올게요'라고 쓰여 있었다.

이 사람들의 선의는 느껴졌다. 하지만 굳이 소통해야 할 이유가 없었다. 알고자 하는 게 없으니 궁금하지도 않고 얻고자 하는 게 없으니 잃을 것도 없었다. 나는 카트에서 내리는 그들을 따라 내렸다. 만면에 웃음을 띤 기사가 잡았지만 나는 웃으며 길 건너편에 늘어서 있는 트럭 쪽으로 갔다. 전동차를 타고 빙빙 돌다가 비로소 내가 가고자 하는 길로 돌아온 것이다. 썽태우는 소형 트럭보다 작은 이곳의 탈 것 이름이다. 양편에 놓인 긴 의자에 네 명씩 나란히 앉으면 무릎이 닿을 정도다. 도이수텝이라는 글자를 보고 차에 올랐다. 금방 중국인들이 가득 들어찼다. 요즘은 어느 관광지를 가나 중국인들이 많다. 나와는 상관없는, 낯선 언어들이 구불구불 산길을 올랐다. 앞에 앉았던 여인이 멀미가 난다며 손부채질을 했다.

창백해진 아내를 걱정스레 들여다보는 남편의 눈길에 또 옛날이 떠올랐다. 부모님이 계시던 본가를 갈 때마다 멀미를 하던 아내였다. 대관령을 넘을 때면 아내는 하얗게 질린 얼굴로 차를 멈추라고 했다. 내려서 토하는 아내의 등을 두드려주거나 수지침으로 손을 따주었다. 이젠 찾아갈 부모님도 안 계시는데 구불거리던 옛길은 고속도로가 되었다. 늘 엇박자를 내며 흐르는 삶이다.

해발 1,100미터라고 했다. 한국 단체 관광객들을 앞에 둔 가이드가 절의 유래를 설명하고 있었다. 절 이름이 왓도이캄. 부처님 사리를 싣고 울며 걸어온 흰 코끼리가 멈춘 이곳에 절을 세웠단다. 도대체 부처님은 얼마나 많은 사리를 남겼기에 가는 곳마다 부처님 사리를 모셨다고 하는 걸까. 우루루 사원으로 몰려가는 사람들에서 벗어나 사원 처마 밑 계단에 앉았다. 이리저리 몰려다니는 사람들 모습이 발밑을 오가는 개미들 같다.

입을 닫으니 평화가 오고 눈을 감으니 세상이 고요해졌다. 그래도 시간은 미끄러져 사원의 처마 그늘이 발치에서 배꼽 언저리로 올라왔다. 옆의 빈자리에 낯선 사람이 앉았다 갔다. 본래 이런 건 아닐까. 그저 내 주위로 그늘이 내려왔다 사라지고 이렇게 누군가 앉았다 가고 또 다른 이가 와서 앉아있는 것. 그걸 느낄 새 없이 내가 먼저 일어나고 내가 먼저 세상 속으로 뛰어들었던 건 아닐까. 지금의 이 상황도 그저 이렇게 자리를 비켜 옮아가면 되는 게 아닐까.

가게에서 나온 젊은 남녀가 곁에 앉아 방금 산 듯 주발 같은 놋그릇 주둥이를 나무막대로 궁글렸다. 맑으면서도 묵직한 소리가 놋그릇 안에서 맴돌았다. 옴~ 하는 소리처럼 몸안으로 스미는 음향이었다. 절로 눈이 감기는 소리. 어느 나라 사람들일까. 저 나이에 나는 오직 하나밖에 없는 길을 걷듯, 아이 낳고 집 장만을 위해 열심히 앞만 보고 뛰었다.

스러져가는 회사를 살려보려 야근을 밥 먹듯 했다. 사장이 버리겠다고 했던 회사를 인수해 가내공업 수준의 회사를 수백 명의 종업원을 둔 회사로 키웠다. 그러나 내 속에 저런 여유는 없었다. 주근깨가 많은 붉은 얼굴 여인과 행복한 모습으로 그녀를 바라보는 키 큰 청년. 이렇게 오로지 이 순간을 즐길 줄 아는 그들이 부러웠다.

한참 앉아있던 그들이 떠난 자리에 늙수그레한 개 한 마리가 와서 앉았다. 그나 나나 먼 곳을 바라보는 눈빛이 닮았을 것이다. 졸다 망상하고 망상을 피우다 졸았다. 한참을 앉았던 개가 길게 기지개를 켜며 하품을 하더니 떠나갔다. 그렇게 비어있던 자리에 친구 사이로 보이는 젊은 여자 둘이 다가와 앉았다. 그들은 플라스틱 컵에 담긴 과일을 꺼내 먹으며 조잘거렸다.

이게 애플망고 맛이구나. 별로다, 그치? 그냥 싱싱한 맛에 먹는다. 그들의 입에서 한국말이 나오자 몸이 긴장했다. 눈을 감고 그들의 소리를 들었다. 방금 다녀온 법당에 참선하는 사람이 많다며 이렇게 시끄러운데 참선이 될까, 묻던 목소리가 불상에 금을 입히고 있는 지금紙金에 대해 얘기했다,

"저 금빛 부처님이 모두 저렇게 금박종이의 금을 묻힌 거라구? 설마."

"너는 왜 내 말을 못 믿니? 미얀마에서 직접 봤다니까. 지금도 저 앞에서 팔고 있잖아."

사람들은 이렇게 하찮은 것에 화를 내는구나. 여행의 피로가 쌓였을까. 사소한 말들이 옥신각신 이어지더니 둘이 입을 닫았다. 그 잠깐이 또 전생 같았다. 내일 먼 길 떠나려면 서둘러야 한다며 자리를 뜨는 소리. 점점 멀어지는 발소리를 헤아리다 눈을 떠보니 그들이 앉았던 자리에 휴대폰이 놓여 있었다.

그 자리에 아이를 데리고 온 현지인 가족이 앉았다 갔다. 두어 살 됐을까 아이의 재롱에 지나는 이들이 미소를 보냈다. 아장거리며 다가온 아이에게 손을 흔들어 주었다. 아이가 낯을 가리며 제 부모들에게 되돌아가고 공연

히 민망해져 엉덩이를 뗐다.

맞은편 상가에서 그녀들이 먹던 애플망고를 사서 자리로 돌아왔다. 그녀들이 싱싱하다고 했던 맛이 어떤 걸까 궁금했다. 딱딱하고 시큼했다. 아내였다면 건강한 맛이라고 했을 것이다. 먹고사는 게 충족되자 아내는 건강이라는 말을 자주 들먹였다. 맛보다 중요한 게 건강이라며 시큼하고 쿰쿰한 것들을 들이밀었다. 그것도 고개이리라. 한 고개 넘으면 다른 고개가 나타나듯 내 앞에 나타날 고개는 또 얼마나 가파를 것인가. 아기 가족이 떠나고 난 자리에 휴대폰은 그대로 놓여 있었다.

휴대폰을 흘깃거리는 시간이 꽤나 길었다. 얼마나 지났을까. 멀리서 달려오는 발걸음이 허둥거렸다. 휴대폰 주인이었다. 그들은 제자리에 놓여 있는 휴대폰을 보며 반색을 했다. 둘은 가만히 앉아있는 내게 번갈아가며 고맙다고 하다가, 땡큐 베리머치, 쎄쎄를 연발했다.

산을 다 내려가서 휴대폰이 없어진 걸 알았단다. 타고 갔던 그 성태우를 타고 바로 되돌아오는 길이라며 서툰 영어로 늘어놓았다. 누구라도 그 상황을 짐작하게 하는 몸짓이었다.

"거 봐, 내가 여기 두고 온 것 같다고 했지?"

휴대폰 주인인 여자가 말하자 친구가 다행이라며 맞장구를 쳤다.

"어느 나라 사람 같니?"

　　　　　　　　　　쭙의 시간에 들다

나에게 눈을 맞춰 인사하고 합장을 한 그녀들은 돌아서며 그렇게 물었다. 그들이 떠난 후 나도 몸을 일으켜 산에서 내려왔다. 그녀들이 맛있었다는 파인애플 볶음밥을 먹었다. 내 몸은 생전 처음 맛보는 음식들을 거부감 없이 받아들였다.

　　그날 돌아오던 길에, 숙소 바로 옆에 마사지샵이 있는 걸 발견했다. 그동안 다녔어도 눈에 들어오지 않던 어둑한 가게였다. 가게 앞에 놓인 신발 한 켤레가 나를 부르는 것 같았다. 아니 어쩌면 문 앞에 붙여놓은 한 시간에 200바트라는 허름한 가격 때문이었을 것이다. 큰길가 상점에는 500바트라고 적혀 있었다. 다소곳한 신발 옆에 냄새나는 나의 신발을 벗어놓고 문을 밀며 들어갔다. 조도가 낮은 홀에 앉아있던 여자가 슬리퍼를 내주었다. 견과류와차 한 잔을 가져온 여자가 메뉴를 내밀었다. 타이 전통마사지를 손으로 가리키자 기다란 팔과 고개가 함께 끄덕이며 2층으로 안내했다. 그녀가 쭘이었다.

　　어둑한 방에서 그녀는 말없이 내 발을 닦았다. 종일 돌아다닌 고단한 발이었다. 굳은살을 쓰다듬어주는 그녀가 고마웠다. 발가락 사이로 그녀의 손가락이 들어올 때 느낌이 묘했다. 막힌 하수구가 뚫린 듯 시원했고 가려운 곳을 콕 집어 긁어주던 할머니 손길 같기도 했다. 나를 맡겨도 될 것 같은 안도감이 밀려왔다.

　　그녀의 손길은 정성스러웠다. 사원에서 화장실 변기를

　　　　　　　　공을 굴리다

닦던 여자가 떠올랐다. 누가 이렇게 내 몸을 위해 준 적이 있었던가. 회사가 잘 될 때 접대를 위해 가봤던 유흥업소는 내 체질이 아니었다. 본사 직원과 관계 공무원들을 불러 술 마시고 노래하고 2차까지 보내는 영업부장이 대단해 보였다. 그동안 나조차 팽겨쳤던 내 몸을 쭙이 위로해 주었다. 긴장이 풀렸던가. 몇 번이나 내 코골이에 놀라서 깼다. 그러다 아예 푹 잠이 들어 버렸다. 그녀가 흔들어 깨워야 할 만큼 깊은 잠이었다. 두 시간이 훨씬 지나 있었다. 문을 나서며 내일 또 보자고 인사했다. 그 후 그녀에게 매일 들렀다.

그녀는 며칠 만에 자신을 쭙이라고 소개했다. 쭙은 내가 묵는 숙소 아래 락소프레소 커피가 유명하다고 했다. 좋아하느냐고 묻자 너무 비싸서 못 먹는다며 손사래를 쳤다. 다음날 그녀에게 커피 한 잔을 사다 주었다. 커피를 마셔본 그녀는 오만상을 찡그렸다. 이런 걸 왜 먹는지 묻는 눈치였다. 어디에서 왔느냐 어디에 묵느냐. 그녀가 묻는 말에 대답해주었다.

안마를 받는 도중 꿈을 꾸었다. 관세음보살인지 마리안지, 아낸지, 쭙인지, 여인을 끌어안고 황홀경에 빠졌다. 깜짝 놀라 눈을 떠보니 쭙이 허벅지를 지압하고 있었다. 정성을 다해 주무르고 두드리는 쭙이 관세음보살처럼 여겨졌다.

꿈 탓인가. 내 종아리에 스치는 쭙의 아랫도리가 뜨끈

한 것 같다. 나의 중심을 피해 지나가는 그녀의 손길이 아슬아슬하다. 꾹꾹 경혈을 누를 때마다 핏줄이 부푸는 느낌이다. 납작한 그녀의 젖가슴 골이 보인다. 그녀의 마른 풀 같은 숨결이 콧속을 스민다. 훅, 몸이 더워진다. 그녀의 손목을 잡아 끌어당기고 싶다. 말릴 새도 없이 허벅지를 누르는 쫍의 손 옆에서 아랫도리가 불끈 일어섰다. 근래에 없던 일이었다. 쫍이 조용히 수건을 덮어주었다.

호텔 앞 야시장이 흥청거린다. 음식 냄새가 화려하다. 예전 우리의 참새구이처럼 메추리구이가 숯불 위에서 빙빙 돌아가고 방금 쪄낸 꽃게와 커다란 새우가 김을 뿜는다. 숯불에서 구워지는 생선 냄새에 침이 돈다. 국수 볶는 냄새 사이를 각국의 말들이 뒤섞여 돌아다닌다. 야시장 한쪽에 마련된 무대에서 노랫소리도 들린다.

난전 앞, 걸어놓은 금빛 스카프를 하나 샀다. 쫍에게 어울릴 것 같다.

빠루빠루

이번 패는 일월 소나무에 팔공산이다. 두둥실 달이 떠
있는 밤에 들려올 소식이 뭘까. 행여 아내의 마음이 변해
그간의 일은 없던 걸로 할 테니 무조건 돌아만 와달라, 뭐
그런 소식은 아니겠지. 아니면 유 실장에게서 소식이 오
려나. 본심이 나쁜 여자는 아니니 이제라도 잘못했다고
연락이 올 수도 있다. 어찌 되었든 모든 열쇠를 쥐고 있는
건 유 실장이다. 하지만 그녀가 뭐가 아쉬워서 돌아올 것
인가. 아직 그녀를 기다리는 내가 한심스럽긴 하다. 그것
도 아니면 내 위치를 파악한 한국의 채무자들이 들이닥치
려나. 차라리 그편이 속 편할 것도 같다. 이젠 무슨 일이
라도 일어났으면 좋겠다. 언제까지 이렇게 살 수는 없는
일이다.

A4용지에 인쇄된 〈금연〉이라는 글자를 바라보며 담배를 피워 문다. 예전 같으면 나가서 피우라고 인상을 썼을 케이시가 주위를 살피더니 한숨을 쉰다. 그사이에도 손은 화투패가 놓인 군용 담요의 네 귀를 편평하게 매만지고 있다. 저 한숨은 손님이 없는 탓도 있을 것이다. 며칠 함께 가게를 보며 지켜보니 광춘이 안심해도 될 것 같았다. 케이시는 마치 안주인처럼 모든 걸 챙겼다. 나는 담배를 입에 문 채 다시 화투를 섞는다. 기시감이 드는 순간이다. 누군가와 마주 앉아 화투를 치고, 저렇게 창으로 들어오는 저녁 햇살에 눈살을 찌푸리고, 한 판이 끝나면 화투판을 평평하게 고르던, 꼭 이러했던 순간이 있었다. 테두리가 닳아 올이 풀린 이 군용 담요 때문일지도 모르겠다.

일 년 전만 해도 이 담요 앞에는 케이시가 아닌 유 실장이 앉아 있었다. 화투를 모른다는 그녀에게 고스톱을 가르쳤고, 둘이 치는 게 재미없어 그만하자는 내게 그녀는 밤이 깊도록 한 판만 더 치자고 졸라댔다. 이 낡은 담요는 그녀와 내가 정들어 가던 과정을 낱낱이 보았을 것이다. 군용 담요를 반으로 잘라 화투판으로 쓰던 이것이 이 먼 곳까지 따라와 내 곁에 있게 될 줄은 몰랐다. 유 실장이 이 담요를 펼쳐놓고 사무실에서 쓰던 커피포트며 토스터를 둘둘 말 때만 해도 웬 궁상이냐고 잔소릴 했었다. 유 실장은 탁자 밑에 있던 화투목을 커피포트 안에 넣으며 생글거렸다.

공을 굴리다

"나중에 잘했다고 할걸요."

여기 두어봤자 고물상으로 갈 거고, 거기 가면 당장 사야 할 물건인데 조금 수고롭지만 가져가자는 말이 미더웠다. 설마 그런 치밀함까지 계획에 넣었던 걸까. 그녀가 사라진 지 일 년이 되어가건만 난 아직도 어디까지가 그녀의 연출이고 어디까지가 그녀의 본심인지 알 수가 없다.

내가 유 실장에게 마음이 기운 건 그런 섬세함 때문이었다. 주부들 특유의 주인의식이랄까. 지금까지 함께 일하던 사람들과는 달리 사무실 살림을 제 살림처럼 살았다. 가끔 차나 끓여 내던 사무실 뒤편 주방에서 점심값이라도 아끼자며 밥을 지었다. 사 먹는 음식, 먹을 것도 없고 매끼마다 뭘 먹을까 고민스럽잖아요. 그냥 김치하고 먹더라도 집밥이 나을 거예요. 이런 마음 씀이 어찌 계획으로 된단 말인가.

먼지가 끼어 지저분하던 그릇과 찬장은 그녀의 손길이 닿자 반질거렸고 너저분하던 책상의 서류들은 제자리를 찾아 들어갔다. 꼬질꼬질하던 수건을 뽀얗게 삶아다 놓았고 먼지를 쓰고 있던 팩스며 프린터가 깔끔해졌다. 주말이면 사다리를 놓고 올라가 현관문의 문틀이며 파리똥이 앉았던 형광등까지 닦아내는 여자였다. 사무실 문턱을 넘어 온 손님들을 그냥 보내는 법이 없었다. 고객들은 공인중개사인 나보다 싹싹한 유 실장을 더 신뢰했다. 밖으로 나돌던 나도 덩달아 사무실에 머무는 시간이 많아졌다.

빠루빠루

그녀와 함께 저녁을 해 먹으며 한 잔씩 하는 반주는 꿀맛이었다. 퇴근 시간이 지났건만 우리는 사무실 문을 9시까지 열어두었다. 단골이 늘었고, 수입도 늘었다. 아내도 늘어난 수입 때문인지 늦은 귀가를 탓하지 않았다. 하긴 유실장은 아내에게도 정 많은 동생처럼 살갑게 굴었다. 모든 게 완벽했다. 집에는 어머니와 아이들을 돌보는 아내가 있고, 사무실에는 상큼한 유 실장이 있었다. 모처럼 사는 맛 나는 날들이었다.

착착 친 화투를 다시 한 장씩 늘어놓는다. 종일 화투목을 손에서 놓지 못하고 패를 떼며 살게 될 줄 그땐 몰랐다. 오늘도 벌써 몇 번째 떼는 화투패다. 두 번째 줄을 내려놓는데 진동으로 놓아둔 손전화가 몸부림을 친다. 광춘이 모처럼 한국에 다녀오겠다며 내게 맡기고 들어간 사무실 전화다. 이 마사지 샵의 고객은 대부분 한국인이다.

"케이시가 제법 한국말을 하지만 그래도 전화는 네가 받아라. 사무실 비우지 말고."

광춘은 케이시에게는 나를, 나에게는 케이시를 부탁했다. 그리고 테라피스들을 불러놓고 나를 소개했다.

"이 친구가 당분간 여기를 관리할 캡틴이다. 나는 마닐라에 샵 하나를 꾸려놓고 곧 돌아온다."

물론 그들과는 이미 친숙한 사이였다. 나는 벌써 몇 달째 이 샵에서 기숙하는 중이었다.

이 전화로 나를 찾는 이는 없을 것이다. 하지만 전화벨

소리만 울리면 몸이 경직된다. 받을까 말까 망설이다가 가만히 통화버튼을 눌렀다.

"박 사장?"

친근하게 박 사장을 찾는 목소리가 생판 낯설지는 않다. 나는 목소리의 주인공을 탐색하며 몸을 고쳐 앉는다. 이런 긴장 상태에 있다 보면 목소리만으로도 꽤 많은 정보를 얻을 수 있다. 나를 헤치려는 날카로운 기운은 없다. 하지만 섣불리 나를 드러낼 상황이 아니라 대꾸 없이 가만히 듣는다.

"나 파크랜드의 전 사장이요."

옆에 있던 케이시가 흘러나오는 목소리를 듣고 아는 척을 했다.

"머리 이렇게…… 앤 좋아하는 사장님."

케이시의 손 동작을 보고서야 머리가 벗겨진 전의 얼굴이 그려졌다. 긴장할 인물은 아니다. 한 손에 꼭 쥐고 있던 화투장을 두 번째 줄에 내려놓는다. 파크랜드의 본래 사장은 장씨다. 그곳에 줄을 대고 있는 사람들은 모두 자신을 사장이라 칭한다. 나 역시 그런 처지지만 이 자는 왠지 비위에는 거슬린다.

"여기 미모산디 지금 막 게임 끝나 갖고. 나가 손님들 모시고 갈라니까 차 좀 대주소. 어차피 박 사장네서 안마 받고 한인타운에서 놀라니까 박 사장 신세 좀 져야 쓰겠소."

파크랜드 장 사장이 한국에 있을 때부터 알던 사람이라고 했다. 마닐라에 있는 카지노에 드나들며 가지고 있던 돈 다 털어먹고 이제는 이곳 클락에 내려와 일종의 삐끼라고나 할까, 거간꾼 노릇을 하고 있는 자였다. 그는 한국에서 필리핀에 투자할 투자자를 모은답시고 데려와서 카지노에 발을 들이게 하거나 꽁지돈을 소개하며 대가로 푼돈을 얻어 썼다. 요즘은 그것도 여의치 않자 필리핀으로 공을 치러 오는 사람들을 모집해서 호텔을 알선해 주고, 필리핀에서의 편의를 보아주며 용돈을 벌어 쓰고 있었다. 두어 달 전, 몇 번 얼굴을 보이다가 한동안 나타나지 않더니 무슨 변덕이 난 걸까. 내 처지가 그에 비해 별로 나을 것도 없건만 왠지 가까이하고 싶지 않은 인물이었다.

머리가 벗어져 그렇지, 나이도 나보다 어린 사람이 언제 봤다고 늘 반말짓거리인가. 게다가 제가 무슨 이곳의 유지라도 되는 양 교민회장을 들먹이며 한국에서 온 사람들에게 바람을 잡는다. 비록 수배자가 되어 있긴 하지만 나는 저런 치들과는 질적으로 다르다. 저 치는 영락없는 사기꾼이다. 자기까지 합쳐서 여섯이라고 했다. 나는 카운터 바닥에 깔아놓았던 담요를 걷으며 차 키를 집어 들었다.

"케이시, 여섯 명 준비시켜."

사철 덥기만 한 줄 알았던 이곳에도 계절 변화는 있다. 매일 비가 내리던 우기가 지나고 나니 한국의 가을처럼 갈대꽃이 피기 시작했다. 추석 무렵이면 높아지는 우리의 가을처럼 하늘도 높아진 것 같고 가을 냄새를 풍기며 풀들이 말라갔다. 한국에서도 이렇게 가을로 접어드는 계절이면 공연히 뼈마디에 바람이 스몄다. 가슴에 구멍이 뚫린 것처럼 마음이 서걱거렸다. 유 실장과 동해안으로 여행을 떠난 것도 추석을 앞둔 이맘때였다. 이혼을 한 유 실장은 홀가분했지만 나는 친구를 팔고 동창을 팔아 외박을 해야 했다. 아내에게 핑계를 대는 것도 구차해질 무렵 모든 걸 버리고 떠나자는 유 실장의 말에 솔깃해졌다.

군대를 다녀와 철도 역무원으로 일하기 시작하면서 나의 방랑벽이 가라앉는 듯싶었다. 역마살을 타고나 한군데 박혀서는 못 살 팔잔데 철도청에 취직을 하니 직장 하나는 제대로 구했다며 어머니가 좋아했다.

체신부 공무원이었던 아내를 만난 것도 철로 위에서였다. 딸과 아들을 키우며 아내가 자리를 지키는 동안 나는 열심히 철로를 달렸다. 가정을 꾸려야 한다는 책임감이 철 따라 찾아오는 서걱거림을 눌렀다. 그러나 언제부턴가 철로가 다람쥐 쳇바퀴 같이 느껴졌다. 기차 안이 답답했다. 달리는 것은 기차였지 내가 아니었다. 시계의 초침처럼 제자리로 돌아와야 하는 삶이 견딜 수 없었다. 기차에 오를 때면 누가 목을 조이는 것 같은 강박감이 몰려왔다. 사표 얘기를 꺼냈다가 어머니한테 등짝을 맞았다. 아내의 반대가 너무 심했다. 아내 몰래 사표를 내던졌다. 퇴직금으로 집 앞에 맥주집을 냈다. 하지만 2년도 못 돼 거덜이 났다. 남은 돈으로 트럭을 사서 건설회사에 지입하고 운전을 시작했다. 몇 년을 못 버티고 트럭을 팔았다. 택시를 몰다 다시 구청 쓰레기차를 몰았다. 사이사이 찾았던 다른 일들보다는 그래도 운전 같은 떠도는 일을 좀 더 오래 버텼던 것 같다.

사주에 역마살이 끼어 한곳에 안주할 수 없다는 말을 정설처럼 믿었다. 마음 붙일 곳 없는 세상이 나도 지긋지긋했다. 오래전에 따두었던 부동산중개사 자격증으로 사무소를 차렸다. 주변 사람이 자주 바뀌었다. 그러다 유 실장을 만난 것이다. 그녀가 이곳 필리핀에 전부터 봐 둔 사업이 있다며 같이 떠나자고 할 때는 또 한 번 어디론가 떠돌고 싶은 마음이 목까지 차 있던 때였다. 이제 더이상 아내에게 동의를 구할 염치도 없었다. 유 실장과 한국을 떠날 때까지 아내는 우리의 관계조차 모르고 있었다. 아내가 받았을 충격을 생각하면 이제 더는 아내 곁으로는 돌아갈 수 없을 것이다.

이 방랑벽이 서늘해지는 바람 탓인가 여겼는데, 30도가 넘는 여기서도 이렇게 마음이 설렁대는 걸 보면 굳이 바람 탓만은 아닌 것도 같다.

미모사골프장까지는 10여분 거리였다. 클럽하우스 입구에서 주황색 바지에 흰색 티를 받쳐 입은 전이 손을 번쩍 들어 차를 세운다. 봉고에 적힌 샵의 로고를 보았을 것이다. 불룩 튀어나온 배가 차에 부딪칠 것처럼 가까이 다가드는 그 앞에 차를 세웠다.

"이, 강 사장이구만."

문득 정신이 든다. 여기서 나는 또 다른 친구의 이름으로 살고 있다. 아직 익숙하지 않은 이름 강한구. 박광춘과 나, 한구. 우리 셋은 초 중 고등학교를 함께 다닌 불알친구다. 나에게 한구 행세를 하는 게 좋겠다고 한 건 광춘이었다. 좋은 일이 아닌 걸로 친구의 이름을 도용하는 게 미안했지만 어쩔 수 없는 선택이었다.

현관 앞에 주루룩 세워놓은 골프가방을 보자 정신이 번쩍 든다. 저걸 끌고 다니진 않을 테고 보나마나 파크랜드 호텔에 들렀다가 가자고 할 것이 뻔하다. 더구나 내가 내려서 저 클럽들을 실어주길 바랄 것이다. 놈의 속셈을 파악하고 나니 차에서 내리고 싶지가 않다. 본래 구린 놈의 속은 구린 놈이 알아보는 법, 내가 그에게 접고 들어갈 이유는 없다. 창문을 내린 채 말한다.

"트렁크 열어 놨으니까 어서 채 실어요."

"아따 뭔 짐이 요렇코롬 많다야."

전이 트렁크를 들여다보며 궁시렁거렸다. 트렁크에 잡동사니 짐이 많긴 하다. 나는 언제든지 이 나라를 뜰 수 있도록 내 짐을 싸두고 있다. 짐이라야 옷가지 몇 개가 든 트렁크 하나가 전부지만 광춘이 랜트해서 쓰는 스튜디오에는 그것조차 부려놓을 공간이 없다. 장 볼 때 쓰는 카트며 해변에 나가 앉을 때 깔고 앉는 은박지 돗자리, 마사지 숍에 필요한 수건이나 휴지 따위가 들어차 있다.

땅딸막한 키에 비해 전이 들어 옮기는 골프가방들이 너무 커 보인다. 제 몸 하나 건사하기가 버거워 보이는 손님들은 우리 나이와 비슷한 오십대 들이다. 행여 아는 사람이라도 있을까 자세히 살핀다. 하지만 모두 낯설다. 손님과 골프채가 하나씩 실릴 때마다 차가 출렁거린다. 마지막으로 손을 탁탁 치며 전이 내 옆자리에 올라탄다.

"미안하지만 강 사장. 우리 호텔에 잠깐 들러서 채 좀 내려놓고 갑시다. 우리 차가 모두 빠져 버렸다네."

짐작하고 있었음에도 전의 얕은꾀에 짜증이 인다. 차를 부르려면 두 대는 불러야 할 터. 택시 값이 비싼 편이라 파크랜드에 들렀다가 한인타운까지 오려면 차비가 만만치 않을 것이다. 그걸 아끼고자 나를 부른 것이다. 파크랜드는 숙박료가 싼 대신 픽업 서비스가 원활하지 않다는 불평이 자자했다. 차라리 툭 까놓고 얘기하면 좋으련만 이렇게 구차하게 구는 게 그의 방식이다. 파크랜드는 한인 타운과는 반대편이다. 더구나 파크랜드 앞은 시외버스 터미널과 종합시장이 있어 교통 체증이 장난이 아니다. 거길 들렀다가 숍까지 가려면 한 시간이 더 걸릴 것이다. 눈에 힘이 들어간다. 입을 열면 시비가 붙을 것 같아 말없이 차를 몬다. 하지만 이 눈치 없는 작자가 심기를 건드린다.

"아이, 강 사장. 요즘도 장사 잘되지? 미스 안도 잘 있고, 잉?"

마음 같아서는 아니 전씨 우리가 언제 봤다고 그리 반말이요, 하고 싶지만 꾹 참는다. 너, 여기서 문제 일으키면 끝장이다. 제발 나 올 때까지 만이라도 성질 좀 죽이고 지내. 신신당부하던 광춘이 때문이다.

"그 앤 미스가 아니라 애 엄마요. 그리고 이름이 앤이요. 에이 앤 앤. 앤."

"안이나 앤이나. 그리고 애 엄마면 더 좋제. 부담 없고. 선배님. 이 동네 나도는 여자들이 모다 싱글맘이어요. 이따 가는 가라오케 애들도 처녀는 하나도 없다고 보면 돼. 그러니까 맘껏 노셔도 된다는 말씀이제 잉."

"그래도 기왕이면 아가씨가 낫제."

누군가의 말에 뒤에 앉은 양아치처럼 생긴 자가 장단을 맞춘다.

"일회용인데 아가씨면 어떻고 아줌마면 어때."

이곳에 남자들끼리 놀러 오는 자들의 속셈은 대체로 뻔하다. 모처럼 집을 벗어나 자유를 만끽하고 싶은 것이다. 그러다 보니 회사에서 포상 휴가를 즐기러 오는 사람들이나 동창들이나 동호회원들이 모여 오는 경우나 코스가 정해져 있다. 골프, 안마, 노래방이나 룸살롱 그리고 2차. 골프를 치러온 사람들은 다음날이면 다시 게임을 하고 관광을 온 팀들은 수박만 구경을 하고 떠난다. 예비군복을 입혀 놓으면 사회적 체면이나 지위를 내려놓는 것처럼 집을 떠나온 순간 사내들은 달라진다. 모처럼 집을 떠났다는 흥분으로 사내들의 코에서는 더운 콧김이 뿜어지고 행여 무슨 건수를 찾을까 눈을 번들댄다. 입에서 나오는 허풍 역시 세진다. 전은 이런 여행객들의 심리를 이용하여 그들의 가려운 곳을 살살 긁어주곤 뒷돈을 받아 챙긴다. 이곳 교민 사회에선 요즘 들어 이런 사람들이 부쩍 늘었다고 걱정을 하는 눈치다. 전이나 나나 이곳에 터를 잡고 사는 사람들에겐 기생충 같은 존재다. 하지만 짧은 인연이라도 이용해서 빌붙어 보겠다는 이들을 내칠 방법도 없다. 모르긴 해도 내가 그리 떳떳한 처지가 아니라는 것을 저들 역시 알고 있을 터였다.

지인의 부동산을 전매 조건으로 팔아넘기곤 잔금을 챙겨 필리핀으로 날아왔다. 오랜 단골로 나를 완전히 믿어준 선배였다. 물론 각본은 유 실장 작품이었다. 우리는 군용 담요에 커피포트까지 챙겨서 마닐라행 비행기를 탔다. 유 실장이 하고 싶다는 악세사리 가게는 나중에 내기로 하고 우선 광춘의 조언에 따라 이곳 변두리의 마사지 샵을 인수하겠다는 합의를 봤다.

"아, 여기서 마사지샵 하면 이 강 사장네 샵이 최고여요. 내가 이 동네 안마방은 모다 가봤지만, 여그 만한 데가 없더라고요. 값싸고, 시간 많이 서비스 하고, 애들도 제복 입혀서 깔끔하니 해 놓고, 가성비 갑이라니까요."

공을 굴리다

전은 엄지손가락을 치켜세우며 최고라는 시늉을 한다. 이거 짧은 거리가 아니네. 누군가가 중얼거렸다. 뒤에 앉아 주위를 두리번거리던 몇은 운동 후의 피곤함 때문인지 무거워진 눈꺼풀을 들어 올리느라 애를 쓰고 있었다.

"근데, 정말 이 동네가 그렇게 장사가 잘돼요? 전 사장님 말이 여기서 호텔업을 하면 한밑천 잡을 거라고 큰소리 치는데 현지에 사는 사장님 조언 좀 구해 봅시다."

뒷자리에 앉은 눈이 굵은 사내가 묻는다. 옆자리의 전이 눈을 꿈벅거린다. 인천과 부산에서 직항이 뜨는 바람에 한국인 손님이 많아진 건 사실이다. 광춘이 이곳에 올 때까지만 해도 직항이 없어 마닐라에서 이곳에 오려면 버스나 택시를 타야 했단다. 우리도 직항이 아닌 마닐라 코스를 택했다. 바로 클락으로 가면 우리 행선지가 노출될 거라며 유 실장이 제안한 것이었다.

"자기야, 우리 공연히 돈 쓰지 말고 파사이 터미널로 가서 버스 타고 갑시다. 여기서 8만 원이면 큰돈이거든요. 한 푼이라도 아껴야지."

그녀는 끝까지 푼돈을 아끼려는 주부처럼 굴었다.

비행기에서 내린 짐을 버스 트렁크에 실을 때까지도 그녀는 내 곁에 있었다. 그리곤 버스표를 건네주며 먼저 버스에 타고 있으라고 했다.

"언니한테 전화 걸고 올라갈게요."

하지만 버스가 떠날 때까지 그녀는 나타나지 않았다.

떠나려는 버스를 세우고 손짓발짓으로 설명을 해 보았지만 운전기사는 기다려주지 않았다. 다급한 마음에 전화를 걸어보았다. 공항에 내려서 마닐라에 있다는 형부와 통화하는 그녀를 보았건만 그녀의 전화는 꺼져 있었다. 내 손에는 클락으로 가는 버스표와 광춘의 전화번호뿐, 한국에서 달러로 환전한 돈은 고스란히 그녀의 핸드백 속에 들어 있었다.

"아이 회장님. 나가 뭣 때문에 거짓말을 하겠소. 강 사장. 그동안 보고 들은 대로 얘기 좀 해 주시오. 여그 숙박업이 얼마나 호황을 누리고 있는지."

파크랜드 장 사장은 이 한인 지역에 12번째로 호텔을 개업했다고 했다. 그런데 그 뒤로도 계속 늘어나 벌써 서른 개에 육박하는 중이다. 그것도 주말이면 객실이 꽉 찬다니 호텔업이 잘되긴 하는 모양이다. 하지만 내가 무슨 근거로 확신을 줄 것인가.

"글쎄요, 이 나라 경제 성장률이 7%대라니까 발전하는 건 맞겠죠? 또 한국에서 오는 비행기도 많이 늘었고요. 하지만 저도 여기 온 지 얼마 되지 않아 잘은 모르겠습니다."

이럴 때 투자하면 분명 자기한테 고맙다고 할 거라며 한참 장광설을 풀던 전도 뒷자리의 손님들처럼 끄덕끄덕 졸고 있다. 전기공사라던가, 무슨 공기업에서 명예퇴직을 했다는 전은 퇴직금으로 받은 돈을 카지노에서 날렸다고 했다. 처음엔 친구가 권하는 카지노사업을 해 보겠다며 필리핀에 발을 들였다. 카지노사업의 에이전트라는 것이 결국 노름꾼들에게 꽁지돈을 대주는 일이다. 일단 돈을 투자하면 처음 몇 달은 근 10%의 이익을 얹어 후하게 배당을 해 준다. 이런 황금알을 낳는 사업이 또 있는가, 십중팔구는 첫 투자금이 회수될 무렵이면 더 큰 돈을 투자한다. 물리는 건 이때부터다. 피라미드식으로 운영되기 때문에 내 돈을 회수하려면 다른 사람의 돈을 끌어와야 한다. 꽁짓돈을 대주며 담보를 잡긴 하지만 노름판 뒷돈을 받는 일이 어디 쉬운가. 결국 감언이설로 남의 돈을 끌어들여야 하니 본의 아니게 사기꾼이 되고 마는 것이다.

광춘의 말에 의하면 전은 그 상황에 자기가 먼저 카지노에 맛을 들여 버렸다. 남에게 돈을 빌려주기 전에 제가 먼저 돈을 날려 버린 것이다. 카지노의 수렁은 깊다. 한 발 빠지면 빠져나오질 못한다. 오죽하면 일주일 만에 집 한 채를 날린다고 할까. 돈이 떨어지면 어디선가 돈을 빌려주겠다는 사람이 나타난다. 담보만 있으면 돈을 빌려준단다. 어젯밤에 왕창 벌어들였던 순간이 머릿속을 떠나지 않는다. 한탕만 잘하면 본전을 뽑을 수 있다. 충청도에서 소를 키우던 어떤 이는 필리핀에 관광 차 왔다가 우연히 호텔 카지노에 들렀다. 확률이 반반이라는 소리에 바카라에 빠져 돈을 날리고는 몇 날 며칠을 카지노에 잡혀 있다가 결국 마누라가 소 팔아 부쳐준 돈을 갚고서야 집으로 돌아갔다는 얘기를 하며 광춘은 절대 카지노 출입은 하지 말라고 신신당부를 했다.

전도 집에서 뭉치 돈을 가져다 아내에게는 이익금이라며 충분히 떼어주고는 원금이 없어질 때까지 버텼다. 돈이 떨어지면 다시 사업 확장을 핑계 삼아 돈을 끌어오게 했다. 그의 아내는 이자 받는 재미에 주변의 돈까지 끌어다 댔다. 그러나 결국 들통이 났단다. 줄줄이 달려 나오는 빚은, 감당하기엔 너무 많았다. 파산 선고를 하고 이혼을 당한 채 이곳을 떠도는 자는 비록 전만이 아니었다.

프랜드쉽게이트에서 차가 멈추자 뒷좌석의 손님들이 잠에서 깨어나기 시작한다. 보안요원 필립은 차를 흘끔 들여다보더니 가라는 손짓을 한다.

"뭡니까? 총까지 들고. 무슨 일이 난 거요?"

뒷좌석의 손님이 묻자 전이 대답한다.

"여기는 곳곳에 세큐리티가 있다니까 그러네이. 일차적으로 보안요원들이 이렇게 수상한 자들을 걸러내니까 치안은 대한민국보다 오히려 안전하단 말이지요. 호텔이나 백화점 환전소나 다 총 찬 카우보이들이 있다고 나가 말하지 않았습니까."

저 사람들이 더 무섭네, 어쩌고저쩌고 하는 소리들이 들린다. 길가 언덕엔 흰 갈대꽃이 한창이다. 날씨는 여전히 무더운 한여름 같은데 그래도 계절을 알아보며 꽃을 피우는 식물들이 신기하다. 호텔에 짐을 내려놓고 샵까지

공을 굴리다

오는데 한 시간이 넘게 걸렸다.

케이시는 테라피스들을 대기시켜 놓고 있었다. 안녕하세요. 마사지사들은 어색한 발음으로 제각각 인사를 하며 손님을 맞이한다. 낯선 신발들이 신발장에 올라와 있다. 손님이 든 모양이다.

"1번에서 6번 침대로 모시겠습니다."

케이시는 능숙한 한국말로 손님들을 안내하며 갈아입을 옷이 담긴 바구니를 침대 끝에 내려놓는다. 칸막이 커튼 틈새로 어둑한 실내를 넘어다보니 9번부터 12번 침대까지 안마가 진행 중이다. 9번 침대에서 앤이 손님의 등을 누르고 있다. 공연히 안심이 되는 건 왜일까. 앤을 찾는 젠에게 케이시가 다른 손님을 받는 중이라고 설명한다. 젠은 애들 중에서 가장 반반한 에이프릴을 찍는다. 쓸데없는 농담을 주고받으며 모두들 웃통을 벗고 침대에 오르느라 부산스럽다. 조금 지나자 큰 소리들이 잦아들고 안마사들의 손놀림 소리가 장단을 맞춘다.

앞쪽에 시작한 손님들의 안마가 마무리가 시작되는 모양이다. 등을 뒤로 꺾는지 비명들이 터져 나온다. 일제히 등을 두드리는 소리가 난타 공연장 같다. 아이들이 나와서 차를 준비하는 동안 손님들은 옷을 갈아입는다. 보통 500페소짜리 안마를 받고 난 손님들은 팁으로 50페소나 100페소를 직접 안마사들에게 준다. 뒤에 서 있던 앤은 100페소를 팁으로 받는다.

"땡큐 써."

역시 영어로 인사를 한다. 다른 아이들과 달리 앤은 한국말을 쓰지 않는다. 큰 키에 검은 피부. 앤의 표정은 늘 변함이 없다. 웃음이 헤프지도 않고 그렇다고 화가 난 인상도 아니다. 뭔가 초월한 느낌이랄까. 가끔 달관의 미소를 흘릴 때면 얼핏 한국에 있는 아내가 떠오른다. 언제부턴가 고부간의 갈등이 줄어드는가 싶더니 아내의 얼굴에 어머니를 애처롭게 바라보는 표정이 스몄다. 그래도 아들 떠난 집에서 며느리와 사는 어머니는 고달플 것이다.

손님들이 빠져나가고 마사지 걸들도 휴게실로 들어갔다. 안에서 마사지를 받는 사람 중 누군가가 코를 골고 있다.

앤이 슬그머니 밖으로 나간다. 담배를 피우러 가는 모양이다. 카운터 바닥에 주저앉아 있던 나는 잠시 틈을 두었다가 문을 나선다. 역시 샵과 단란주점 사이 골목에서 연기가 새나온다. 나는 가게 간판 아래서 담배를 문다.

앤에게서 안마를 받은 손님들은 만족도가 높다. 그녀를 찾는 단골이 많다. 케이시는 스무 명 남짓 되는 안마사들을 고루 배치한다. 하지만 단골을 확보한 안마사들은 고객들이 직접 찾기도 한다. 자연히 그런 테라피스가 월급도 많고 팁도 많다. 앤도 탑 중의 하나다. 그런데 앤의 남편은 왜 그녀를 떠났을까. 여기에 있는 안마사들은 전의 말대로 모두 싱글맘이다. 필리핀 사내들은 가족에 대한 책임이 별로 없어 보인다. 물론 내가 이런 말을 할 자격이 없다는 건 안다. 하지만 아직 어린 아이를 셋씩이나 낳아 놓고 떠났다니 앤의 손마디에 굳은살이 박일 만도 하다. 그러나 떠나는 자의 마음 역시 모를 바는 아니다.

우리라고 떠나고 싶겠는가. 둘을 허용하지 않으니 어쩔 수 없어서 떠나는 것이다. 둘 다 거느릴 수 있다면 서로 공평하게 거둘 수 있을까. 하지만 유 실장과의 관계를 알게 된다면 아내는 절대 나를 받아들이지 않을 것이다. 그렇다고 특별히 잘못한 것 없는 조강지처를 버리고 내 욕심껏 유 실장과 살 수는 없는 노릇, 나라고 아내를 두고 떠나는 마음에 미안함이 왜 없었겠는가.

어느새 길 건너에 포장마차들이 문을 열고 있다. 골목을 나오던 앤이 나를 보고 흠칫 놀란다.

Are you tired? 짧은 영어로 묻자 의외로 앤이 한국말로 대답한다.

괜찮아요.

영리한 아이라 한국말을 알고 있으리라 예상했었다. 앤의 눈이 길거리를 뛰어다니는 아이들을 좇는다. 아이들은 누가 돌보느냐고 물었더니 엄마의 남편이라고 말한다. 엄마는 몇 년 전에 죽었고, 대신 엄마의 새 남편이 아이들을 돌본다고 했다.

"My first son is Korean."

학생이었단다. 그녀의 아이 셋은 모두 아버지가 다르다

고 했다. 애 아빠들은 모두 떠났다고 아무 감정도 실리지 않은 시선을 던지며 말했다.

"전 사장이 앤을 찾던데."

은근히 앤의 마음을 떠보게 되는 건 또 무슨 이유일까.

"빠루빠루. 빠루빠루 is butterfly."

따갈로그어로 나비라는 뜻이다. 빠루빠루는 바람둥이라는 부정적인 의미로 많이 쓰인다. 전처럼 약간의 허풍을 섞어가며 모든 아가씨들에게 아는 척을 하고 친절한 척하는 사람들을 샵의 안마사들은 빠루빠루라고 불렀다.

"하지만 빠루빠루는 마음이 착해요."

제 스스로도 흔들리는 마음을 잡을 수 없어서 떠나는 거란다. 마지막 결혼했던 남편은 새로 사귄 간호사와 함께 사우디아라비아로 갔다고 했다.

"빠루빠루 힘들어요. 나는 꽃이 좋아요."

나비처럼 꽃을 찾아 떠도는 일이 더 힘들 거라며 길쭉한 손가락을 내려다본다. 유난히 엄지손가락 첫 번째 마디가 길다. 손마디가 툭툭 불거져 있다. 10년째란다. 열아홉 살에 첫 아이 낳고 시작한 일이라고 했다.

"내 아이의 아빠들도 언젠가는 내 엄마의 남편처럼 모르는 사람의 손자들을 키울지도 몰라요."

앤이 가게로 들어간다. 모든 걸 이해하고 있는 앤이 왠지 고맙다. 사람들이 그녀를 좋아하는 이유를 알 것 같다.

길 앞쪽 고속도로 너머에서 추석 가까운 둥근 달이 떠

공을 굴리다

오르고 있다. 달 속에 아내 얼굴이 보인다. 아내도 나의 이런 병적인 유랑벽을 이해하고 있을까. 하지만 그렇다 한들 어쩔 것인가. 한숨이 나온다. 유 실장이 모두 갖고 날랐지만 이미 선배의 땅을 판 돈을 들고 튄 나는 사기죄로 고소되어 있는 상태, 나의 재정 상태로는 평생이 걸려도 그 돈을 갚을 수 없다. 한국 공항에 내리는 즉시 구속이 될 것이다. 그렇다고 이곳이 안전한 것도 아니다. 누군가 아는 사람을 만날까봐 두려워 실은 바깥출입도 제대로 하지 못한다. 케이시가 지키는 카운터 아래에 내려앉아 화투패만 떼는 것도 그 때문이다.

침대 위 손님들이 돌아눕는다. 안마사들은 설핏 잠에 빠져 있던 손님들에게 속삭였을 것이다. 똑바로 누우세요, 라고. 엎드려 있던 손님들이 돌아누우며 외마디소리를 내뱉는다. 이미 굳어진 몸들. 이제 몸을 뒤채는 것도 일이 되어버린, 짐이 되어가는 몸뚱이들이다.

안마사들이 주문받은 차를 준비하는 사이 먼저 로비로 나온 전이 안마비를 깎으려고 하자 케이시가 난색을 표한다.

"우린 그런 거 없어요. 이건 프로모션 가격입니다."

전은 빡빡하게 군다며 잔소릴 하더니 3000페소를 내놓으며 팁은 없다고 한다. 치사한 자식, 하룻밤에 몇만 페소씩 날리는 놈이……. 욱하고 올라오는 성질을 누르고 있는데 앤이 퇴근 준비를 하고 나온다. 앤을 본 전이 반색을 하며 앤의 손을 잡는다.

"안, 퇴근하는 거여? 마침 잘됐구만. 우리 함께 저녁 먹고 놀다 가면 되겠네이."

앤이 잡힌 손목을 빼내며 영어로 말한다.

"I have to go."

전은 현관으로 향하는 앤을 뒤에서 덥석 안으며 가지 말라고 붙잡는다.

"그냥 가게 두시죠. 들어가야 한답니다."

"아따, 집에 가 봤자, 할 일도 없는디 놀다 가지 뭘 그랬싸. 그런다고 값이 더 올라가는 것도 아니구만."

앤이 버둥거려보지만 전의 치근덕거림에서 벗어나지 못하는 걸 보며 소리를 버럭 질렀다.

"그 손 놓지 못해? 그 사람이 당신 노리개야?."

머쓱해하던 전이 얼굴을 붉히며 대든다.

"아니 뭐 그렇게 딱딱거려. 얘 기둥서방이라도 되는 거여, 뭐여?"

카운터 옆의 쪽문을 밀고 나가 전의 멱살을 잡았다. 커다란 덩치가 와락 딸려온다. 생각보다 허약하다.

"그래, 내 마누라다 어쩔래? 너 같은 놈들 때문에 한국 사람들이 떼로 욕을 먹는 거야. 이 좀팽이 같은 놈. 케이시, 시큐리티 불러. 이런 놈들은 당장 경찰에 넘겨야 돼."

경찰을 부르라는 소리에 전의 몸에서 힘이 빠지는 게 느껴진다. 그의 일행들이 몰려와 우리 사이를 갈라놓는

공을 굴리다

다. 내 등 뒤에서는 케이시가 허리를 붙들고 늘어진다.

"여기 있는 애들한테 함부로 하지 마. 큰돈은 다른 데서 써버리고 여자들 팁이나 떼어먹는 치사한 새끼."

한마디 더 내뱉고 마지못한 척 안마사 대기실로 끌려간다. 케이시가 보안요원을 부르겠다고 전화를 들자 전이 다급히 지갑을 꺼내며 궁시렁댄다.

"나 참, 한국 사람들은 이래서 문제랑게. 좀 잘나간다 싶으면 세상 무서운 걸 몰라요. 아니 아가씨하고 데이트 좀 하겠다는데 멱살을 잡네? 분명 둘 사이가 예사롭지 않구만."

그렇다면 전 사장이 잘못 건드렸네. 제 계집 손 타는 걸 볼 사내가 어디 있어? 부스스한 머리를 다듬으며 함께 온 손님이 투덜거린다. 고발을 당할까봐 뒤가 구렸던지 전은 팁이라며 한꺼번에 600페소를 내놓는다. 케이시의 목소리가 밝아진다.

"Thank you sir. 감사합니다."

그들이 나가고 나자 복도에 늘어서 있던 안마사들이 대기실로 들어선다. 앤도 있다.

"사장님, 멋있어요? 최고예요."

한마디씩하며 엄지손가락을 추켜든다. 공연히 무안해진다.

"앤이 따분 쪽에 살지? 그쪽으로 가는 사람들 퇴근 준비해. 내가 데려다줄게. 케이시, 그래도 돼지?"

"Of course. 단 오늘만이에요."

케이시가 슬쩍 눈을 흘기며 대답한다. 횡재라도 만난 듯 마리사와 노이미가 갈아입을 옷을 챙기는 걸 보며 밖으로 나와 시동을 건다. 그녀들이 사는 곳은 지프니를 타고 따분에서 내려서도 오토바이를 불법으로 개조한 쿠릴릭을 타고 가야 하는 빈민촌이다. 언젠가 한 번 광춘과 함께 그곳에 간 적이 있다. 수많은 아이들과 노인들이 개와 고양이들과 뒤엉긴 채 길을 메우고 있었다. 골목마다 해진 옷에 맨발로 뛰어노는 아이들이 가득이었다. 그 아이들 중에 앤과 마리사 노이미의 아이들도 있었을 것이다.

그 아이들을 위해 야시장 길가에 차를 세웠다. 맨발의 아이들이 퐁퐁을 타는 곳을 시작으로 리어카를 개조한 간이식당들이 늘어서 있다. 드럼통을 개조한 화덕에서 숯불이 이글거리고 기름이 배어난 닭들이 번들거린다. 꼬치에 꿰어 돌아가는 통닭을 사서 한 마리씩 들려준다. 그녀들의 눈이 등잔불보다 밝다. 작은 것이 오히려 사람을 기쁘게 한다는 건 알고 있었다. 그러나 이 세 여자들은 지나치게 흥분하고 있다. 근 40분가량을 쉴 새 없이 떠들어댄다. 유난히 딱딱거리는 따갈로그어가 웃음소리와 함께 차 안을 뛰어다닌다.

그녀들을 마을 입구에 내려주고 차를 돌린다. 보름 가까운 달이 바로 앞에 걸려있다. 목구멍이 조여 온다. 가슴이 먹먹해진다. 추석이다. 올해도 어머니는 아들 없는 며

공을 굴리다

느리와 명절을 보내야 할 것이다. 길가 표지판에 비행기가 그려져 있다. 왼쪽으로 돌면 공항으로 향하는 길이다. 하지만 갈 수 없는 길. 내 안에 갇힌 나비들이 날개를 털고 있다. 뼛속 마디마디로 바람이 스민다. 더운 바람에 소름이 돋는다.

빠루빠루

0의 그림자

날씨는 예상보다 춥지 않았다. TV 속 기상캐스터는 털 외투를 입은 채 체감 온도가 영도를 밑돌 거라며 호들갑을 떨었다. 그러나 성긴 나뭇가지 사이를 파고드는 햇살은 영롱했고 살갗에 닿는 공기는 상큼했다. 시도 때도 없이 찾아오는 미세먼지나 초미세먼지도 없었다. 집을 나서는 걸음이 가벼웠다.

현관 앞 나무 아래를 지나는 순간 물방울 하나가 구두코에 툭 떨어져 내렸다. 무언가 떨어져 내리면 하늘을 보게 되는 이유가 뭘까. 꽃잎이 떨어지는 걸 보면 떨어진 꽃잎이 아니라 꽃잎이 매달려 있었을 나뭇가지를 보게 된다. 단풍 든 이파리가 떨어질 때도, 눈이 내릴 때도 내 눈은 늘 위를 향하곤 했다. 오늘도 떨어진 물방울보다 먼저 하늘을 올려다보았다. 잎 떨군 가는 나뭇가지에 올망졸망 이슬이 맺혀 있었다. 저 한 방울이 되기 위해 습기는 밤새 몸을 키웠을 것이다. 세포 하나에 온 우주가 들어 있다니 저 물방울 하나에도 온갖 우주의 기운이 스몄을 것이다. 그런데 그렇게 공들여 키운 몸을 왜 하필 나의 낡은 구두 코 위에 내려놓은 걸까. 까맣게 번지는 흔적을 보며 그녀를 생각했다. 그녀는 이것도 인연이라고 말할 것이다.

언젠가 그녀와 물가를 산책하던 중이었다. 하루살이 한 마리가 눈으로 날아들었다. 앗, 하는 순간 하루살이는 내 눈꺼풀 사이에서 압사하고 말았다.

"이 너른 허공을 놔두고 왜 하필 내 눈으로 날아들었을까?"

검은 티끌로 남은 하루살이의 사체를 꺼내며 중얼거리자 그녀는 모든 게 인연이지요, 했었다.

본능적 욕구를 채운 후에도 여전히 남아 있는 욕구를 욕망이라 한다던가. 그렇다면 그녀가 열반을 추구하는 것은 욕구일까 욕망일까. 속세의 구속에서 벗어나 더 큰 자유를 찾기 위한 구도의 길. 그녀는 그곳에서 정말 자유로울까. 눈에 보이지 않는 진리를 찾기 위한 그녀의 몸부림이 내겐 또 다른 갈애로 보이기도 했다. 그녀가 들으면 또 분별심을 일으킨다고 잔소리를 했을 것이다.

나는 가끔 그녀에게 문자로 안부를 물었다. '스님, 뭐 필요한 건 없어?' 할 때도 있고, 마음 내키면 '어디 아픈

데 없으시죠.' 하고 경어를 쓰기도 했다. 얼마쯤 시간이 흐른 후에 보면 카카오톡 대화창 옆에 있던 1자가 사라졌다. 그리고는 짧은 답신이 왔다. '나 잘 있어요, 보살님.' 때론 '별일 없어요, 필요한 거 있으면 연락할게요.' 이런 답장을 받으면 나도 모르게 마음이 놓였다. 한동안 이런 답문조차 없는 그녀를 걱정하며 전화를 걸었다.

"당분간 집중하려고 해요. 이제 보살 전화도 안 받을 거예요. 잠시 지켜봐 주셔요."

예전에도 그랬던 적이 있었다. 오직 참선만 했더니 뭔가 열리는 듯싶었다고 했다. 그래서 기다렸다. 혜안을 얻으려고 수행한다는데 기다려야 싶었다. 그러나 그 기간이 백일을 지나 일 년을 넘기고 있었다.

"아직도 혜안통 중이신가요? 연락 한 번 주세요. 안 그러면 정말 쳐들어갑니다."

엄포성 문자 때문일까. 아니면 이제 드디어 해탈 열반을 이룬 것일까. 몇 번의 메시지를 보낸 끝에 일주일 후에 만나러 오라는 답을 받았다. 그날이 오늘이다. 이렇게라도 만남을 허락한 게 반가웠다. 말로만 듣던 천안통은 열렸을까. 그 경우 천이통 타심통도 같이 열린다는데 혹시 내 마음속까지 읽어버리는 건 아니겠지. 잠깐 사이에도 망상은 쉼 없이 일어났다.

차는 이슬에 덮여있었다. 시동을 걸자 윈도브러시가 물기를 밀어냈다. 망상이 걷히듯 시야가 환해졌다. 그녀는

최근 몇 년째 강화에서 살고 있었다. 여기저기 떠돌던 그
녀를 위해 그녀의 부모님이 마련해준 농가였다. 그녀는
그곳을 암자라고 했다. 차가 움직이자 룸미러 위에서 염
주가 흔들린다. 그녀가 걸어 준 것이었다.

"0은 시작일까 끝일까. 없다는 거야, 있다는 거야?"

일상 속에서 이렇게 물어볼 수 있는 대상은 의외로 많
지 않다. 나는 학기 초가 되면 아이들에게 묻곤 했다.

"얘들아, 왜 새파란 나뭇잎은 없을까, 혹시 네모 난 물
방울 본 사람?"

아이들 반응은 시큰둥했다. 도대체 그런 게 왜 궁금하
냐는 눈빛이었다. 까불까불한 녀석들은 그렇게 궁금하면
인터넷으로 검색해 보세요, 라고 노골적으로 대답했다.

"파란색은 자연의 색이 아니래요. 자연 색소 중엔 파란
색이 드물다고 하던데요."

그동안 물음에 진지하게 답한 아이를 한 명 보았을 뿐
이다. 그 아이 엄마가 화가라고 했던가. 모든 면에서 영특
한 아이이긴 했다.

호기심을 던져주기 위한 것이었지만 실속 없는 질문이
나 대화는 아이들조차 좋아하지 않았다. 그나마 이런 질
문에 귀 기울여주고 대답해주는 존재가 그녀였다.

"0? 이름이지. 없는 거라면 그 명칭이 존재했을까. 그
존재를 말하기 위해서 그 이름이 붙은 거니까 어떤 형태
로든 있는 거겠지. 아무것도 없다는 허공에 허공이라는

이름이 붙은 것처럼."

그녀의 말을 듣고 보니 빌 허盧에 빌 공空, 둘 다 빔을 뜻하는 글자다. 시간도 공간도 없는 텅 빈 곳에 저 엄청난 허공이란 이름이 붙어 있다.

"보살은 허공과 청정이 찰나보다 더 작은 시간의 단위라는 거 알아? 그런데 그 작은 허공을 가득 채우고 있는 게 있다니까."

"그럼, 0은 엄청 큰 세상이네?"

"보살님이 좋아하는 공즉시색, 색즉시공."

이렇게 말할 때만 해도 그녀는 풋사과처럼 맑았다. 그런 그녀가 내게 준 첫 가르침은 분별심을 없애라는 거였다.

우리의 인연은 깊다면 깊었다. 대학 새내기 때 스쳤던 그녀를 다시 만난 건 십여 년 전, 내가 한 사람을 마음에 담고 있을 때였다. 이미 가정을 꾸리고 있는 사람이었다. 그러지 말아야지 하면서도 그의 곁을 떠날 수가 없었다.

"선배, 어젯밤에 달 봤어요? 내가 저 달 좀 보라고 텔레파시를 엄청 많이 보냈는데."

복도에서 마주친 그는 행여 누가 볼세라 먼저 주위부터 두리번거렸다.

"달을 쳐다볼 여유라도 있으면 좋겠다. 요즘은 집에 가서 애 목욕시키고 우유 먹이다 그냥 잠들어 버려."

움푹 들어간 눈가의 다크써클을 보면 피곤해 보이기도

했다. 그런데도 점점 멀어지는 그에게 화가 났다. 아기가 태어난 후 더 가정적이 된 그. 그의 마음이 떠난 줄 알면서도 미련을 버리지 못하고 자꾸 매달리는 나. 그런 내 모습이 시궁창 속 오물처럼 역겹기도 했다.

방학을 맞아 그들 부부는 아기를 처가에 맡기고 스페인으로 여행을 떠난다고 했다. 동료 교사들이 제2의 신혼여행이니, 로맨틱하다느니 입방아를 찧어댈 때 나는 그를 괴롭힐 궁리로 시간을 보냈다. 아이들 학기평가를 쓰다가도 멍하니 앉아 생각을 굴렸다. 어떻게 하면 그들의 여행을 막을 수 있을까, 우리의 관계를 터뜨려 자폭할까?

그들이 떠나고 소용돌이치는 마음을 묶을 곳이 없어서 찾은 곳이 템플스테이를 하는 사찰이었다. 인터넷에 올라온 일정은 간단했다. 새벽 예불에 참석하고 아침 공양을 하고 나면 산책과 경전 필사, 참선. 주체할 수 없는 마음은 단순한 걸 원했다. 서울 근교에도 이런 곳이 있을까 싶을 정도로 외딴 사찰이었다.

"나 모르겠어요? 예전에 오온회…… 그 멤버 맞죠?"

잊고 있었다. 오온회. 대학 1학년 때 잠시 가입했던 불교 동아리였다. 기억에서 지워져 있던 그 이름은 사찰을 검색할 때도 떠오르지 않았다. 특별한 종교가 없던 나는 그저 호기심에 대학 불교회나 가톨릭 동아리를 기웃거렸을 뿐이다. 그녀의 말을 듣고서야 희미하게 기억이 났다. 그녀는 그때 총무를 맡고 있던 예지라고 했다.

공을 굴리다

스님이 된 옛 친구를 뭐라고 불러야 할지 당황스러웠
다. 그녀는 나를 어렵지 않게 혜정보살이라고 불렀다. 차
를 권하며 오늘 템스를 신청한 사람은 혜정보살뿐이라고
했다. 이름을 보며 낯이 익었다고 공양주도 휴가를 떠나
고 없던 차에 보살 하나가 신청을 해서 다행이다 싶었단
다. 나는 그녀 혼자 이 외진 산속에 있다는 게 놀라웠다.

　무섭지 않은지, 그 동아리 멤버들은 어떻게 되었는지
우리는 한동안 수다를 떨었다. 오온회가 해체된 건 그 동
아리의 회장이 출가했기 때문이라는 걸 그제야 알았다.
그 바람에 내가 성모회에 들어갔었나 보다. 그녀는 내가
다니던 교육대학 옆의 여대에 다녔다고 했다. 나에겐 듬
성듬성한 그 무렵이 그녀의 기억 속에는 밀림처럼 빼곡히
차 있었다.

　그녀는 출가 후 죽 선방 생활을 해오다 은사 스님의 부
탁으로 잠시 그 절에 기거하는 중이었다. 선방으로 한철
을 나러 간 은사 스님이 돌아오지 않아 하는 수 없이 이곳
에서 수행 중이라며 오히려 세속의 친구보다 더 반겨주었
다. 대학을 졸업한 후 얼마 안되어 출가했다는 그녀의 법
랍은 나의 교사 경력과 비슷했다.

　"보살이 오니까 내가 든든하네. 오래 머물다 가세요."

　그녀는 십여 년이 넘는 시간을 쓱 밀어내 버렸다. 스님
이라는 상 때문일까. 그녀와 나 외에 아무도 없다는 단절
감 때문일까. 고슴도치처럼 웅크리고 있던 나는 방어막이

풀렸다. 다음날 포행길에서 나도 모르게 속내를 털어놓았다. 그의 가정을 지켜줘야 한다는 건 알겠는데 엇나가는 내 마음을 나도 어쩌지 못하겠노라고.

"나 엄청 나쁜 년이지?"

내 물음에 곁에서 말없이 걷던 그녀가 뒷짐을 졌다.

"나쁘고 좋고 단순히 분별심으로 가릴 문제는 아닌 것 같고. 그렇게 된 데는 깊은 인연이 있었겠지요."

낯선 학교에서 마주한 그 선배의 친절이 고마웠다. 환한 웃음과 배려를 나에 대한 애정이라고 여겼다. 결혼할 사람이 있다는 것은 이미 그에게로 몸과 마음이 건너간 뒤였다.

생각을 줄이고 업을 푸는 덴 절이 최고라며 그녀는 삼천배를 권했다. 그녀가 같이 도와주겠노라고 했다. 나를 비난하지 않는 그녀가 고마웠다. 나는 삼천배에 도전했다. 몸이 힘든 때문인지 마음의 고통 때문인지 얼마 지나지 않아 눈물이 흐르기 시작했다. 나중엔 끄윽끄윽 흐느꼈다. 그녀가 잠시 기다려주었다가 다시 절을 시작하면 나도 또 몸을 일으켰다. 아침에 시작한 삼천배를 저녁이 다 되어서야 마쳤다. 법당을 나서는데 다리에 감각이 없었다. 몸이 나뭇가지처럼 뻣뻣했다. 그래도 마음은 뿌듯했다. 뭔가 가득 차는 느낌이었다. 그녀가 곁에서 속도를 조절해 주지 않았다면 불가능했을 것이다. 밤새 끙끙 앓았다. 통나무 같은 몸은 구부러지지 않았다. 일어설 수도 앉을 수도 없어 누운 채 그녀를 맞아야 했다.

겨우 다탁에 앉은 내게 그녀가 책 한 권을 내놓았다.

"보살이 읽으면 좋을 것 같아서 찾아왔어요. 마음의 작용을 잘 설명한 책인데, 한번 읽어 봐요."

원효가 지은 『대승기신론 소·별기』였다. 두툼한 두께의 양장본은 모서리가 닳아 날긋거렸다. 많은 이의 손길이 스민 책이었다.

'크다고 말하고 싶으나 안이 없는 것에 들어가도 남음이 없고, 작다고 말하고 싶으나 밖이 없는 것을 감싸고도 남음이 있다. 유有로 이끌려고 하나 진여眞如도 이를 써서 공空하고, 무無에 두려고 하나 만물이 이 대승의 체體를 타고 생기니 무엇이라고 말해야 할지 몰라 억지로 이름하여 대승이라 한다.'

첫 장부터 쑥 빨려 들어갔다. 무려 1,500년 전에 이렇게 말할 수 있는 사람이 있었다니. 대승이라는 말 대신 사랑이라는 단어를 대입해서 읽어도 옳고 마음이라는 단어를 넣어도 무리가 없었다. 그게 바로 내 마음이었다. 절에 머무는 동안 그 책을 다 읽었다. 아니 그 책이 나를 빨아들였다고 하는 게 옳았다. 본래 아무런 구별이 없던 오온에, 무명이 뭉쳐 생멸인生滅因을 만들고 그 생멸인들이, 아소我所를 짓고 그곳에 또 마음이라는 상을 만들고 그것들이 모여 지금의 내 모습을 만들어내는 과정들이 눈에 보이듯 그려졌다. 수능 때보다, 교사 임용고시를 준비할 때보다 더 열심히 몰입했다. 책 내용을 대학 노트 한 권에 요약하고 정리했다.

"다들 어렵다고 못 읽겠다던데 역시 보살과 인연이 맞나 보네."

그녀는 책에 흠뻑 빠져 있는 나를 격려해주었다. 학창 시절 좋아하는 선생님께 수업을 받듯이 원효스님을 앞에 두고 그가 내뱉는 구절구절을 받아 적는 느낌이었다. 원효스님이 보았다면 흐뭇해했을 것이다. 책을 읽고 난 후 성취감은 대단했다. 뭔가 새로 태어난 것 같았다. 그동안 읽으며 정리했던 노트를 그녀에게 자랑스레 내보였다. 그녀는 그날로 나를 인정해 주었다.

"와, 이럴 줄 알았어. 보살도 전생에 부처님과 큰 인연이 있었던 게 맞아. 이제 우리 도반으로 지내요."

그 후 계속 이어진 관계였다. 방학이 되면 나는 그녀가 있는 절에서 일주일씩 머물렀다. 내가 학교라는 직장에 매여 부산스레 사는 동안, 고요할 것만 같은 그녀의 삶도 고요하지만은 않았다. 도시의 포교원에서 포교를 할 때도 있고 대중생활이 맞지 않는다며 혼자 시골 암자에 틀어박혀 있기도 했다. 그녀가 어디에 있든 나는 방학이면 그녀를 찾았다. 그렇게 만나서 오랫동안 친했던 사람들처럼 이야기를 나눴다. 대화의 주제는 다양했지만 주로 보이지 않는 세계, 마음의 움직임 같은, 남들이 실속 없다는 얘기들이었다. 그녀와 만나 수다를 떨다 보면 상처받은 마음에 새살이 차올랐다. 점점 말을 안 듣고 거칠어지는 아이들이나 선생의 자질을 갖추지 못한 다른 선생을 흉볼 때도 있었다.

"요즘이 우주의 차원이 상승하는 때라 들뜸이 많은 시기래요. 개인이나 사회적으로 변화가 많다는 얘기지. 아이들이 더 활발해지는 건 시대적 흐름일 거야."

이렇게 빠르게 변하는 세상 얘기가 이어지고 차원에 대한 나의 의견이 덧붙여지는 식이었다.

"스님, 1차원은 선의 세상, 2차원은 면의 세상, 거기에 공간 세상을 3차원으로 분류하잖아. 그런데 불교적으로 보면 무명, 즉 오온 상태에서 안, 이, 비, 설, 신, 이런 식이 존재하는 세상이 1차원의 세상이고 이 식들이 눈과 귀, 코, 혀를 만들어 작용하는 감각 작용이 2차원의 세상 아닐까. 거기에 의식이 발달해서 만든 이 세상이 3차원의 세상. 그러니까 우리 인간들이 살고 있는 세계, 지금의 이 생명 세계가 바로 3차원인 거지. 무생물, 바위나 모래 흙 같은 것들이 1차원 세계의 물질들이고 본능적으로 먹거나 싸는 것이 2차원의 세상. 좋다 나쁘다,를 가려가면서 분별하는 인간 세상이 3차원. 그럼 오온 상태는 차원을 나눌 수 없는 0차원이 되는 거겠네."

그녀는 그저 들어주었다. 그녀와 있으면 평소 하지 않던 말들이 쏟아져 나왔다. 아이폰을 만든 스티브 잡스의 로고가 왜 사과 한귀퉁이를 베어먹은 것인지 알 것 같다고도 했다.

"사과는 뉴턴의 만유인력을 상징하는 거잖아요. 사과,
뉴턴은 고전역학의 상징이지. 그 뉴턴의 사과를 한 입 베
어 먹었다는 건 이제 고전역학을 잡겠다는 얘기 아니겠
어? 양자역학의 도전이 시작된 거라고."

그녀는 빙그레 웃으며 말했었다.

"보살은 생각하는 게 참 재미있어. 아이들을 가르쳐서
그런가. 난 될 수 있으면 생각을 없애려고 하는데 그렇게
조목조목 나누네. 그 의심이 풀릴 때까지 붙잡고 늘어지
라고 하긴 하더라고."

사회 친구와 달리 오래 연락을 하지 않아도 편한 사람
이 그녀였다.

"스님, 우리 언제 여행 갑시다. 스님 어디 가고 싶어요?
내가 다 쏠게."

이렇게 제안한 적도 있었다. 그녀는 망설이지 않고 사
막으로 가고 싶다고 했다. 티베트이나 인도를 예상하고
있던 나에게는 의외의 대답이었다.

"그냥. 사막의 모래언덕, 그 경계들을 보고 싶어서. 바
람의 무늬, 물결의 무늬, 자연이 만든 무늬들이 다 사인파
라던가. 열매가 둥글어지는 것도 사막의 둥근 무늬도."

어렴풋이 고등학교 수학 시간에 위아래로 반원을 그리
며 뻗어가던 사인 곡선이 생각났다. 나는 금방 윤회의 개
념까지 넣으며 의미를 부여했다.

공을 굴리다

"삶이 사인 곡선의 윗부분이라면 그 아랫부분이 보이지 않는 세계. 결국 사인파가 윤회의 그래프네."

그녀는 못 말리겠다며 웃었다. 그녀와 함께 가기로 한 사막여행은 계속 미루어졌다.

강화대교를 앞두고 약간 밀리던 차는 읍내를 지나자 뻥 뚫렸다. 인산저수지 쪽을 향한다.

언젠가 그녀와 함께 이 저수지를 거닌 적이 있었다. 물이 제법 많았다. 잔잔한 물위로 나뭇잎 하나가 떨어져 내렸는데 그 나뭇잎을 중심으로 동그랗게 물결이 일었다. 넓적한 이파리 전체가 아니라 작은 점에서 시작되는 동심원이 이상했다. 나는 나뭇가지를 주워 다시 물에 던졌다. 내 이야기를 듣고 난 그녀도 덩달아 나뭇가지를 집어 던졌다. 제법 굵고 긴 나뭇가지조차 넓적한 원이 아닌 동그란 동심원을 그리며 퍼져나갔다.

"우리 눈에 보이지 않아서 그렇지 결국 제일 먼저 물에 닿는 점은 한 곳이라는 얘기겠지. 그다음 순간들은 물결을 만들지 못한다는 게 신기하네."

그녀가 중얼거렸다. 그리고 느닷없이 물었다.

"보살, 이제 그 선배 생각하며 우는 일은 없지?"

때가 되면 익어 떨어지는 열매처럼 나의 인연 열매도 떨어져 내린 뒤였다. 나를 삼천배로 이끌었던 선배는 다른 학교로 전근을 갔고 나도 차츰 마음 물결이 가라앉았다.

"스님은 그런 남자도 없었잖아. 혹시 남자 생각, 안 나? 하긴 뭘 알아야 생각을 하지."

우린 이런 농담도 가능한 사이였다. 그녀가 억양을 높이며 대꾸했었다.

"왜 그래? 나도 남자 손 한 번 잡아 봤어. 아직도 그 감각이 살아 있다니까?"

여전히 그 감각을 느끼듯 자신의 손끝을 내려다보는 그녀를 추궁했다.

오온회에서 만난 사람이라고 했다. 만났다고 할 것도 없다며 웃는 그녀에게 덧니가 있는 걸 처음 보았다. 여중, 여고를 졸업해서 대학까지 여자대학을 다닌 그녀는 평생 남자를 가까이할 기회가 없었단다. 그 까까머리 오온회 회장이라는 사람과 악수를 한 것이, 집안 식구 외에 다른 남자 손을 잡아 본 첫 경험이자 마지막이었다고.

"보살은 기억 안 나? 자신을 일곱 번째 소수라고 했잖아. 모두 어리둥절했었지. 어떤 수로도 나누어지지 않는 수를 소수라고 하잖아. 그게 뭐 자연을 이루는 기본 숫자라던가. 나중에 보니 일곱 번째 소수는 17이더라고."

나는 그녀가 기억하는 회장에 대해 아는 게 없었다. 회장은커녕 오온회조차 기억에 없던 나 아닌가. 하지만 그녀는 그에 대해 많은 걸 알고 있었다. 어릴 때부터 컴퍼스로 그림 그리는 것을 좋아했다는 그 사람이 사인파라는 걸 말했다고, 자세히 기억나지는 않지만 자연의 모든 무늬는 사인파 때문이라고 했단다. 같은 걸 보거나 들어도 받아들이는 건 각자의 몫이지, 생각하다 갑자기 뒤통수를 맞은 것 같았다. 어쩌면 내가 지금까지 그녀의 의도대로 움직이고 있었던 건 아닐까. 우리의 대화가 통한다고 생각했던 건 내가 그녀에게 그를 떠올리게 하는 수단이 아니었을까. 아닐 거라 고개를 저었다. 그저 같은 흐름을 타는 동심원 같은 걸 거라고 생각을 접었다.

그가 컴퍼스로 그림을 그렸다는 얘기는 기억에 없지만 머리를 밀고 다니던 그는 기억났다. 그때도 승려 같은 느낌이었다. 그의 영향 때문이었을까. 그 동아리에 있던 사람들 반 이상이 출가를 했단다. 그녀 역시 처음 얻은 직업이 전공과 관계없는 조계종 해외포교원 사무실이었다. 그곳에서 일한 지 일 년도 안 돼 승려의 길로 들어섰다고 했다.

포교원 원장스님의 장삼 입은 모습이 멋져 보였단다. 끊임없이 움직이는 자기 마음과 달리 창밖을 내다보는 원장스님의 뒷모습이 흔들림 없는 나무 같더란다. 다리가 땅속에 박힌 것처럼 보이더라고. 그 단호한 뒷모습이 너무 부러워서 출가를 결심했다며 그녀는 작게 웃었다.

"스님 뒷모습에 반해서 출가한 사람은 나밖에 없을 거야. 그런데 승복을 입었다고 마음의 움직임이 멈추는 건 아니더라구."

원장스님도 그녀의 심지를 알았던가, 두 번도 묻지 않

고 출가를 허락했단다. 스님이 소개한 비구니 절에서 그 여린 몸으로 매일 삼천배를 하며 행자 생활을 해나간 게 기적 같았다. 그때 40kg으로 줄어든 몸무게는 더 늘지 않는다고 했다.

그녀는 여전히 사람을 만나는 게 서툴고 사람 사이의 거리를 유지하기가 힘들단다. 영문과를 나온 덕에 해외 포교로 방향을 잡았지만 결국 만나는 것은 해외에 살고 있는 교포들, 한국 사람들이었다. 아니, 사람이었다. 사람이 어렵다는 그녀의 말에 공감했다. 살수록 어려운 게 사람과의 관계였다.

한동안 그녀는 스승을 찾아다닌다며 소식을 끊기도 하고 외국에 있는 절에 상주하며 법문을 한다고도 했다.

나는 문득 그녀가 궁금해지면 문자를 보냈다.

"스님 지금은 어디 계세요? 우리 밥 먹을까요?"

그녀도 싫은 내색은 아니었다. '이 세상에서 나를 불러주는 사람은 보살밖에 없네.' 하며 식사 자리에 나왔다.

언젠가 그녀와 함께 식사를 했던 국숫집 앞을 지난다. 바다가 내려다보이는 산기슭 창 넓은 집. 한때는 찻집 간판을 달고 있던 간판이 국숫집으로 바뀌어 있는 걸 보며 들어간 식당이었다. 국수가 나오자 국물에 빠져 있는 멸치를 건져내며 그녀가 말했었다.

"어머니가 작은 암자를 하나 마련해주었어. 면목이 없긴 한데 더는 대중살이를 못할 것 같아서."

공을 굴리다

그녀는 말끝을 흐렸었다. 어서 도를 이루어 중생들에게 그 뜻을 전하는 것이 스님의 도리라고 했던 그녀였다. 그런데 아무래도 그게 자신의 소임이 아닌 것 같다고 했다. 부모님이 마련해준 허름한 농가로 옮긴 그녀의 모습은 굴레를 벗은 소처럼 개운해 보였다.

"이제 스님이라고 부르지 않아도 돼. 그게 그렇게 중요한 것 같지도 않고. 이 승복 속에 숨어 있는 내가 좀 비겁한 것 같기도 했거든. 어디에 소속되어 있다는 게 부담스럽기도 하고. 이제 자유롭게 살 거야."

그 후로도 그녀는 승복을 입었고 머리를 밀었다.

"이 옷이 편해서. 머리도 밀어버리는 게 간편하고."

뜰에 심은 야채를 간장에 적셔 먹거나 숲에서 딴 열매를 숙성시켜 먹는 것도 예전과 같았다. 몸이 다른 음식을 받지 않는다고 했다. 점점 영그는 밤톨처럼 단단해지는 모습에 마음이 놓였다. 그녀는 여전히 스님이었다. 나는 가끔 쌀이나 생필품 따위를 사서 그녀를 찾았다.

그러던 어느 날이었다. 유난히 독경 소리가 파도처럼 마당을 넘실거렸다. 그녀는 나를 맞으면서도 염불을 멈추지 않았다. 그녀의 낯빛은 창백했다. 그녀가 가리키는 욕실에 뱀이 똬리를 틀고 앉아있었다. 새벽부터 경을 외었지만 나가질 않는다고 했다.

뱀은 낡은 하수관을 뚫고 올라온 듯싶었다. 읍내에 연락해 인부들을 불렀다. 인부들이 뱀을 치웠다. 욕실과 주방, 집 안 곳곳에 틈새를 막았다. 사람 사는 집에 사람 기운이 없으니 그렇지 않느냐고 이젠 때 되면 밥 냄새도 풍기고 음식도 해서 먹으라고 된장찌개를 끓이며 언니처럼 잔소리를 했다.

"내가 점점 약해지는 건가. 마당에 풀이 너무 자랐지?"

계면쩍은 듯 그녀가 말했다. 매일 포행을 다닌다는데 흔적이 없었다. 자연 속에서 사람은 정말 보잘것없다니까. 그녀의 웃음이 지는 나팔꽃처럼 툭 떨어졌다.

"스님이 너무 앉아만 있으니까 그렇잖아요. 사람 사는 집에 움직임이 있어야지."

나는 그녀를 만나면 늘 하던 대로 수다를 떨었다.

"우리가 팔을 뻗어 휘저으면 뭔가 저항이 느껴지잖아요. 그게 상대가 나의 존재를 인식하는 방법이고. 쟤들에게도 내가 있으니까 너희도 나를 조심해라, 경고를 해줘야지요."

나는 밥을 지었다. 옆집 밭에서 따온 호박잎을 찌고 된장찌개로 상을 차렸다. 그런 반찬을 두고 그녀는 간장에 절인 배추를 내놓았다.

"난 이제 세상맛은 잃어버렸어. 그냥 몸을 위해서 먹을 뿐이야."

그녀는 흰밥 위에 된장찌개를 낯선 음식 보듯 조금씩 얹어 먹었다. 내 팔목의 반밖에 되지 않는 그녀의 팔목이 목각인형처럼 움직였다.

"아무리 신선이라도 이 세상에서 몸을 보존하려면 먹어 야지요. 정말 안 먹고 천년 사는 신선이 되려는 건 아니 지?"

나는 내가 담아준 밥을 다 먹으라며 그녀를 구슬렸다. 그리고 습기가 많은 그 집에서 하룻밤을 묵기로 했다. 몇 권의 책이 놓인 앉은뱅이책상, 그 곁에 찻잔 하나와 주전 자. 그녀의 방은 내가 본 세상 중 가장 단순한 곳이었다. 그녀는 벽장에서 이부자리를 꺼내 폈다.

"스님, 나는 선천성심다공증 환자거든. 다른 사람보다 심장을 구성하고 있는 세포 수가 적을 거 같아. 그래서 늘 허전하고, 그 빈 세포들 사이에 바람이 불면 나도 달떠서 돌아다니는 거야. 그런데 스님은 심장에 구멍이 하나도 없나 봐. 속이 꽉 차서 이렇게 움직이지 않고 견디는 것 아닌가?"

어둠 속에서 내가 물었다. 그녀가 피식 웃는 게 느껴졌 다. 그리고 돌아누우며 말했다.

"보살을 만나면 그 사람 생각이 나. 남은 알지도 못하는 소릴 하곤 했었거든."

"사인파, 그 사람? 스님 그 사람 정말 좋아했었구나?"

나는 또 아는 척을 해댔다. 본래 사랑이라는 게 이루어 지지 않았을 때 일어나는 환상이라느니 스님 역시 가보지 못한 길에 대한 미련이 있는 게 아니냐느니.

나의 궤변이 지나쳤는지, 새벽에 나온 뱀 때문이었는지

종일 기운이 없던 그녀는 대꾸를 하지 않았다.

　다음날 아침 헤어질 때 그녀는 말짱한 얼굴이었다. 비록 초등학교 3학년 아이 정도의 가느다란 몸피였지만 오래도록 참선을 한 사람답게 정수리는 솟고 눈빛은 맑았다.

　목적지에 도착하려면 22분이 남았다고 내비게이션이 알려왔다.

　수행승은 진짜 스승을 만나야 한다던 그녀였다. 이 세상은 스승을 만나기 위해 거쳐 가는 길이라고도 했었다.

　"부처님이 말씀하신 인드라망이 요즘 네트워크인 인터넷이잖아. 요즘엔 인터넷을 통해 많은 스승을 만나고 있어."

　그녀의 말대로 아이들의 손에까지 네트워크가 연결된 세상이다. 그녀는 근황을 묻는 내게 가끔 동영상을 보내왔다. 우주의 근원이라든가 제로 포인트에 관한 것들이었다. 그러나 우주의 행성마다 다른 시간이 존재한다는 말이나 공간이 창조된 후 첫 번째 점이 창조되었다는 서두의 해설들은 나를 설득시키지 못했다. 나는 허황한 얘기보다는 나를 설득시킬 수 있는 범위의 얘기를 좋아한다. 그녀가 부담 없었던 이유는 지나치게 종교적이 아니었기 때문이다.

　요즘은 알고리즘의 세상이긴 하다. 그 속에는 현실에선 만나기 어려운 스승도 있을 것이다. 온갖 종류의 동영상들이 핵심 단어 하나로 줄을 섰다. 돈 버는 방법을 클릭하면 주식에서 금, 가상화폐까지, 옷 잘 입는 법을 클릭하면 색 맞추기부터, 이성들이 좋아하는 옷 고르는 법, 구두 맞춰 신기에 이어 패션의 완성은 얼굴이라며 코 성형을 잘하는 곳까지 소개한다.

그녀가 보내 준 동영상 끝에는 양자물리학이나 수학들이 따라 나왔다. 관념적인 언어를 명쾌하게 보여주는 물리학에 이어 논리가 정연한 수학 동영상. 결국 그들도 이렇게 한 줄에 늘어서는구나 생각하며 동영상을 보았다. 이미 오래전 원효대사가 썼던 『대승기신론 소·별기』와 요즘 물리학을 대비하는 맛이 각별했다. 허수의 세계와 양자의 세계, 불교에서 말하는 공의 세계가 모두 이름만 다를 뿐 결국 한 현상을 얘기하고 있는 것 아닐까. 대화 상대가 필요할 때마다 그녀에게 문자를 넣었다.

"스님, 우리 한 번 만나요. 언제가 좋을까요."

답이 없는 그녀를 처음엔 무심히 넘겼다.

아인슈타인과 맥스웰이 완성했다는 중력장과 전자기장 방정식 설명을 들으며 대승기신론 속의 여래장을 떠올렸다. 나는 서가를 뒤져 오래전 요약해 놓았던 노트를 펼쳤다.

'미계의 진여는 그 덕이 숨어 있을지언정 아주 없어진 것이 아니고 중생이 그 성덕을 함장하였으므로 여래장이라 한다.'

이것이 물질을 구성하고 있는 소립자의 세계를 표현한 장이론과 무엇이 다른가. 원자핵 속에 있는 소립자의 세상이 바로 우리 마음을 구성하는 물질 아닐까. 오래전 내게 왔던 불교는 물리학과 만나며 나를 흥분시켰다. 그녀를 만나고 싶었다.

또 문자를 넣었다. 별일 없으시죠? 여전히 답이 없었다. 궁금해졌다. 스님, 몸은 괜찮으세요. 그 문자에도 답이 없었다.

언젠가 그녀가 했던 단호한 말 때문에 불쑥 찾아갈 수 없었다. 곧 터질 것 같은데 안 터진다며 그녀는 사막을 떠나기 전의 어린 왕자처럼 창백한 낯빛으로 말했었다. 조만간 끝을 볼 것 같다고. 그 끝이 큰 깨달음일 것이라고 짐작했다. 큰 깨달음을 위해 용맹정진하겠다는 그녀를 응원하고 싶었다.

사실 뭔가가 궁금한 건 내 문제였다. 내 궁금증으로 그녀를 방해할 순 없다. 마음을 다잡다가도 또 문자를 넣었다.

"아직도 혜안통 중이신가요?"

가뭄에 콩 나듯 답을 받으면 안심이 되었다.

"이번에 연락 없으면 쳐들어가려 했어요. 언제쯤 뵐까요?"

불안한 마음에 나는 흡사 협박하듯 문자를 보내놓았다. 답을 기다리며 안절부절못했다.

"연락드릴게요."

그녀와 연결된 마음속 네트워크 때문일까. 현대 과학자들이 속속 내놓는 초끈이론이라거나 물리학 이론을 빨려 들어가듯 보던 동영상에서 그녀가 말했던 사인파가 등장했다. 그렇다면 제로 포인트 역시 사인 곡선의 윤회주기인 0을 말하는 것인가? 마치 무슨 신호처럼. 알 수 없는 존재들이 무언가를 중심으로 원을 그리며 돌고 있다는 생각까지 들었다.

그녀에게 확인하고 싶었다. 참을 수 없어 전화를 걸었다. 받지 않았다.

"우리가 몰라서 그렇지 이 세상에는 깨달은 존재들이 수없이 많아. 요즘이 그 존재들이 활동하기 좋은 차원이거든. 곧 우주에 대변화가 있을 텐데. 보살은 안 믿겠지만 그때가 되면 지구의 축이 바로 서게 될 거야. 그리되면 우리가 겪지 못했던 자연재해가 일어난대. 중심이 바뀌는 거니까."

그녀가 했던 말이 빙빙 돌았다. 전화를 받지 않는 그녀에게 또 문자를 남겼다.

"스님, 연락주세요. 나 정말 쳐들어갑니다."

정말 가려고 했다. 그런데 답장이 왔다. 일주일 후에 만나자는 내용이었다. 이렇게 그녀에게 가는 길은 우주를 돌고 사막을 걸어가듯 멀었다.

차 한 대 지나다닐 수 있는 농로로 접어들어 한참을 지나자 그녀의 암자 입구가 보인다. 풀이 무성해 들어가기 어렵던 산길이 넓어진 듯했다. 누런 풀을 뭉개 놓은 건 차의 바큇자국이었다. 마당에 서 있는 자동차가 낯설었다. 자동차는 그녀가 가꾸던 텃밭 귀퉁이를 밟고 서 있었다. 그 옆에 차를 세우며 올려다본 소나무 너머 하늘은 여전히 새파랗다.

평소보다 향내가 짙었다. 법당으로 쓰던 큰 방, 그녀가 앉아있던 부처님 앞자리가 비어있다. 본래 조용하던 곳이었지만 모든 소리가 빨려 들어간 듯 사방이 고요했다. 진공묘유의 상태가 이런 건가, 망상을 피웠다. 그때 집 뒤편에서 한 사내가 걸어 나왔다. 키가 작은 사내였다.

"제가 동생입니다."

그녀와 닮은 얼굴과 형상이 얼핏 봐도 동기간으로 보였다. 그 뒤로 언뜻 불단 아래 그녀가 보였다. 책을 읽다 보면 두어 줄 아래에 있는 문장이 끌려오듯 문맥이 맞지 않는 상황이었다. 그녀는 불단 아래 사진으로 앉아있었다.

"복막암 말기였는데 끝까지 버티셨어요. 오늘이 초재입니다."

동생은 가지런히 손을 모은 채 말했다.

내가 만나자고 하던 아우성은 그녀의 비어가는 몸뚱이를 향한 손짓이었을까. 그 어디쯤에서 부딪쳐 나온 신호가 나를 초대한 것인가. 그녀는 도를 이루고 간 것일까. 그녀가 가고 있는 곳이 정녕 그녀가 말하던 그곳이 맞는

공을 굴리다

걸까.

그녀에게 털어놓으려던 이야기들이, 이곳까지 오면서 들끓던 망념들이 호수 위에 그려지던 동심원처럼 번져나 갔다. 그 물결의 중심에 그녀가 앉아있다. 곧 흩어질 것 같기도 하고 그 자리에 깊이 뿌리를 내릴 것 같기도 한 모습으로.

그녀 뒤에 가부좌를 튼 석가모니 부처님은 웃는 중인가 웃음 끝인가. 꼭 다문 그녀의 입가에도 부처를 닮은 모호한 미소가 걸려있다.

그녀는 혜안이 열린 걸까, 사진 속 눈빛이 초롱하다.

목신의 왼쪽

불안한 고요였다. 썩은 등걸 아래에서 어린 새끼들을 단속하는 노린재의 등이 빳빳하다. 개미들은 둑을 쌓아 땅속 깊숙한 곳으로 숨었고 날개 달린 것들은 풀잎 아래 몸을 말았다. 어두운 집에서 나온 노파도 구부정한 허리는 그대로 둔 채 고개를 들어 하늘을 바라보았다.

"세상이 왜 이리 조용하누."

몸이 먼저 길을 찾는다. 장독대를 향하는 노파의 팔이 허공에서 노를 젓는다. 도움을 청할 곳이 없다는 걸 알면서도 고개를 내밀어 큰길을 살핀다. 숨을 훅 몰아쉰 노파는 들러붙은 배에 힘을 모은다. 고추를 넌 은박 돗자리가 노파의 손에 질질 끌려온다. 처마 밑에서 돗자리를 둥글게 말아 힘겹게 마루 위로 끌어올린다. 시커먼 툇마루에 올라앉은 고추가 등불처럼 환하다. 고추가 널렸던 작은 마당에 다시 촘촘한 정적이 고인다.

나는 주변에 부정 탈 것은 없는지 한 번 더 살핀다. 아직 돌아오지 않은 두식이 걱정이다. 큰바람일 것이다. 보이거나 들리는 감각에서 벗어난 녀석도 멀리서 오고 있는 바람의 기운을 알았을 것이다. 아니 내 몸을 보고 느꼈을 것이다. 몸 안의 것들이 출렁였다. 달 가까이 끌려가는 물처럼 메마른 내 몸에도 물결이 일었다, 생명을 달뜨게 하는 원초적인 기운. 그 기운을 향해 몰려가는 것들을 보며 녀석도 휩쓸려 나갔다.

점점 가까이 다가오는 커다란 기운. 주변의 공기들이 며칠 전부터 그것에 빨려들기 시작했다. 기운은 기운을 부른다. 그를 마중하러 간 공기 때문에 이곳은 텅 비었다. 곧 그의 주위를 맴돌던 먹구름이 전령사처럼 당도할 것이다. 무작정 쏟아부을 빗줄기에 대비해 나의 발밑 생명들은 준비를 끝냈다. 그들이 다녀가고 나면 돼지 똥물이 흐르던 도랑을 말끔히 훑어낼 것이고 주위에 널려 있던 쓰레기도 정리가 될 것이다. 상처투성이인 발가락이 상할지도 모른다. 나는 발끝에 힘을 주어 열려있던 물구멍을 닫는다. 진저리를 치는 숨구멍 틈새로 급하게 뛰어드는 것이 있다.

"아이 참, 집에 다 왔다면서……."

오랜만에 듣는 젊은 여자 목소리다. 화장품 냄새에 현

기증이 인다.

마지막 버스가 멈추었던가. 좀체 버스조차 멈추지 않는 이 마을로 들어온 사람은 누굴까. 나는 고개를 숙여 아래를 살핀다. 얼룩무늬 군복. 그렇다면 군대에 갔던 창선이 돌아온 것인가. 그것도 여자를 데리고? 집을 코앞에 두고 이리로 뛰어든 걸 보면 어지간히 급했나 보다.

창선은 통째로 삼키고 싶은 양 여자의 입술을 빨아들인다. 녀석의 품 안에서 파들거리는 여자가 단내를 풍긴다.

"잠깐만, 아주 잠깐만 기다리고 있어. 할머니한테 먼저 들어갔다가 얼른 나올게."

모자를 바로 쓰고 옷매무새를 살펴보는 창선은 젊을 때 제 아비와 똑같다. 신바람이 나면 오른편으로 갸웃거리며 걷는 모습도 영락없이 제 아비다. 제 할머니의 성품을 아는지라 선뜻 여자를 데리고 들어가기가 망설여질 것이다. 가져갈 거라곤 없는 집이건만 늙은이는 한여름에도 방문을 꼭꼭 처닫아 놓는다. 어쩌다 문이 열리면 곰팡내가 먼저 달려나오는 집. 창선이 먼저 뛰어 들어간 목적엔 환기도 들어있을 것이다. 잠깐일지라도 집 안의 냄새를 빼고 움막 같은 방에 앉을 자리라도 만들어 놓아야 여자를 데리고 들어갈 것 아닌가. 귀가 어두운 늙은이지만 할머니를 부르며 들어서는 손자의 목소리는 쉽게 알아들었다. 어둠 속에서 이른 저녁으로 찬밥 한 덩이를 물에 말아 먹고 있던 노인은 이게 꿈인가 생신가 눈을 꿈벅일 것이다.

　　　　　　　　　　　목신의 왼쪽

오랜만에 맡는 젊음의 냄새. 자희 년이 목을 매고 난 뒤론 한동안 사라졌던 젊은 것의 냄새에 내가 공연히 싱숭생숭하다. 자희는 엉뚱한 곳에서 생명을 품고 와 몇 해 전 벼락을 맞았던 나의 왼편 가지에다 목을 맸다. 물론 처음 목을 맨 건 자희가 아니다. 창선 할미의 고모가 소박을 맞고 와 이 나무에 목을 맨 게 백 년도 더 전이다. 그 후론 왼쪽 겨드랑 밑에 늘 습한 기운이 스며있다. 그 바람에 사람들의 발길은 뜸해졌고 그 틈으로 두식이 녀석이 자릴 잡았다.

지금은 집을 나가고 없는 창선어멈이 창선일 밴 것도 내 품에서였다. 나의 품에서 이렇게 생명을 품은 것들이 어찌 사람들뿐일까. 이 세상의 온갖 것들이 틈만 나면 즐기는 사랑놀음. 모든 생명들은 정말이지 틈만 나면 사랑에 빠지고 새끼를 낳는다. 수컷만 올라갔다 싶으면 노린재도 사마귀도 어느새 줄줄이 알을 깠고, 서로 날개가 스쳤다 싶으면 까치도 참새도 산비둘기도 알을 품느라 구구거렸다. 고물고물 올라온 풀들은 어느새 엉겨 꽃을 피우고 사그락거려 살펴보면 그 위에서 나비가 태어나고 하루살이가 날았다. 한겨울이 지나고 나면 우글거리던 독사 새끼들이 빠져나가느라 발가락이 간지러웠다. 하루에도 수많은 생명이 열리고 태어나는 곳. 그러나 사람 기운은 점점 약해져갔다. 창선이 또래의 아이들이 학교를 다닐 때만 해도 이 앞을 지날 때는 시끌벅적했는데 요즘은 모

공을 굴리다

두 외지로 나가고 남은 건 늙은 창선 할미뿐이다.

여자는 두려운 듯 나의 뱃속을 올려다본다. 얼마 전 검골 무당이 와서 밤새 치성을 드린 탓에 거미도 지네도 자릴 피했다. 여자는 한창 피어있다. 한창일 때 내 몸에서 피어나던 꽃처럼 슬쩍 건들기만 해도 녹아내릴 듯 싱그럽다. 큰바람을 앞두고 있으니 이들의 피도 더욱 출렁일 터. 오늘 물과 바람의 향연이 볼만할 것 같다.

가지 끝 잎새 사이로 두식이 스며든다.

"어딜 그렇게 쏘다니냐. 아직 어두워지지도 않았는데."

평소에는 구멍 난 가슴팍을 제집인 양 파고드는 녀석이 아무 말도 없다. 제 어미를 보낸 후 풀이 죽어있는 녀석이다.

"진짜 아무도 없어요. 그날 밤 모두 가버린 게 확실해요. 그 아저씨도 엄마도."

그렇게 쉽게 갈 줄 몰랐다고 두식은 마을의 천도제가 끝난 뒤 투덜거렸다. 어찌 그리 매정하게 뒤도 한 번 안 돌아보고 가버릴 수가 있느냐고 서운해했다. 녀석은 그때 제 어미를 따라갔어야 했다. 두식의 소리가 갈라진다. 그럴 줄 알았다. 어지간한 집착이 아니라면 이토록 오래 이승에 머물 혼이 어디 있을까.

너도 오늘 밤 떠나야 한다. 이 말을 하지 못한 채 물구멍을 더 죈다. 가지 끝에 매달려 있던 잎새 하나가 떨어져 내린다.

목신의 왼쪽

"나도 이제 가야 해요?"

마른번개가 친다. 저 먼 곳에서 풍악을 울리는 것은 그의 강림을 알리는 천둥소리다. 멀리서 산이 운다. 예상보다 더 거칠 듯싶다. 주변에 떠도는 축축한 것들을 보내기엔 제격이다.

"당연히 가야지."

나는 다시 한번 나의 확고한 의지를 드러낸다.

"시시해. 정말 시시해요."

어두워지면서 희미하게 윤곽을 드러내는 두식은 여전히 여덟 살짜리 아이다. 녀석을 보내고 나면 나 역시 한동안은 적적할 것이다. 하지만 녀석은 너무 오래 머물렀다. 녀석이 찾아온 것이 영감이 가기 전이었으니 이 세상 나이로 벌써 삼십 년 전이다. 녀석은 살아 있을 때도 곧잘 제 동생과 함께 내 품으로 기어들곤 했었다. 하긴 우리의 그늘로 모여들던 것들이 어디 녀석들 뿐이었을까마는.

맑은 물이 흐르는 도랑은 우리가 자라면서 그 품을 조금씩 넓혔다. 우리의 그늘이 넓어지면서 사람들은 그늘에서 웃통을 벗었고, 사지를 편 채 낮잠을 자거나 도랑에 발을 담그곤 술판을 벌렸다. 나는 두식의 아버지와 체격이 비슷했던 그의 할아버지도 그 윗대 할아버지도 기억하고 있다. 두식의 몸도 더 자랐더라면 그의 할아버지처럼 작은 키에 단단한 어깨를 가졌을지 모른다. 아니, 잘 모르겠다. 어쩌면 키가 크고 조붓한 어깨에 얼굴빛이 유난히 희었던 그 사내를 닮았을지도. 아기 적 녀석의 모습은 흰 피부의 사내를 더 닮긴 했다. 하지만 까맣게 그을린 여덟 살의 녀석에게선 제법 시골 아이들 특유의 다부진 근육이 자라고 있었다.

"어떻게 그렇게 쉽게 떠날 수가 있어요? 난 정말 가고 싶지 않은데. 난 이 동네가 좋아요."

두식은 여전히 심각하다. 그럴 것이다. 우물 속에서 넋을 건져 올렸을 때 냉큼 내 가지 끝에 올라앉으며 녀석은 말했었다.

"아, 밝아서 좋다. 저 아래 세상은 엄청 어두워. 난 밝은 게 좋아요."

어둠을 두려워하는 두식. 그러나 음의 덩어리인 녀석이 돌아다녀야 하는 공간은 어둠 속이다. 그런데 요즘 세상은 어둠이 없다. 밤이라도 너무 밝다. 곳곳에 밝혀 놓은 전등 때문에 도시 근처엔 얼씬도 하지 못하는 혼들. 그나마 이 산속의 음습한 곳이니 두식이 버틸 수 있는 것이다. 허나 요즘은 이곳도 안심할 수가 없다. 삼거리 외등이 밤새도록 나의 오른쪽을 비추는 형편이라 두식이 드나드는 곳은 어두운 왼쪽일 수밖에 없다. 지난번 벼락을 맞은 것도 서쪽 가지다. 모든 음습한 것들이 그곳으로 모여들더니 기어이 자희 년까지 목을 매었다.

두식은 혼일지라도 밝은 성격이다. 만신들이 몰려와 치성을 드릴 때면 녀석은 꽁닥춤을 추며 좋아했다. 사랑놀음을 하러 한밤에 나타난 젊은이들 등줄기에 바람을 넣으며 장난을 치는 것도 두식이었다. 산 사람들 사이에서 제 존재를 나타내보려 애를 쓰기도 했다. 하지만 요즘 세상에 죽은 자를 알아볼 만큼 여유로운 눈을 가진 사람이 어디 흔한가. 그가 주로 기웃거리는 곳은 교회나 절 주변이었다. 오래 수행한 수행자나 한참 기도의 맛을 알아가는 초심자들이 자신의 기운을 알아차린다고 했다.

"그 노스님이 그랬다니까요. 이제 그만 떠나시게나. 이 세상에 그렇게 몸 없이 오래 머물면 안 된다네. 어서 새로운 몸 받아 다시 태어나야지. 그러면서 중얼중얼 염불을 외웠다고요."

한참 그 스님과 어울리는가 싶더니 그 스님도 저세상으로 먼저 떠났다. 언젠가는 새벽빛이 다할 때쯤 돌아온 녀석이 정신없이 종알댔다. 녀석은 모처럼 마음 붙여 살아보겠다고 새벽 기도를 나가기 시작한 제 엄마에게 들러붙어 자신의 존재를 알리려 애쓰고 있었다.

"오늘은 우리 엄마가 분명 나를 알아봤어요. 기도하던 엄마의 어깨 위에 올라앉았더니 글쎄 눈을 못 뜨는 거예요. 고개도 돌리지 못하고 온몸에 소름이 쫙 돋더라니까요. 새벽기도가 끝나고 다른 사람들은 일어나는데, 우리 엄마는 의자에 머리를 댄 채 꼼짝을 못 하더라구요. 내가 어깨에서 비켜서니까 그제야 겨우 숨을 쉬던 걸요. 조금만 더 열심히 기도하면 우리 엄마가 나를 볼 수 있을 거예

요."

하지만 기가 약한 녀석의 엄마는 제풀에 놀라 그 후 새벽 기도에 나가지 않았다. 하긴 모든 의사를 감각기관에 의존하는 사람들로서야 기나 영혼을 경험한다는 사실 자체가 두려움일 것이다.

제 어미를 이 세상에서 떠나게 만든 것도 녀석의 그런 장난기 때문이었다. 결국은 제 뜻을 이룬 셈이지만 그 후 오히려 더 의기소침해 있는 녀석이다.

귀신 쫓는 스님이 나타났다는 얘기도 녀석을 통해서 들었다. 노스님이 떠난 후 새로 부임한 젊은 스님이 귀신을 본다고 했다. 밤마다 정신없이 나돌던 녀석이 한동안 몹시 들떠 있었다.

"도대체 무슨 일을 꾸미고 있는 거냐."

나는 어둠 속으로 달아나는 녀석을 향해 물었다.

"저 너머 아저씨 말이, 그 스님이 새벽마다 조깅을 한대요."

삶을 비관한 사내가 뒷산 너머에서 목을 매단 지 여러 날 만에 발견된 적이 있었다. 그 육신은 치워졌지만 혼이 남아 두식이와 어울리고 있었다.

"오늘 아저씨랑 그 스님을 시험해 보려고요."

그러면 못 써. 벌 받는다. 녀석은 내 소리가 끝나기도 전에 이미 내빼버렸다.

"저녁 참선을 끝낸 스님이 조깅화를 신는 걸 봤지요. 늘 그랬거든요."

　다음 날, 말 많은 공양주가 버스를 기다리며 아랫말 사
람과 스님의 사고 경위를 설명하는 걸 보며 나는 다시 한
번 녀석을 보내야겠다는 결심을 굳혔다.

　"추석 전이었으니 달이 좀 밝았어요? 송편을 빚던 나도
달을 보고 있자니 저절로 한숨이 나오던 걸요. 아무리 스
님이라지만 마음이 좀 그렇지 않았겠어요?"

　누가 부르는 것처럼 스님이 나가더란다. 그리고 단 몇
분도 지나지 않아서 전화가 왔다고 했다.

　"여자더라구요. 스님을 치었다고, 교통사고를 냈다고
울먹이더라고요. 마침 우리 절의 표지판 앞에서 스님을
치었으니 좀 나와 달라고 하더라구요.",

　놀라서 뛰어 나가보니 바로 절로 이어지는 큰길가더란
다. 여자와 서둘러 구급차를 부르고 병원에 입원을 시켰
다고 공양주는 수선을 피웠다. 운전을 한 여자는 맥주 한
잔은 마셨지만 정신은 멀쩡했다고, 그런데 갑자기 내비게
이션이 먹통이 되더니 그 산길이 나타났다고.

　버스를 기다리며 나의 그늘 평상에 앉아 수다를 떠는
공양주 곁에는 평소 말수가 적은 창선 할멈이 널어놓은
참깨를 뒤적이고 있었다.

　"뭐가 쓰인 게 틀림없다니까요."

　올려다보는 공양주의 눈길에 나는 공연히 몸을 조아려
야 했다. 밤새 그렇게 싸돌아다니며 일을 저지른 두식이

녀석은 시무룩이 앉아 있었다. 그 후 녀석은 스님과 급격히 친해진 눈치였다.

"대단한 스님이에요."

스님에게 흠뻑 빠진 녀석이 스님에 대해 털어놓았다. 군부대에서 근무하던 군종이었단다. 전방에서 사고가 생기면 사병들의 천도제를 올려주던 군법사였는데 목사나 신부들도 이 스님을 찾아와 영혼을 위로해 달라고 할 정도로 그 방면에 눈이 밝은 스님이란다. 녀석은 그 스님 앞에 무릎을 꿇었다고 했다.

"퇴원해서 돌아온 스님을 내가 찾아갔잖아요. 그런데 스님이 날 알아보더라구요. 모른 척하고 요 아랫마을 사는 아무개라고 아저씨와 함께 우리 소개를 했어요. 잘 왔다고 하면서 스님이 대뜸 그러시더라고요. 아무리 그렇더라도 무고한 사람을 이런데 이용하면 되겠느냐고. 아무것도 모르는 여인이 얼마나 애를 태웠는지 아느냐고. 벌써 우리가 일을 저지른 걸 알고 있더라니까요. 하는 수 없이 엄마 핑계를 댔어요. 우리 엄마 때문이라고. 오래전에 우리 엄마가 술을 마시고 나를 우물에 빠뜨렸기 때문에 난 술 취한 여자들이 싫다고요."

얼마 후 공양주를 앞세운 스님이 창선이 할머니를 찾아와 두식이의 일을 물었다. 이 동네에서 태어나 90년을 넘게 붙박이로 살고 있는 창선 할미는 오래전 이야기를 들려주었다.

목신의 왼쪽

"두식이라는 애가 있었시다. 집 뒤에 있는 우물 곁에서 장난을 치다가 우물에 빠졌지요. 아무리 어미가 못 됐기로서니 어떻게 제 자식을 우물에 밀어 넣겠시꺄. 젊은 여자가 정신이 좀 시원찮고 주사가 있긴 했지만 그건 아닐 거이다. 얼마 후 개 동생도 그 우물에 빠져 죽는 바람에 그 집에서 우물을 메워버렸시요. 시집갔던 개 고모가 소박을 맞고 돌아오고, 이유 없이 불이 나기도 해서 한동안 푸닥거리도 하고 그랬는데. 한참 교회에 나간다고 하더니 결국은 교통사고가 나서 객사해버렸시다."

창선 할미가 전하는 얘기를 나는 잠자코 들었다. 제 눈으로 보았다고, 혹은 들었다고 나름대로 확신하는 사람들 그들을 어리석다고 말할 수 있을까. 내 발밑에 왕국을 짓고 사는 개미들의 세상이나 내 무릎쯤에 세상을 펼치고 사는 사람들 모두 제 눈높이로 세상을 보고 제 눈금자로 세상을 재며 산다. 그들보다 오래 살며 그들의 삶을 지켜본 나 역시 수억 년을 떠돌며 살아온 저 바람의 의도를 알 수 없는 것처럼 나도 내 눈에 들어온 그들을 바라볼 뿐 그들의 삶에 개입할 수는 없는 것이다.

이 산골짜기 동네에서 삼백 년 이상을 버텼다는 게 뭐 그리 대단한 일은 아닐 것이다. 나무란 나무는 모두 베어다 불을 때던 시절 우리 곁의 나무들은 베어지고 잘려 나갔다. 용케 세월을 버텨낸 보람이 있었던가, 어느 순간부터 사람들은 우리를 우러러보았다. 두려워하기도 했다.

공을 굴리다

한꺼번에 자라느라 미처 차지 못한 속으로 자꾸 바람이 들어와 나의 몸통은 한창 나이에 이미 거죽이 갈라지기 시작했다. 그건 내 곁에 있던 영감도 마찬가지였다. 둥그렇게 파인 우리의 배 부분은 산사람이나 죽은 사람, 미물들이 두루두루 드나들었다. 동네 어른이 아침나절 어린애들을 모아놓고 가르치던 천자문이 보관되는 장소로도 쓰였고, 그늘이 짙어지면서부터는 만신들이 몰려들어 촛불을 켜 놓고 치성을 드리기 시작했다. 우리 곁을 지나는 사람들이 하나둘 올려놓은 돌이 탑을 이루었다. 그 돌탑 틈새로 몸 없는 것들이 스며있다는 걸 사람들은 믿고 있을까. 그러나 나의 의지와는 상관없이 쌓았다 무너지는 돌탑처럼 세상 역시 고정된 건 없었다.

아이를 갖지 못하는 며느리를 묶어놓고 패는 시어머니도 있었고 집안에 들인 시앗이 남편과 잠자리를 하는 동안 자리를 피해 이곳에 들어와 울던 여인도 있었다. 서낭줄을 걸어놓고 마을제를 지내기도 하고 전쟁통에는 사람들을 모아놓고 총질을 하기도 했다. 그 피가 마르기도 전에 총을 쏜 사람이 피해 들어와 있다가 잡혀 나갔고, 그 핏자국 위에서 끓어오르는 피를 삭이지 못한 젊은이들은 사랑을 나누었다. 유난히 많은 피를 흩뿌렸던 그해 내 곁에 있던 영감은 처음으로 벼락을 맞았다. 빗속에서 막 사랑을 끝내고 돌아간 사람들은 가슴을 쓸어내렸다.

예나 지금이나 우리들의 머리부터 발끝까지 목숨 있는

것들이 깃들어 있다. 층층이 들어앉은 그것들의 모습은 비슷하다. 사랑을 나누는 사람들의 머리 위에서는 칠점박이 무당벌레가 짝을 짓고, 더 깊숙한 뿌리 아래서는 고개를 빳빳이 든 채 터 지킴이 구렁이가 서로의 몸을 죄며 새끼를 품는다. 더 깊은 곳에선 사랑을 찾기 위해 매미 애벌레가 몸을 비틀며 죽음 같은 잠을 청하고, 높이를 달리한 곳에선 참새와 까치가 짝을 부른다.

사랑하는 것들은 두려움이 없다. 평소엔 주저하다가도 사랑을 위해선 선뜻 발을 들이미는 것은 사람도 똑같다. 그들은 만신들이 놓고 간 떡을 집어 먹으며 담이 큰 척 막걸리를 마시며 키득거렸다. 그런 사람 중에 두식이 엄마도 있었다.

뽀얀 살결에 키가 컸던 사내는 막 지은 개척교회의 전도사였다. 그와 사랑에 빠져 있는 동안 시골 처녀는 서낭줄 위의 거미줄처럼 낭창거렸다.

두려워하는 처녀를 품에 안고 그 전도사는 만신이 켜놓은 촛불 아래서 사랑을 나누었다.

"이런 건 다 미신입니다. 알고 있지요?"

사랑이 끝나고 아직 따뜻한 팥시루떡을 떼어 먹으며 그 전도사는 말했다. 남은 술을 권한 건 떡을 먹고 목이 멘 처녀였다. 소리 없이 전도사가 사라지고 난 뒤 동네 처녀는 서둘러 안골 총각과 혼인을 했다. 여덟 달 만에 낳은 아이가 두식이었다. 아이의 아버지가 다른 사람이라는 걸

공을 굴리다

알게 될까 봐 두식이 엄마는 남몰래 애를 태웠다. 그게 술을 마시게 된 동기였다. 두식이 동생을 낳고도 늘 술에 절어 살던 그녀는 몸에 멍이 가실 날이 없었다. 술만 들어가면 속 울화를 풀지 못해 온 동네를 뛰어다니는 그녀를 오빠는 지게 작대기로 두들겨 팼다. 두식이 아버지에게도 모질게 맞았지만 술은 끊지 못했다. 결국 우울증세를 보이던 그녀는 두 아들을 우물에 빠뜨렸건만 정작 자신은 뛰어내리지 못하고 모진 목숨을 이어갔다.

이런 내력을 자세히 알지 못하는 두식은 죽어서도 제 엄마 주변을 떠나지 못했다.

"저 할멈이 몰라서 하는 소리예요. 분명 엄마가 건져 주지 않고 바라보고만 있었다니까요. 내 동생을 우물에 빠뜨린 것도 우리 엄마라고요. 술에 취한 엄마가 업고 있던 동생을 던져 넣으며 말했어요. 형이 심심할 테니 함께 놀라고요."

두식이 형제가 찾아들 무렵 저 윗골 산 중턱에 돼지 농장이 세워졌다. 돼지 오물이 도랑을 타고 흘러내렸다. 맑았던 물은 하루가 다르게 냄새를 풍기기 시작했고, 영감은 발이 썩어간다고 밤마다 비명을 질렀다. 냄새가 나자 사람들의 발길도 점점 뜸해졌다. 풀이 무성하게 자라면서 사람들이 싫어하는 뱀이며 모기들이 극성을 피웠다. 누가 의견을 냈는지 모르지만 그 무렵 사람들은 우리에게 감투를 씌워주었다.

군보호수郡保護樹로 지정된 우리의 주변엔 금禁줄 대신 쇠 파이프로 된 울타리가 쳐졌고 움푹 패었던 배 부분엔 콘크리트가 채워졌다. 가뜩이나 발이 썩어가던 영감은 배가 막히자 숨을 쉴 수 없다고 허우적거렸다. 그나마 벌레들이 들썩여주던 흙 위에 자갈이 깔리자 발조차 꼼지락거릴 수 없던 남편은 군보호수로 지정된 지 이태 만에 태풍으로 허리가 꺾였다. 영감은 두식이 동생 두열이를 데리고 미련 없이 이곳을 떠났다. 두열이는 두식이보다는 훨씬 얌전하고 말이 없는 넋이었다.

넋이 떠난 영감의 몸을 사람들은 오래도록 두었다가 몸체가 무너져 내릴 무렵에야 거두어갔다. 그 일을 서두른 사람 중에 두식이 애비와 창선 애비가 있었다. 뿌리 부분을 잘라 공예품을 만든다고 탐을 내는 조각가에게 돈을 받고 넘겼다. 내 배를 막고 있던 콘크리트를 떼어내 준 것도 그들이다. 하지만 내 영감을 팔아먹은 두 사내는 모두 아내를 잃고 홀아비가 되어 떠돌고 있다.

홀로 버티며 이렇게 주변을 정리하고 저 큰 바람을 맞을 준비는 갖추었지만 나 역시 두렵지 않은 것은 아니다. 무슨 수로 그의 비위를 맞추어 줄 것인가. 천도제를 지내는 스님들처럼 바라를 두드리며 신을 즐겁게 할 수도 없고, 제물을 차려 그의 허기를 채워줄 수도 없다.

지난봄의 끝자락, 이 마을의 고혼들을 떠나보낸 천도제는 대단했다. 젊은 스님은 손수 바라를 치며 동네 영가들

공을 굴리다

을 불러 모았다. 몸 있는 것들은 가득 차려놓은 음식으로 대접했고, 몸 없는 것들을 위해 사흘 동안 쉼 없이 법문을 들려주었다. 바라를 마주치며 천지를 울려 고혼들이 갈 길을 열었고 길목마다 방울을 흔들며 그들을 인도했다. 한동안 떠돌던 음한 기운들이 모두 들려 먼 곳으로 떠나갔다. 떠나지 않은 것은 두식이뿐이다. 이제 녀석도 떠나야 한다. 나는 이번 바람과 함께 두식을 떠나보내려 한다.

"네가 알고 있던 사람들은 모두 사라지고 없는데, 아직도 이승에 이렇게 머물고 싶으냐?"

나의 말에 두식이 대답했다.

"할매 나무가 있잖아요."

"나도 이젠 네 그늘이 되어 줄 자신이 없다. 이제 그만 이곳에서 있었던 기억은 다 잊어버리고 새 세상에서 새 인연을 만나야지."

"그럼 엄마를 용서할 수 있을까요?"

"그렇지. 네 엄마도 마음을 바꾸니까 그렇게 지옥 같던 이승을 훌훌 벗어날 수 있었잖냐? 네가 알다시피 눈에 보이는 세상만 세상이 아니지 않더냐? 이곳에서 있었던 좋지 않은 기억만 털어버리면 너도 얼마든지 새 삶을 받을 수 있는 거야. 이 할미 말을 들으렴. 이 세상은 너희 같은 혼들이 존재하기엔 정말 힘이 드는 곳이야. 봐라. 이젠 찾아오는 만신들조차 거의 없지 않냐. 그러니 마음 옹친 것 풀고 그만 떠나도록 해라. 알았지?"

여전히 대답이 없는 녀석의 머리 위로 바람의 전령사가 도착한다. 하늘을 가로지르는 전깃줄이 운다. 먼 산의 숲들이 머리를 풀고 울리는 풍악소리. 번개가 길을 열며 달려온다. 저 뽀얀 물기둥은 그를 감싸고 있는 빗줄기이리라. 나의 머리털들이 쭈뼛쭈뼛 일어선다.

"두식아 어서 준비해라. 이제 이 할미도 시간이 없다."

나는 바빠지는 마음을 누르며 창선이 나오길 기다린다. 늙은이의 집엔 그들의 뜨거운 몸을 식혀줄 공간이 없을 것이다. 여자를 데리고 들어간 녀석은 비가 뿌리기 전에 나와야 한다.

길가의 가로수들이 일제히 울부짖는다. 그가 가까이 와 있다. 내 머리끝에 늘어져 있던 전깃줄이 팽팽하게 당겨지며 높은 소리를 낸다. 그 소리에 맞춰 창선이 뛰어든다. 모든 것이 순조롭다.

"무슨 빗줄기가 이렇게 굵어요?"

창선을 따라 들어서는 여자의 머리칼을 바람이 휘몰아친다. 여자가 두려운 듯 어두운 하늘을 올려다본다.

은박지 돗자리를 펴며 창선이 대꾸한다.

"나쁘지 않잖아. 우리를 위한 축제 같은데. 굴속 같은 집보다 훨씬 낭만적이야. 이리 와."

창선은 급하다. 여자를 품어 안는 몸이 활활 달아오른다. 뜨거운 숨을 내쉬며 창선이 여자를 쓰러뜨린다. 그 순간 장대비가 쏟아지기 시작한다. 막 도착한 바람신이 그

공을 굴리다

주위를 너풀거린다. 주변의 모든 것들이 올올이 올라가며 환호성을 지른다. 나는 머리를 끝까지 풀어헤치고 힘을 뺀다. 가지들이 뚝뚝 부러진다. 탄력을 받은 것들은 하늘 높이 솟구친다. 가지 끝에 붙어 있던 미물들이 바둥거리며 버틴다. 두식이 두려움에 벌벌 떨고 있다.

"어서 가거라. 훨훨. 이 세상 끈을 놓아야 네가 살 수 있는 거야."

신이 내린 나의 몸은 깊게 출렁인다.

내 안에 깃든 젊은것들 역시 애무를 끝내고 절정으로 향한다. 온몸을 들썩이며 화답하는 소리가 들큰하다. 뜨거운 열기가 몸안 가득 들어찬다.

만신들이 부르던 노랫가락이 제풀에 살아난다.

어떤 터에다가 터를 잡나
신궁기는 명당터요 구궁기 복터로다
노적봉이 비쳤으니 거부장자가 날자리
문필봉이 비쳤으니 대대문장이 날자리요
일산봉이 솟았으니 자손창성헐 자리요
효자봉이 비쳤으니 열부열녀가 날자리로구려
사랑만 하십소사 사랑만 하십소사

마치 노랫소리를 들은 듯 창선의 몸놀림이 더욱 격렬해진다. 그걸 보는 내 몸이 또다시 들썩인다. 망설이던 두식

목신의 왼쪽

이 손을 놓는다. 날아가는가 싶던 녀석이 스며든 곳은 창선이 엎어진 곳이다.

그렇게 가는구나. 먼 곳으로 훨훨 날아가지 못하고 기어이 이 동네, 이 앞마당을 떠나지 못하는구나. 여자의 몸속으로 파고든 두식은 이제 이 세상의 일을 잊을 것이다. 나는 마지막 힘을 모아 그를 축수한다.

다음 생엔 복 많이 받아라
명만 길어도 복이 없이는 못 사느니
짜른 명은 잇어주고 긴 명은 다 서려 담아
무쇠목숨에 돌끈 달아 다음 생엔 백세 삼수 누려살제
명을랑은 주시려면 옛날 옛적 삼천갑자 동방삭
기나긴 명을 점지허고 복을랑 주시려거든
네게 왕계 석숭에 장자 김한태 복을 점지허니
일일에 만사가 소원 성취하거라

어디선가 개가 짖는다. 그 집 마당에서 한바탕 놀고 난 바람신이 떠나는 모양이다. 창선의 팔을 베고 누웠던 여자가 부스스 일어나 앉는다. 이제야 정신이 드는 듯 창선도 몸을 추스른다. 벌거벗은 채 창선이 들고 왔던 술병을 딴다. 역시 내 품에서 놀던 나무의 아들답다. 소주를 한 잔 가득 채운 후 비 내리는 밖을 향해 고수레를 친다.

"고수레, 우리 둘, 잘 살게 해주세요."

호홍, 코웃음을 치는 여자와 종이잔에 따른 술을 부딪치는 모습이 제 아비보다 의젓하다.

   "내일 당장 우리가 머물 방을 만들자. 할머니도 속은 따뜻한 분이니까 당신을 많이 이뻐해 주실 거야."

   너른 들판 여기저기에 번개가 꽂힌다. 맘껏 소리를 지르며 내달리는 도랑물에 쌓였던 돼지 오물이 다 씻겨 내려갔다. 몸이 가뿐하다.

   모처럼 희득희득 웃음이 비어져 나온다. 저만큼 가던 바람이 뒤돌아본다. 나도 한껏 가지를 흔들어 그를 배웅한다. 바지춤을 올리며 구멍을 나오던 창선의 머리 위로 성수인 양 물방울이 툭 떨어져 내린다.

프로테우스

변하라고 했다.

"섞고 분리하고 다시 섞어서 원형도 본질도 없애버려요. 새로운 것을 찾아내야 해요. 이 세상은 카오스와 코스모스의 반복. 오래전 질서는 필요 없어요. 지금은 같은 것이 통하지 않는 세상. 오직 하나, 당신만의 것을 찾아요."

랩을 하듯 리듬을 타는 매니저의 목소리가 윙윙거렸다. 그사이로 맑은 음이 반복됐다. 묵직한 고요를 깨뜨리는 그 맑은 리듬에 눈을 번쩍 떴다. 물방울 떨어지는 소리였다. 바깥세상에는 비가 내리는 모양이다. 그것도 많은 양의 비가. 바위 천장 여기저기서 물방울이 떨어져 내렸다. 말라가던 웅덩이에도 제법 물이 고였다. 바위 틈새에서 방울로 맺혀 웅덩이로 떨어지며 주고받는 물의 희롱이 경쾌하다. 암수가 교접하듯 물의 신음으로 가득한 동굴은 사랑의 연주회장이다. 한편에는 연주를 마친 물이 허밍을 하며 길을 떠난다. 꽤 오래 잠들어 있었던 것 같다.

매니저의 목소리가 되살아난다. 머리를 생쥐 꼬리처럼 묶은 매니저는 입술에 달린 피어싱을 푸푸 불며 소리쳤다. 다른 사람은 절대 흉내 낼 수 없는 당신만의 것을 찾아요. 언젠가 낙서처럼 긁적인 그림. 콩나물에서 오이가 자라는 그림을 그렸다가 이 매니저와 인연이 되었다. 엄마와 즐겨먹던 오이와 콩나물. 생전 처음 보는 거라며 엄지손가락을 올리던 매니저가 다시 꿈에 나타난 건 저 물소리 때문일까. 오랜만에 꾼 꿈이었다.

모든 것이 시스템으로 통제되는 세상에선 꿈도 사라졌다. 꿈이란 은밀한 것이다. 나 자신조차 알 수 없는 암호로 여기던 시절이 있었다. 그러나 언제부턴가 그들은 꿈까지 살폈다. 역설수면 단계까지 따라와 꿈을 조작했다. 무의식까지 개조당한 나는 꿈에서도 유쾌하고 발랄해야 했다. 늘 내 것이 아닌 것 같은 조증으로 웃고 떠들었다. 내 것이 아닌 꿈을 꾸었다.

그러나 여기로 온 후 다시 나만의 꿈을 꾸기 시작했다. 처음 꿈을 꾸었을 땐 신기하고 기뻤다. 그러나 이 동굴의 단순한 생활 속에서 꿈의 역할은 크지 않았다. 그런데 왜 하필 매니저일까. 불길한 징조일까. 부질없이 생각을 굴리며 그대로 더 누워 있었다.

공을 굴리다

눈만 마주치면 새로운 것을 찾아내라고, 오직 나만의 것을 만들라고 소릴 질러대는 매니저의 열정이 때론 부럽기도 했다. 하지만 수많은 데이터로 태어난 인공지능을 만족시킬 만한 것이 무엇인지 알 수 없었다. 이미 지구상에 새로운 것은 없다. 세상을 지나온 것들은 모두 데이터로 저장되어 있었다. 햇빛에 의존하던 나무들은 이제 빛과 흙 없이도 잎을 피운 지 오래였고 태양빛은 물론 건물 옥상이나 드러난 벌판을 비추던 자연의 달빛조차 플라즈마 상태로 저장되었다. 마음만 먹으면 어느 곳이든 어떤 형태로든 빛을 꺼내 쓸 수 있었다. 건물 외벽에 가려져 있던 집안 내부구조는 모두 바깥으로 돌아앉았다. 앞집 여자가 무슨 팬티를 입었는지 저들이 아침엔 무얼 먹었는지, 누가 진짜 인간이고 누가 인공지능 로봇인지, 또 그들이 얼마나 오랫동안 사랑을 나누는지 마음만 먹으면 알 수 있었다. 문제는 아무도 그런 일엔 관심을 갖지 않는다는 것이다. 호기심은 감추어진 곳에서 태어나는 것, 모든 것이 드러나 있는 세상에선 궁금한 것도 다른 이를 살펴볼 유혹도 일지 않는다.

오로지 자신과의 싸움이었다. 모든 것이 까발려진 세상에서 다른 사람이 하지 않는 짓을 하기 위해 골몰했다. 도발을 권장하는 세상이었다. 그게 인간의 마지막 남은 능력이었다. 옷을 벗든 뒤집어 입든 상관없었다. 달라지기 위해 나만의 것을 개발하는 게 인류의 남은 임무였다. 대뇌피질이 두터워져 뒤통수가 귀까지 덮은 인간들이 더욱 발달시켜야 할 것은 뇌 속에 있는 우뇌였다. 남은 일은 인공지능이 알아서 해냈다. 세상 어디에도 똑같은 것은 없었다. 그럼에도 같은 패턴이 생기는 건 우연이었다. 매니저들은 같은 패턴을 하고 있는 자들을 찾아내 모방의 고의성을 조사했다. 원작자와 모방자를 밝혀 모방한 자를 찾아내 벌칙을 부과하는 일이 그들의 주 임무였다.

이 세상에 남아 있는 인류는 그나마 독창적이고 유연한 사고를 가진 자들이다. 오랫동안 세상을 지배했던 자본주의 후에 도래한 독창성 사회. 그 많은 자본을 가지고 한때 세상을 좌지우지하던 세력들은 방대하고 정교한 프로그램을 구축해 놓고 도태되었다. 결국 지금 남은 자들이 부르짖는 창조와 변화, 이것이 이 세대를 이끌어온 원동력인 셈이다. 하지만 독창성이라는 말 자체가 진부했다. 차라리 모든 게 백지로 돌아갔으면 싶었다. 이런 상황인데도 나의 매니저는 늙은 혈기로 진부하게 날마다 새로운 것을 찾으라고 재촉했다.

"블랙홀에 한번 다녀올래요?"

매니저가 나를 위협하는 말이었다.

매니저들은 정부에서 붙여준 인공지능들이다. 모든 인간에게는 이렇게 매니저가 붙어 있었다. 이 매니저를 통제하는 것은 상위 조직이었다. 피라미드식으로 연결되어 있는 이 조직을 벗어나기는 쉽지 않다. 수백만 년 전의 뇌

를 더 발전시킨 나의 매니저는 유독 새로운 것에 대한 집
착이 심했다. 집착과 욕망은 채워질 수 없다는 점에서 동
의어다. 성의 정체성을 느끼고 싶다며 성전환을 반복하는
나의 매니저는 남성 목소리를 지닌 여성이었다. 그녀와
함께 창의적인 것을 찾아 하늘도 날았고 바닷속도 헤맸
다. 그러나 일껏 내 생각을 꺼내놓고 나면 이미 어딘가에
나와 있는 것이라며 중앙자료실에서 증거자료를 찾아 내
밀었다.

  굳이 먹지 않아도 온몸의 세포는 영양을 공급받았다.
전 세대에서 흥행하던 의류들은 각종 동물 의상에 적용되
었다. 동물의 사회보장이 이루어진 터라 독특함을 원하는
자들은 그들의 반려동물들에게 개성 있는 옷을 제공했다.
개나 고양이가 주류를 이루었던 전 시대와 달리 반려동물
들의 범위도 넓어졌다. 누군가는 사자를, 누군가는 코뿔
소를 그리고 코브라와 아나콘다, 전갈을 애완동물로 길들
여 키웠다. 유전자 복제로 태어난 공룡을 키우는 집단은
외진 곳에 모여 살았다. 의식주가 해결된 동물들은 다루
기가 쉬웠다. 드레스를 입은 공룡들은 순했고 코끼리는
모자를 쓰면서 앞발을 들어 사용할 수 있었다. 지네의 발
에 신발을 신게 하고 난 후부터 그들의 키가 커졌다. 잠자
리나 곤충 날개 꾸미기에 열중하는 사람 덕에 그들의 날
개도 점점 커지는 추세다.

  하지만 인간의 유전자를 변화시키는 건 불법이었다. 혈

통보존을 위해서라고 했다. 다른 동물들의 변화와 맞서는 것은 매니저들.

비슷한 패션의 인간이 나타나면 여기저기서 항의하는 소리가 들렸다. 매니저들은 즉각 모여 회의를 하고 모방이 아니라 창작이었다는 것을 증명해야 했다. 모두 다르다는 것은 같음과 동일어다. 같음 속에서는 다름을 찾을 수 있지만 모두 다름 속에서는 다름을 찾을 수 없다. 변별력이 없어진다. 움직이는 카오스. 이것이 이 시대의 코스모스였다.

온갖 색과 재료로 된, 기기묘묘한 건물들부터 투명한 것들까지 세상은 개별화로 몸살을 앓았지만 결국 개별화는 되지 않았다. 하나의 색채가 튀기 위해서는 주위에 무채색의 바탕이 있어야 한다는 사실을 모르는 건 아니지만 세상의 인간들은 바탕색이 되길 원하지 않았다. 정치도 마찬가지였다. 나라를 다스려 보겠다고 원하는 사람들에게는 모두 다 권한을 주었다. 반면, 복종하지 않을 권리도 주어졌다. 모두 제멋대로 살기만 하면 되었다. 하지만 이렇게 되기까지 많은 시간이 흘렀고 그 과정에서 많은 인류가 사라졌다. 늘 그렇듯 이긴 자들이 살아남았다. 그 과정에서 인류가 존속되기 위해서는 폭력이 제거되어야 한다는 합의가 있었다. 이제 인간들에게서 폭력성은 대부분 거세되었다. 대신 끈질긴 인내와 설득이 무기가 되었다. 그것은 인간을 닮은 인공지능의 몫이었다.

매일 새로운 것이 나오지만 그 어느 것도 새롭지 않은 세상. 그게 지겨웠다. 속이 메슥거렸다. 자꾸 선하품이 나왔다. 그래서 숨기로 했다. 거친 음식을 먹고 아무도 보지 않는 곳에서 배설하고 싶었다. 누구의 통제도 받지 않는 나만의 꿈을 꾸고 싶었다. 오래전 인류가 했던 방식으로 의식주에 신경 쓰는 삶을 살고 싶었다. 냄새나는 음식을 먹으며 코도 벌름거리고 뜨거운 음식에 혓바닥도 데어보고 싶었다.

매니저와 연결되어있는 통신망을 차단하기 위해 내 몸에 심어둔 칩을 오랜 시간에 걸쳐 하나씩 제거했다. 매니저들은 교묘하게 칩을 숨겼다. 인체를 관리하는 의무국에서는 정기적인 검사를 통해 나의 몸을 관리했고 내 몸의 정보들은 그들에게 전달되었다.

우리는 주기적으로 필요한 성분을 보강한 싱싱한 피를 수혈했다. 세포는 오래 살았고 병든 세포는 즉시 교체되었다. 하지만 내 마음대로 할 수 있는 게 없었다. 죽음이 가까이 있던 전 세대의 인간들은 죽음이 두려워 자살을 한다고 했다. 그러나 요즘 세대는 죽음이 희망이었다. 죽음은 매니저가 관리하고 그 집단이 공유했다. 모든 것은 원하는 대로 살 수 있지만 절대 죽을 수 없는 세상. 아이러니하게도 내 마음대로 할 수 없는 죽음만이 내가 하고 싶은 일이 되었다. 하지만 그건 불가능한 일이다.

모든 정보로 나의 운동량이 드러났다. 매니저는 근육의

양과 호르몬을 측정해 나의 영양상태를 들여다보았다. 나는 소일삼아 그 칩을 찾아 없애는 것으로 몇 년을 보냈다. 그들이 눈치채지 못하게 나의 칩을 애완용 바퀴벌레에 이식하기도 하고 나의 반려동물인 프로테우스의 몸에도 이식했다. 바퀴벌레는 점점 머리가 좋아질지도 모르겠다. 수백 년간 어둠 속에서 살아온 프로테우스 역시 균형 잡힌 영양식으로 나름 선진적 인간을 닮아갈지도 모른다. 그들이 나의 역할을 제대로 해내길 바랄 뿐이다. 산소 소모량과 탄소 배출량으로 나의 위치를 추적하는 그들을 피할 수 있었던 이유는 내가 머문 곳이 내 집과 연결된 동굴이기 때문이다. 그들은 변화를 감지하기가 쉽지 않았을 것이다.

가끔 세상에 부는 바람이 궁금하긴 했다. 밤새 창을 흔들던 바람 나뭇잎이며 흙먼지를 말아다 창가에 쌓아놓던 아침이 그리웠다. 하지만 이대로 고요한 죽음을 맞고 싶다. 머지않아 영양공급이 중단되면 곧 죽음을 맞을 것이다. 이 동굴 속에서 꼼지락거리며 사는 삶이 만족스러웠다. 그런데 왜 꿈속에 매니저가 등장한 걸까.

문득 공기에 낯선 감각이 잡힌다. 소리도 동작도 아닌 비릿한 인간 냄새. 하지만 인간의 체취치고는 아주 미미했다. 오랜만에 물에 섞여 든 잡내일 수도 있다. 아무도 알지 못하는 비밀 아지트. 이 바위틈으로 다가올 사람은 없다. 그러나 미미하던 체취가 점점 짙어지는 것 같다. 물

비린내보다 조금 더 짙은 세상의 냄새였고, 발을 끄는 듯한 희미한 소리였다. 동굴 속에 있던 생물들도 더듬이를 세웠다. 퇴화된 눈을 감고 청력을 한껏 높여 낯선 것에 귀를 기울였다. 가장 먼저 움직인 것들은 바퀴벌레였다. 모처럼 물가에 모여 기력을 돋우고 짝짓기를 하던 바퀴벌레들이 바위틈으로 기어들어 갔다. 저들도 뭔가 낯선 기미를 느낀 게 틀림없다. 투명한 노래기도 많은 발을 움직이며 제집으로 들어간다. 오랜만에 만난 물에 호기심을 보이던 투명 거미들도 천장으로 기어올랐다. 바닥에 붙어 있다가 풍성한 물을 만나 통통해진 새우들도 뛰어오르기를 멈추고 잠수했다. 나도 숨을 멈추고 바위틈으로 몸을 숨겼다.

소란이 끝나갈 즈음, 바위틈으로 그림자가 보였다. 어둠의 농도가 조금 짙어지며 그림자가 나타나고 이어 그의 체취가 느껴졌다. 백 년도 더 전에 죽은 그였다. 그의 실루엣은 살아서 즐겨 입던 고려시대의 옷을 걸치고 있었다. 화장할 때 함께 태워준 옷이었다. 꿈인 것 같았다. 기력이 다해서 꾸는 꿈인 줄 알았다.

그가 처음 내 눈에 띈 것도 저런 어정쩡한 모습 때문이었다. 내가 일하던 곳은 최첨단을 걷는 동물 패션 매장이었다. 독특한 치장과 불빛이 휘황한 매장 안에서 그는 단연 눈에 띄었다. 흰색 두루마기를 걸친 채 옆구리에 자루가방을 들고 서 있는 그는 몇 세기 전 그림에서 보았던 차림이었다. 그가 쓰고 있는 삿갓도 신선했다. 나의 반려동물 프로테우스의 분홍 꼬리를 장식하던 중이었다. 수억 년을 동굴 속에서 산 프로테우스는 멜라닌이 없어 갓 태어난 생쥐 색이다. 인간 물고기라는 이름답게 사람처럼 생겼다. 먹이가 없어도 1년 이상 버틸 수 있는 이 희귀동물은 보스니아에서 몰래 반입한 것이다. 프로테우스를 만날 때처럼 그의 모습이 생소했다. 자기가 개발한 물건은 자기가 소비하는 게 원칙이었다. 생산자와 판매자가 따로 없었다. 그게 우리 디자이너들에게 주어진 일이었다. 나는 어정쩡하게 서 있는 그에게 다가가 빨간색의 장식을 삿갓 위에 얹었다. 뾰족한 삿갓이 프로테우스의 꼬리와 닮아 잘 어울렸다. 그의 표정이 애처로웠다. 아직도 저런 표정을 짓는 사람이 있다는 게 신기했다. 요즘은 막 태어난 아기들조차 저런 순진한 표정은 짓지 않는다.

나는 작업대 앞 의자에 앉아서 빙글빙글 돌려가며 그에게 말했다.

"내 무릎에 앉아 봐요. 그럼 진정될 거예요."

점점 울상이 되어 가는 그의 모습을 보는 것이 재미있었다. 앉은 채 그의 엉덩이를 툭 건드렸다. 코트 속 말랑한 엉덩이가 발끝에 느껴짐과 동시에 어설픈 저항의 손이 건너왔다.

"이 책상 밑으로 들어올래요? 그럼 그걸 선물로 드릴게."

공을 굴리다

그는 여전히 우물쭈물하고 있었다.

"좋아요. 지금 그 모습 아주 신선해."

나는 그의 귀를 잡아당겨 삿갓 모자를 벗겼다. 순간 전류가 흘렀다. 엉덩이와 달리 의외로 귓바퀴가 단단했다. 온몸에 소름이 돋았다. 나는 한순간에 그의 귓바퀴에 반해버렸다. 저 굴곡진 귓바퀴를 손안에서 주무르고 싶어졌다. 생전 처음 느낀 충동이었다. 나는 그를 몇 시간이나 어르고 구슬렸다. 재빨리 그가 좋아하는 시대의 사람들을 스캔했다. 그는 고려 시대에나 어울릴 법한 사람이었다. 매니저에게 그가 좋아할 만한 복숭아를 구해 오게 했다. 매니저는 온 스퀘어를 다 돌았다. 요즘은 과일이나 꽃 같은 희귀작물은 구하기 어려웠다. 먹는 것을 취미로 삼는 이들 외에는 대부분 균형 잡힌 알약 하나로 먹는 것을 해결했다. 이런 전근대적인 기호를 가진 사람들을 위한 상점에나 가야 먹을 것이 있었다. 매니저는 그의 마음이 편안해지도록 라벤더 향이 섞인 향료도 구해 왔다. 누군가를 보고 이렇게 마음이 떨려온 건 처음이었다. 이 감정의 변화를 최대한 즐기기 위해 아직도 두려움에 떨고 있는 그를 보살폈다. 엄마가 된 심정으로 달랬다. 그는 겨우 내가 들어앉아 있는 책상 밑을 기웃거렸다. 매니저가 구해 온 복숭아 덕분이었다.

"나의 아지트야. 나는 이곳에 있을 때가 제일 편하거든."

털 뭉치가 깔린 구석에 앉아 그에게 말을 건넸다.

"나도 모르는 먼 옛날에 이렇게 어둠 속에 웅크리고 있었던 것 같아. 그래서 이렇게 작업대 밑에 나만의 공간을 만들었지. 뭔가 그리우면 들어와 앉곤 하거든. 그럼 그 뭔가가 좀 채워지는 것도 같아."

그가 망설이며 주위를 살폈다.

이윽고 그가 몸을 구부리고 들어왔다. 등을 기대앉은 그도 나쁘지 않아 보였다. 그가 안심하도록 오래 기다려주었다. 그다음 손을 잡았다. 그의 손가락을 하나하나 들여다보다 손톱을 톡톡 치며 장난을 걸기까지 꽤 시간이 흘렀다. 예전에 엄마가 내 마음을 진정시킬 때 해주던 동작들이었다. 그가 빙그레 웃었다. 그의 몸에 내 어깨를 기댔다. 그의 머리카락을 살금살금 만지며 우리는 또 한참을 있었다. 그의 귀에 다가가기 위해 많은 노력을 기울였다.

결국 그를 나의 무릎 위에 눕혔다. 그의 귀 가까이 손을 가져갔다. 움찔거리는 그의 귀에 쉿, 낮은 소리를 흘려 넣었다. 뱀을 두려워하는 자들에게 효과가 있는 소리였다. 쉿, 소리가 들리면 사람들은 누구나 움직임을 멈추었다. 내 몸은 이미 달아올라 있었다. 가만가만 손가락으로 원을 그리며 조금씩 그의 귀 쪽으로 다가갔다. 새끼손가락을 그의 귓구멍에 넣었다. 목표물에 다가가기 위한 전희였다. 더이상 참을 수 없을 때 나는 그의 귀를 덮쳤다. 한

입에 쏙 들어오는 그의 귀는 과연 나를 실망시키지 않았
다. 최고였다. 말랑말랑, 오들오들. 오래전 퇴화한 감각들
이 깨어났다. 온몸이 터질 것 같았다. 그날의 황홀경은 지
금까지도 생생하다. 눈을 감고 신음을 흘리던 그가 나를
와락 밀어낼 때까지 나는 그의 귀를 빨고 훑었다.

"귀가 잘릴 뻔했잖아."

그의 귀에서 피가 흐르고 있었다. 그날 이후 우리는 영
혼을 나눈 것 같은 친구가 되었다.

요즘 사람들은 아이를 낳지 않는다. 힘들게 섹스를 할
필요가 없다. 사람들은 힘든 수태의 과정을 겪는 대신 마
음에 드는 아이를 선택할 수 있다. 병원 인큐베이터에는
나라에서 관리하는 맞춤형 아이들이 자라고 있다. 감성지
수가 높은 아이, 아이큐가 좋은 아이, 팔 다리가 긴 아이,
코가 큰 아이, 눈이 큰 아이. 모두 주문가능하다. 나 역시
그렇게 태어난 1세대다. 아직 이런 시스템이 도입된 지
얼마 되지 않았을 때라 나의 엄마는 평범한 아이를 원했
다고 했다. 나는 엄마를 닮은 아이로 태어났다. 하지만 엄
마는 내가 열여덟 살이 되었을 때 이 세상을 떠났다.

"욕구가 없는 세상이 이렇게 권태로울 줄 몰랐네. 다시
태어나고 싶어. 네 나이쯤 되면 굳이 엄마가 없어도 될 나
이란 걸 알아. 네가 사는 것도 문제없을 거야. 이 정부에
서 다 해줄 테니까. 미안하다. 먼저 갈게. 잘 살다 오렴."

이렇게 엄마가 죽음을 택할 때만 해도 죽음에 대한 자

유는 있었다. 하지만 요즘 세상엔 죽음도 정부에서 통제한다. 우리에겐 죽을 권리가 없다. 우린 나라가 정한 수명까지, 아니 어쩌면 영원히 살아야 할지도 모른다. 유한이 무한으로 바뀌는 것만큼 지루한 건 없다.

나도 엄마처럼 권태로운 이 세상이 지겨웠다. 모두 방방 뛰는 세상에선 가만히 앉아 있어도 뛰는 것처럼 느껴졌다. 내가 그를 데리고 이 지하 동굴로 숨어들 때 심정이 그랬다. 그는 보스니아 땅의 피란에서 왔다고 했다. 실은 내가 키우는 반려동물 프로테우스에 끌려 왔을 것이다. 보스니아는 지구에서 가장 옛것이 많이 남아 있는 곳 중 하나였다. 새파란 하늘과 물과 파도가 있고 아직 서민들의 놀이기구인 요트도 있다고 했다. 그곳 역시 평화로운 세상이었단다. 그가 떠난 이유는 아내의 남다른 집착 때문이라고 했다. 아내를 멀리하자 아내는 예쁜 여자 하나를 침실에 넣어주었다고 했다.

"아내 앞에서 어떻게 다른 여자를 품어? 더구나 사랑하지도 않는데."

그는 비장하게 말했다. 아직도 사랑을 말하는 그에게 흠뻑 빠졌다. 이 사회에서는 볼 수 없는 순진한 모습이었다.

"여긴 가정이라는 조직이 해체된 지 오래야."

나는 열 명의 여자와 두 명의 남자가 살던 백년 전의 윗집 얘기를 해주었다. 홀로 사는 사람이 대부분이었던 터

공을 굴리다

라 남들의 관심을 받던 집이었다. 그러나 잠시뿐이었다. 그들 사이의 불꽃 튀는 질투와 사랑의 시간은 얼마 가지 않았다. 그 집에도 여전히 권태로운 일상만 남아 있었다.

엄마는 자랑스레 말하곤 했다.

"요즘은 사랑의 주기가 고작 길어야 2개월이란다. 그 기간이 지나면 사랑의 호르몬이 생성되지 않는대. 그래서 나는 남자와 사랑해서 아이 낳는 것을 포기했어."

병원에서 배양된 나를 데려온 것은 당시에도 파격이었다며 엄마는 신인류의 사고를 가진 자신을 자랑스러워했었다. 한때 사랑이라는 보석은 반감기가 꽤 길었던 적이 있었단다. 점점 그 주기가 빨라져서 요즘 그 감정은 한순간에 사라지고 만다. 그럴수록 테크닉에 탐닉하는 사랑 마니아들도 있었지만 그건 그들의 기호일 뿐 사회에 전반적으로 영향을 끼치지는 못했다. 오히려 사람들은 사랑이라는 감정을 잊어갔다. 한때 사랑의 감정은 성욕과 같은 선상에 있었다. 의미 부여를 좋아하던 전인류가 만들어낸 상상의 결과물이었다. 성욕의 기본은 종손을 번식시키기 위한 욕구였으나 굳이 스스로 종족을 번식해야 할 이유가 없어진 요즘 인류에게 사랑의 감정, 성욕이 퇴화하는 건 당연한 일일지도 모른다.

게다가 종족 번식이 필요 없으니 굳이 남녀의 구별도 불필요했다. 친근한 감정은 동성들 사이에서도 얼마든지 일어날 수 있었다. 부부는 이성끼리 만나야 한다는 규정도 사라진 지 오래였다. 사람들이 가구를 이루는 구성원도 다양했다. 홀로 사는 사람이 훨씬 많았고 취향이 같은 사람끼리 모여 살다 헤어지곤 했다. 한때 최상의 가치를 누리던 사랑, 가족이라는 가치관은 구시대의 유산으로 책 속에만 남아 있다. 요즘 세대가 할 수 있는 애정 표현이 없지는 않다. 예전 책이나 화면으로 보았던 것처럼 격렬한 에너지를 사용하지는 않지만 그 뿌리까지 소멸된 건 아니다.

우리는 좀 더 사소한 부분이 꽂힌다. 내가 그의 귀에 꽂혔듯이 나의 매니저는 사람들 코털에서 사랑을 느낀다. 코털이 삐져나온 사람을 보면 사족을 못 쓰고 덤빈다. 붉은 이빨이나 몸에 나 있는 검은 점, 입술 위에 있는 흰 털에 꽂혀 정신을 못 차리는 이들도 보았다. 등 뒤에 난 사마귀나 엉덩이의 피어싱도 유혹의 대상이다. 실제로 이 시대의 최대 가치라는 창조성 역시 따지고 보면 누군가의 사랑을 구하기 위한 행위인지도 모른다. 사랑이란 권태로움에서 벗어나기 위해 추구하는 감정. 그렇다면 사랑의 가치가 사라진 것이 아니라 변질 되었다고 해야 하는 걸까.

내 나이도 아마 이백 살은 넘었을 것이다. 우리의 평균 수명은 얼마 전에 삼백 살로 늘려 세팅되었다. 처음 세팅할 때보다 백 살이 늘어난 셈이다. 다수의 의견을 반영해서 만든 데이터에는 이 시대의 인류가 원하는 평균 수명이 삼백 살이라고 했다. 그때까지는 생명에 관한 모든 게 무상으로 제공되었다. 노화된 장기는 갈아 끼우면 되었고 피부는 늘 재생되는 시스템 덕분에 스무 살이나 백 살이나 이백 살이나 모두 탱탱했다. 치아나 골절도 주기적으로 성분을 보강해 늘 건강하게 유지할 수 있었고 어지간한 소모품은 쉽게 갈아 끼울 수 있었다. 국가에서는 모든 국민의 DNA를 저장해 질병을 원천적으로 관리하고 의료기관에서는 그 DNA를 활용해 맞춤형 의료행위를 한다. 내 매니저처럼 인공지능 역시 성전환 시술을 별 까다로운 절차 없이 받을 수 있다. 단지 목소리가 돌아오려면 조금 시간이 걸릴 뿐이다. 어떤 수술 부위든 제 몸에 맞는 재생용 풀을 선택해 상처부위에 바르면 접착제를 붙이듯 순식간에 상처가 아문다.

　문제는 삼백 살까지 살아갈 이유를 찾는 거였다. 이미 종교라는 이념이 사라진 지 오래다. 하지만 나는 종교가 있던 그 시대가 그립다. 오래된 불교 철학서에서 인간이 그릇되게 집착하는 다섯 가지 상 즉 아상我相, 인상人相, 중생상衆生相, 수자상壽者相에 대해 풀이해 놓은 것을 읽은 적이 있다. 철학이란 오랜 세월이 흘러도 적용 가능한 학문임에 틀림없다. 세상에 변하지 않는 것은 없다, 라는 구절에 끌려 읽게 된 이 불교 철학서들에 한동안 빠져 있었다. 다른 것은 다 변했어도 인간이 이 상相에 집착하는 것만큼은 변함이 없는 것 같다. 고정불변한 것이 없음에도

　　　　　　　　　　　　프로테우스

순간적으로 이어지는 이 오온을 나라고 여겨 집착한다는 글이었다.

지금부터 근 오륙천 년 전에 이런 생각을 해낸 걸 보면 인류가 대단하긴 하다. 나 역시 이 말에 전적으로 공감한다. 이 나, 라는 집착이 없었다면 인류가 이렇게 변하진 않았을 것이다. 이 '나'를 살리기 위해 자본주의를 거쳐 새로 만든 제도가 현재 지구상에서 가장 첨단인 이 시스템인 셈이다.

인상人相은 이 아상과 아상들이 모여 사람이라는 집단의 상을 세우려는 욕구라고 했다. 현 세상에서 절정을 이루고 있는 분별심은 이 부분에서 생겨나는 것 아닐까 싶다. 나는 너와 다른 인간이다, 라는 인간 사이의 분별심. 요즘 사회는 이 인상의 허깨비가 절정에 달해 있다. 아상 자체가 허상인데 허상과 허상의 합이 허상이 아닐 수 없다. 아직도 퇴색하지 않고 유지되는 이 집착이 대단하다.

중생상은 인상의 범위가 다른 생물체와 무생물, 신의 영역까지 확대된 분별심이다. 모든 중생 중에서 주도권을 가진 집단이 바로 인간이라 생각하는 것으로 이 역시 그릇된 견해라고 했다. 하지만 인간들은 이 상에 사로잡혀 지구상에 존재하는 많은 것들을 변화시켰다. 한때 인류를 위협했다는 박테리아나 유해 바이러스 따위는 새로 생겨나는 즉시 검증을 거쳐 존폐를 결정한다.

수자상은 목숨에 관한 것이다. 영원함을 추구하는 인간

공을 굴리다

들이 집착하는 상으로 이렇게 영원한 삶에 도전 중인 것이다 아주 과학적이고 합리적인 데이터를 중심으로. 사람들이 오래 살고 싶은 욕구가 강렬하긴 한 모양이다. 몇 년 사이에 수명을 백 년이나 더 연장한 걸 보면. 무한한 수명 욕구를 조절한다고 한 것이 누구에게나 공평하게 삼백 살을 살 권리를 준 부작용이다.

이 버려야 할 견해들에 매여 있는 한 고통스런 윤회의 고리를 끊을 수 없다는 말을 비웃듯 사람들은 끝없이 목숨을 연장하려 한다. 사람들은 아마 죽어야 할 시기가 오면 어떤 수단을 써서라도 목숨을 연장할지 모른다. 오래전엔 그 수단으로 자본이 투입되었는데, 근래엔 시스템 조작이 이루어진다는 소문이 돌았다. 평등을 주장하는 이세계의 추세로 가다가는 나처럼 삶을 접고 싶은 사람들은 제명에 죽을 수가 없다. 오래전 엄마는 천년 된 소나무를 보며 무섭다고 했다. 그 그악스런 생명력이 추악하다고 했다. 하지만 이제 인류가 그 전철을 밟고 있다. 여전히 늙지도 않고 싱싱하게 사는 사람들이 무섭다. 요즘 인류는 지구상에 존재하는 공기의 질과 남아 있는 물, 태양에너지 등 쾌적한 인간 생활의 적절한 조건을 맞추기 위해 적당량의 인간을 인큐베이터에서 발아하고 있지만 언젠가는 나처럼 회의에 빠진 사람들이 집단자살을 택할지도 모른다.

이런 세상을 전인류는 천국이라 불렀으리라. 아마도 이

세상은 그걸 모델로 재구성한 것 같다. 하지만 우리는 인간이다. 신들처럼 권태를 극복하지 못한다. 물론 기관의 허락을 받으면 죽음을 택할 수 있기는 하다. 그러나 단지 권태롭다는 이유로는 허가가 나지 않는다. 더구나 권태로운 인간들이 죽음을 관철시키기에는 절차가 너무 복잡했다. 행여 운 좋게 스스로 목숨을 끊었다 해도 매니저들은 의료국으로 끌고 가 다시 생명을 복원시켜놓기 때문에 죽어도 죽은 게 아니었다.

하지만 그는 이 모든 과정을 거쳐서 합법적으로 이백 살을 채워 죽은 사람이었다. 법이 막 삼백 살로 개정되기 직전이었다. 그런 그가 평소 입던 고려시대의 헐렁한 차림으로 눈 앞에 서 있었다.

"당신 맞아?"

동굴 속에서 내 목소리가 메아리쳤다. 그는 몸을 굽혀 바위 사이의 좁은 틈새로 들어왔다. 분명 그였다. 팔다리가 고스란히 있었다.

"어떻게 다시 돌아왔어? 뭐가 잘못된 거야?"

나는 놀라 그에게 물었다. 그는 평소처럼 씩 웃었다. 그리고 평소처럼 몇 마디 말로 상황을 설명했다. 아내가 이겼다고 했다. 그의 아내는 그의 죽음이 자신의 삶을 이어갈 원동력을 빼앗아 갔다고 주장했단다. 그를 다시 살려야 한다는 선고를 그가 죽은 지 십 년 만에 받아냈다고 했다. 정식 수명이 삼백 살로 늘어난 것도 승소의 요인이었다. 법원에서 받은 부활 명령서를 보건 당국에 제출한 후 그는 칠 년에 걸쳐 복원되었다. 뼛가루로 복원시키는 경우는 현 기술로도 한계가 있어 아직 누구에게나 적용할 수는 없다고도 했다. 하지만 그동안 세상을 등지고 산 나로선 처음 듣는 소리였다.

평소에도 그에 대한 집착이 강했던 그의 아내는 나를 찾아와서도 그의 복원을 원하지 않느냐고 물었던 적이 있었다. 나는 그의 부활이 아니라 그와 함께 하는 죽음을 원한다고 말했다. 그녀의 집착이라면 그를 살릴 만했다.

"그런데 왜 여기로 왔어? 가만, 당신 몸에 칩이 있을 텐데. 내 은신처가 드러났겠네."

그는 고개를 저었다.

"나는 아직 정신 복원이 덜 됐대. 좀 더 기억을 회복해야 내가 예전의 나로 완성된다는 소릴 들었어. 나는 아직 미완성의 인간이라 자유로워."

그는 약간 멍한 사람처럼 말했다.

"그녀를 잘 모르겠어. 나의 아내 말이야. 그녀가 나를 다시 불러냈다지만 그녀가 누군지 아무리 기억하려고 해도 기억이 나질 않아. 내 기억에는 지금 이 자리와 이 옷만 떠올랐어. 그리고 당신. 보니까 바로 알겠네. 비밀스러웠다는 기억과 함께. 그냥 저절로 발길이 이리로 향해진 거야. 맞아, 저것도 생각나네."

그가 손가락으로 가리킨 것은 그가 살아 있을 때 함께

차를 마시던 다구들이었다. 이 동굴 속으로 옮긴 것 중에 가장 호사스런 나의 기호품이었다. 나는 다구를 내려 닦고 웅덩이에서 받아온 물을 끓였다. 지상에 있었다면 물 조합기를 눌렀을 것이다. 물 조합기는 공중에 있던 수소와 산소 분자를 배합해 순도 높은 물을 만들어 냈다. 그리 되면 공기정화기가 돌고 통제시스템에서는 굳이 알려고 하지 않아도 내가 물을 마시고 있다는 사실을 알게 된다. 이런 통제시스템이 진절머리가 나서 달아난 것이다. 그가 죽은 지 몇 년 뒤였다.

이 바위 동굴 속 공기는 통계에 잡히지 않을 것이다. 여기는 통계에 잡힐 만큼 규모가 크지 않다. 이 지하 동굴로 흘러드는 공기와 물은 오직 나 하나 정도의 자연스런 생명을 거둘 정도 밖에 되지 않았다.

"너무 걱정 마. 그들은 내가 너의 집에 있는 줄 알 거야. 내가 의식이 생긴 후에 너를 떠올렸고 프로테우스가 있는 집으로 가겠다고 했거든. 나의 간호사가 말했지. 네가 사라졌다고. 가도 소용없을 거라고."

이 동굴은 내가 살던 지하 방과 연결되어 있다. 컴컴한 구석을 좋아하는 내가 바닥을 뚫고 구석방을 만들다가 발견한 것이었다. 그와 함께 자주 숨어들곤 하던 은신처였다. 그는 이렇게 음침한 것을 좋아하는 내게 프로테우스를 닮았다고 했다.

"몇억 년을 살아서 눈도 귀도 색도 다 퇴화한 동물인데,

네가 걔를 키우고 있다고 해서 찾아온 거야. 보스니아 깊은 동굴 속에서 개를 보자마자 왈칵 울음이 나오더라고. 이유는 나도 모르겠어. 그런데 너를 보는 순간 그 애가 느껴지더라구. 그때 어둑한 책상 아래로 나를 불러들이던 너를 보며 너도 전생 언제쯤 그 언저리에 있었겠구나 생각했거든."

이 동굴에서 우리는 사람들처럼 사랑했다. 둘이 머리를 맞대고 어떻게 하면 고도문명의 그물망에서 벗어날 수 있을까 고민하기도 했었다. 하지만 수명이 다해가는 그가 그의 매니저에게 끌려가 그의 집에서 죽음을 맞이한 후 그 일 역시 책 속에 있었던 환상처럼 여겨졌다. 그가 가고 난 후 칩을 이동시켰다. 가끔 머물던 동굴에 조금씩 더 오래 머물렀다. 초기에는 기력이 떨어지면 집으로 돌아가 비상 에너지 한 캡슐을 삼키곤 했다. 그들이 내게 주의를 돌리지 않은 것은 내게 배급된 양의 물질들을 소모했기 때문이다. 나는 나에게 배당된 에너지 소모량을 반 이상 이 동굴로 옮겨 두었다. 결국 그들은 내가 사라진 지 몇 년이 지나서야 실종신고를 했고 나를 찾느라 수선을 피웠을 것이다. 그때 옮겨온 에너지 캡슐 덕분에 이 동굴 생활에 비교적 쉽게 적응할 수 있었다. 이제 그들의 에너지 캡슐은 동이 났지만 나는 조금씩 흐르는 물과 땅속에 흩어져 있는 다른 에너지원으로 생명을 유지하고 있다. 물속의 새우를 건져 먹거나 바위에 붙은 이끼를 씹으며 예전의 위장 기능도 복원했다. 먹을 게 없으면 원시생물처럼 잠이라는 방법으로 생명을 유지했다. 이 프로그램이 가동되기 전의 인간들처럼 내 피부는 탄력을 잃어 주름이 생기고 팔과 다리의 근력도 빠져 겨우 몸을 움직일 정도로 쇠약해져 있다. 그럼에도 그가 나를 알아보는 것이 신기하긴 하다.

오랜만에 남아 있던 차를 찬물에 우렸다. 우린 마주 보며 차를 마셨다.

"나 프로테우스 같지?"

그가 바라보는 게 멋쩍어서 얼굴을 훑으며 물었다.

"내 기억 속에 있는 너와 같아. 세상에 미련이 없는 줄 알았는데 너를 보니까 기쁘네."

우리는 과거의 세상으로 돌아가고 싶어 했었다.

"네가 이 세상으로 돌아오는 데 힘이 되었던 것 같아."

뭔가 뭉클한 것이 솟는다. 그에게 좋은 냄새로 다가가고 싶다. 원시인처럼 동굴에 박혀 살던 내게 다시 욕구가 생긴 건 오랜만이다. 몸을 씻고 난 후 그에게 다가앉았다. 그가 예전처럼 내 품에 가만히 안겨 왔다. 그를 눕히고 그의 귀를 쓰다듬었다. 몸에 온기가 돌아오는 것 같았다.

그때 어디선가 낯선 냄새의 덩어리가 몰려들었다. 이어 왁자지껄한 발소리와 말소리가 들려왔다.

"내가 이럴 줄 알았다니까. 내 말이 맞죠? 내가 그럴 거라 했잖아."

나의 매니저와 그를 데리러 온 의무국 사람들 속에서 그의 아내 목소리가 도드라졌다.

이작도

정말 내 귀에만 들리는 소리였을까. 나는 심호흡을 하
며 마당가에서 귀를 세웠다. 아무 소리도 들리지 않았다.
아니 온갖 소리가 뒤섞여 있었지만 모두 제 결을 타고 흐
르는 소리였다. 그제는 그 소리의 정체를 밝히기 위해 민
박집 주인과 함께 마을을 한 바퀴 돌았다. 전직 경찰이었
다는 주인은 다 둘러보고 나서 말했다.

"내가 여기 산 지 벌써 십 년이 넘었지만 심심할 정도로
아무런 일이 없는 동네요. 마을이라고 해 봤자 겨우 서른
집이나 남아 있을까. 여름 지나면 다 나가고 없어요. 혹시
바닷새 우는 소릴 들은 건 아니었시꺄? 괜히 손님이 예민
해서 그런 거지. 한밤중에 누가 뭘 두드리겠어."

다음에 또 그 소리가 들리면 자기를 깨우라며 나를 숙

소 앞에 내려준 주인은 마을회관으로 향했었다.

마당을 벗어나자 골을 타고 밀려오는 해안의 파도 소리가 더 커졌다. 해안엔 아무도 없었다.

스케치를 핑계로 여러 섬을 다녀보았지만 이렇게 단숨에 나를 사로잡는 섬은 처음이었다. 섬 풍경은 다른 섬들과 비슷했다. 섬 한쪽에 우뚝 솟은 산과 절벽, 물이 들고 날 때마다 커졌다 작아지는 해변, 바람결 따라 누워있는 키 작은 소나무들과 벌레집을 달고 있는 잎 떨군 잡목들, 아침저녁 피어올라 바다를 삼켰다 뱉어내는 해무까지……. 그러나 여기에는 남다른 색이 있었다. 땅속 깊은 곳에서 솟아 수십억 세월을 자란 뿌리. 그 검푸른 바위 뿌리는 다른 섬에선 볼 수 없는 풍경이었다. 나는 그 검은 뿌리를 보기 위해 매일 해안으로 나갔다. 물이 들고 날 때마다 그 암석 덩어리는 조금씩 자라는 것 같았다. 검게 젖었다 허옇게 말라가는 그것들을 보고 있으면 물처럼 시간이 흘렀다.

종일 해변에서 들었던 파도 소리는 잠결에도 들렸다. 도시에서와 달리 쉽게 잠이 들었다. 그런 나날이 며칠이나 지났을까. 한밤중, 꿈결이었다. 첫날 들었던 소리가 또 들려왔다. 콘크리트에 못을 박는 듯, 투툭, 투툭, 타탁, 타탁. 물결 소리에 섞여 들리는 그 소리는 밤에 듣기에도 이질감이 느껴지지는 않았다. 규칙적으로 들리는 소리가 다시 잠을 부르긴 했지만 궁금했다.

공을 굴리다

그제 아침, 콘크리트 벽에 못을 박듯 규칙적이고 조심스러운 소리였다고 내가 자꾸 고개를 갸웃거리자 낚시를 나갔다 돌아온 주인이 함께 마을을 돌아보자며 앞장을 섰다.

"뭔 소리를 낼 집이 없는데……."

유곶부리, 물골, 둘얼래, 독을 실은 세곡선이 지나다 침몰하는 바람에 지금도 깨진 독이 나온다는 독깨진곳……. 주인은 내가 혼자 거닐 때는 알 수 없었던 섬의 지명이며, 그 지명의 유래 등을 들려주었다. 마을과 해안을 샅샅이 훑고 숙소로 돌아왔을 때 그는 결론을 내리듯 말했다.

"손님이 보셨듯이 우리 마을에서 달라진 것은 아무것도 없쉬다."

그리곤 덧붙였다. 그 소리가 정히 신경이 쓰인다면, 소리가 들릴 때 자기를 깨우라고.

그러나 들렸다. 한밤중이 되자 또다시 소리가 들리기 시작했다. 나는 낮에 주인과 구석구석 돌아보기도 했거니와, 으슥한 곳이 없다는 주인의 말이 생각나 홀로 나가보기로 했다. 몸에 닿는 바람은 그다지 차지 않았다. 해변까지 닦인 신작로엔 안개가 가득 차 있었다. 가로등 빛은 뭉싯뭉싯 움직이는 안개에 걸려 멀리 나가지 못했다. 나는 길을 더듬어 해안과 마을로 이어지는 경계로 나왔다. 소리가 들리는 쪽을 가늠하기 위해 가만히 귀를 기울였다.

타닥, 타닥. 타닥, 타닥.

쏴아 하고 밀려오는 파도소리 사이에 분명 낯선 소리가 끼어있었다. 조심스레 못을 박는 듯한, 예의 그 소리였다. 그러나 어느 방향에서 들리는지는 정확히 알 수 없었다. 해안 쪽에서 들리는 것 같기도 하고 마을을 울리고 돌아나오는 것이 산 쪽에서 들리는 것 같기도 했다. 나는 해무가 더 짙게 너울거리는 해안으로 걸음을 옮겼다. 작은풀안은 이름처럼 자그마한 모래 해변이다. 수십억 년 전 솟아올라 뿌리가 된 바위와 물이 어우러진 풍경이 아름다워서 낮 동안 주로 나와 앉아 있는 곳이다. 너른 바다를 건너온 물결이 거침없이 달려와 안기는 곳. 거친 기세로 몰려왔다가 좌르르 부서지는 물결을 보고 있으면 나도 저렇게 누군가에게 몸을 던지고 싶다는 유혹이 들었다.

그러나 짙은 어둠이 만들어내는 분위기에 공연히 걸음이 멈칫거려졌다. 생각 때문일까. 보이지 않는 파도 소리도 뭔가 불손했고 해무가 몰려다니며 만들어내는 형상들도 괴기스러웠다. 선뜩 스치는 바람에 소름이 돋았다. 돌아갈까 하는데 다시 타닥, 타닥. 타닥, 타닥. 강약을 주며 못을 박는 소리가 좀 더 선명하게 들렸다. 팔짱을 끼며 소리나는 쪽을 가늠하는 중에 뭔가 이상한 움직임이 느껴졌다. 오른편 해안이었다. 뭔가 움직였다. 허연 물체였다. 머리가 쭈뼛 섰다. 철 지난 가을 바닷가. 대낮에도 사람 그림자라곤 없는 마을이었다. 그런데 이 한밤중에 움직이는 저것은 무엇일까. 더구나 그것은 점점 나와 가까워지

공을 굴리다

고 있었다. 해변에 설치된 전망대에 붙어섰다. 꼼짝할 수가 없었다.

허연 형상은 저만큼 밀려나간 물 가장자리를 따라 이쪽으로 천천히 움직이고 있었다. 해안에서 다가오는 물체는 사람 형상이었다. 오른쪽 해안은 산자락이 박혀 있는 절벽이다. 뜨거운 압력에 의해 만들어졌다는 이 암석들은 물속에서 솟아나 하늘을 향해 뻗고 있었다. 물이 많이 빠져야 바다 쪽에서 볼 수 있었다. 물이 빠진 걸까. 그걸 알고 그쪽에서 걸어온 걸까. 그것은 나를 지나 산책로를 향해 움직이고 있었다. 망치 소리 따위는 들을 겨를이 없었다. 덜덜덜, 그것이 내 앞을 지나갔던가. 나는 그 형체를 보았을까.

어떻게 집으로 왔는지 알 수 없었다. 아침을 준비해 놓고 기다리던 주인이 때가 지나도 나타나지 않는 내가 궁금해 일부러 방문을 열고 들여다보았다. 그때까지 나는 방바닥에서 등을 뗄 수가 없었다. 나는 처음으로 이곳에 온 것을 후회했다. 날이 밝으면 첫배로 돌아갈 생각뿐이었다. 그러나 놀란 몸뚱이가 말을 듣지 않았다. 열이 펄펄 끓었다. 문을 열고 들어와 아는 체를 해주는 주인이 그렇게 반가울 수가 없었다.

나는 지난밤에 일어났던 일을 더듬더듬 털어놓았다. 얘기를 듣던 주인은 재미있다는 듯 껄껄거렸다.

"아, 그 여자, 내가 얘기 안 했시꺄? 저 웃말에 사는 여자예요. 가끔 한밤중에 치성을 드리러 바위로 가곤 하지. 처음엔 동네 사람들도 놀라곤 했는데, 이젠 다 아는 사실이구만. 그러니까 왜 혼자 나가시꺄, 날 깨우라고 했구만."

신을 받은 여자라고 했다. 마을에 들어와 산 지 제법 되었지만 별로 주민들과 왕래는 없단다. 가끔 바위 아래서 바다를 향해 정성을 올리기는 해도 드러내놓고 굿을 하지는 않는다고 했다. 그러고 보니 안개 속의 물체는 무언가 보통이를 들고 있던 것도 같았다.

"남 해코지를 하는 사람은 아니니 걱정마시겨."

주인은 여전히 재미있다는 듯 쿡쿡 웃으며 나를 재촉했다.

"어서 일어나 밥이나 먹으시겨. 젊은 사람이 그리 담이 약해서야 원."

아침을 먹고 난 주인은 낚시 도구를 챙기며 말했었다.

"오늘도 다시 그 소리가 들리면 나를 깨우라구. 내가 오늘은 기어이 손님을 괴롭히는 그 소리를 찾아낼 테니까."

나는 어젯밤 일을 머리에서 떨쳐버리려고 일부러 가슴을 폈다. 공연히 사방을 둘러보며 작은풀안으로 향했다. 산책로 끝에 있는 정자에 앉아 의연한 척 바다를 바라보았다. 어젯밤의 오싹함이 되살아나 뒤가 돌아다 보일 때마다 쓴웃음으로 받아넘겼다. 바다에 잠겼던 풀등이 드러났다 다시 잠기는 것을 보았다. 이젤 위, 며칠 전 올려놓은 캔버스는 아직 빈 채였다. 아무래도 이제 그만 여기를 떠나야 할 것 같았다. 이 섬을 찾아온 목적 같은 건 이제 생각하고 싶지도 않았다. 목적 같은 게 있기는 있었던가. 이 섬에 들어 온 것 자체가 평소의 나답지 않은 일이었다. 내가 여기까지 온 것이, 서너 달 전의 그 상황들이 꿈만 같았다.

그러니까 나는 사람을 찾아온 것이다. 잘 알지도 못하는 사람을 그저 막연하게 찾아와 봤다.

그녀를 본 것은 인사동 화랑에서였다. 이 년 만에 개인전을 연 후배의 그림은 몰라보게 좋아져 있었다. 비로소 제 길을 찾은 듯 그림이 안정되어 보였다. 이십여 편의 그림 속에 후배의 특성들이 고루 묻어났다. 빛과 시간이라는 주제가 그 어느 때보다 살아있었고 전시 공간과도 잘 어울렸다. 삼 년째 개인전을 열지 못하고 있는 나는 불안함과 초조함을 감추며 입가에 미소를 지은 채 작품을 돌아보았다. 첫 추위를 맞은 겨울 강처럼 내 마음 가장자리에 살얼음이 얼어 있었다.

빛과 시간. 이 제목은 오래전 후배가 내 작업실에서 가져간 것이었다.

"형, 이거 좋다."

오랜만에 작업실에 들른 후배는 늘 책상 위에 쓰레기처럼 쌓여 있는 스케치 더미를 뒤적였다. 그런 행동이 마음에 들지 않았다. 하지만 남에게 싫은 소리를 하는 것보다

는 못 본 척 넘기는 게 내 성향이다. 그것이 편했다. 다음
에 안 보면 그만이지, 굳이 감정을 드러내 불편해지고 싶
지 않았다. 그런 성격 탓에 내 주변에는 사람이 적었다.
누군가 가까워진다 싶으면 나도 모르게 긴장이 됐다. 친
근한 척, 한 발자국 다가오면 두 발자국 물러났다. 하지만
후배는 좀 달랐다. 그는 내가 보내는 신호를 무시했다. 반
응 없는 나를 탓하지도 않았고 나를 껄끄럽게 여기지 않
았다. 몇 달 만에 찾아와서도 어제 본 듯 뭐 좋은 거 없나,
중얼거리면서 이런저런 것들을 들추고 빛에 비춰보며 한
참씩 수선을 피워댔다. 별로 건질 게 없다 싶으면 낡은 소
파에 털썩 몸을 내려놓으며 형 잘 지냈어, 하고 묻는 친구
였다. 내 작업실에 임의롭게 드나드는 사람은 그뿐이었
다. 그런데 그날은 별로 뒤적이는 기색도 없이 작은 메모
지 한 장을 집어 들더니 큰소리로 외치는 것이었다. 형,
이거 좋다. 라고.

　별거 아니었다. 지하철 안에서 신문을 보다가 언뜻 떠
오른 생각을 스케치한 것이었다. 신문은 여행특집으로
〈이집트〉를 다루고 있었다. 사막 속에 솟아 있는 거대한
피라미드가 눈길을 잡았다. 삼각뿔의 한 면을 온통 검은
빛으로 처리한, 명암이 분명한 사진이었다. 나는 수첩에
피라미드를 단순화하여 그리고 빛과 시간이라는, 신문에
서 본 구절을 적어 넣었다. 그리고 돌아와서 그 수첩을 찢
어 작업실 책상 위에 던져 놓았다.

　　　　　　　　　　　　　　　공을 굴리다

"형, 이거 나 가져가도 돼요?"

설마 그 손바닥만 한 종이쪽지를 갖겠다는 건 아니겠지 싶어 그를 바라보았다.

"빛과 시간, 이 제목."

그는 마치 대단한 거라도 발견한 듯 종이쪽지에서 눈을 떼지 못했다.

"그거 내 거 아냐. 신문에서 본 거야."

사실, 그건 보통 명사였다. 아직 작품이 되지도 않은 제목을 내 거라고 우길 근거도 없었다. 하지만, 긍정도 부정도 아닌 표현으로 대꾸면서도 뭔가 아쉬운 감이 스쳤다. 귀한 무엇인가를 빼앗기는 느낌이었다.

우리 둘의 그림이 비슷하다는 얘기는 듣고 있었다. 자주 어울리다 보니 성격도 추구하는 방향도 비슷해지는 것 같았다. 좀 경계해야지 싶어 나는 의도적으로 그의 화실에 드나드는 것을 삼갔다. 한동안 후배의 그림을 보지 않았다. 그가 '빛과 시간'을 가져간 지도 꽤 지났을 것이다.

후배의 그림은 달라져 있었다. 청회색 빛이 감도는 그의 감성과 이미지가 잘 어울렸다. 깊어진 감청색 바탕 위에서 일그러진 형상들이 역설적이게도 안정적이었다. 언론의 반응도 괜찮았다. 어두운 색조와 파괴된 형상으로 가득 찬 화면에서 그가 의도하는 궁극적인 미의 본질을 추구하는 작가, 부조화 속에서 조화를 만드는 작가라며 일간지 문화면에 그의 이름이 거론되었다.

이작도

나는 그의 그림 속에서 내가 표현하고자 했던 이미지들을 보았다. 고개를 갸웃한 채 형상이 구겨진 화병. 그 일그러진 화병에 꽂혀있는 보랏빛 꽃이 자꾸 눈을 끌었다. 마음 한구석이 아려왔다. 저 그림은 내 손에서 태어났어야 할 것 같았다.

전시가 끝나가던 어느 날, 나는 다시 갤러리에 들렀다. 전시 막바지라 인사차 와야 할 사람들은 다 다녀갔을 것이다. 오픈하는 날 잠깐 들렀던 터라 저녁이나 함께 할 참이었다. 후배는 마침 친구 몇 명이 온다고 했으니 함께 나가자고 했다. 잠깐 앉았던 후배가 막 들어온 친구를 맞이하느라 자리에서 일어섰다. 나도 아는 후배 화가였다. 인사를 나눈 나는 또 화병 그림 앞에 섰다. 여전히 이미지가 좋았다. '빛과 시간 2'라는 제목이었다.

청아한 방울소리를 울리며 문이 열리고 누군가가 또 들어섰다. 여인이었다. 가녀린 몸매를 한 여인은 커다란 음료수가 들어있는 비닐봉지를 들고 있었다. 검은 실루엣으로 보이는 이미지가 길게 늘인 조각상처럼 가늘었다. 이번 전시회를 도와주는 사람인 듯했다. 어디선가 본 듯한 인상에 다시 그녀를 살폈다. 아는 얼굴은 아니었다. 얼른 고개를 돌렸지만 다시 그녀가 궁금해졌다. 또 그녀를 향해 고개를 돌렸다. 그녀가 종이컵에 따르는 노란 액체가 선명했다. 청회색의 블라우스와 연회색의 스커트를 배경으로 노란 음료수 병이 두드러졌다. 몸을 기울여 음료를

———————

따르는 그녀에게서 눈을 뗄 수가 없었다. 노란 물방울이 튀어 오르는 것도 잡을 수 있을 것 같은 선명한 이미지. 낯익은 장면이었다. 이게 뭐지?

순간적으로 스치는 것이 있어 작품이 전시된 벽을 보았다. 바로 그것이었다. 현실과 같은 이미지가 그림에서 풍겼다. 그림 속에는 사람이 아닌 일그러진 백자 화병이 들어 있었지만 그 화병 속에서 흘러내린 검푸른 빛깔의 꽃들 속 수술이 노랗게 떠 있었다. 그림을 보면 그 여자가 보였고 여자를 보면 그 그림이 보였다.

후배가 앉아있는 응접탁자로 돌아와서도 도록에서 그 화병 그림을 펼쳐놓고 들여다보았다. 여자가 오렌지주스가 담긴 종이컵을 들고 다가왔다. 컵을 내려놓는 가느다란 손목이 종이컵만큼이나 희었다. 부드럽게 휘어진 손목이 컵을 들어 탁자에 내려놓았다. 하얀빛들 사이로 노란 액체가 또 살짝 튀어 올랐다. 몸이 가늘게 떨리는 그녀는 이런 일이 익숙하지 않아 보였다.

그녀가 멀어지자 누군가 눈으로 그녀를 가리키며 누구냐고 물었다.

"아, 이 화랑에서 추천한 사람인데. 너무 약해 보이지?"

후배 친구의 눈이 자그마해졌다. 여자만 보면 침을 흘려서 개라는 별명이 붙은 친구였다. 후배 하나가 더 오고 나서 화랑 문을 닫았다. 서로 근황을 얘기하는 동안에도 연신 그녀에게 수작을 걸고 있는 '개'를 나는 불쾌하게 바라보았다.

"수애 씨도 같이 가요. 어차피 저녁 먹어야 하잖아요."

손을 내젓는 그녀에게 후배도 함께 가자고 말했다.

"그래요. 여기 가까운 곳에서 저녁 먹을 거예요. 늦었는데 저녁 먹고 가요."

인사동 골목에서 저녁을 먹으며 그녀에 대해 알아낸 정보는 이작도라는 섬뿐이었다. '개'와 주고받는 이야기 속에서 그녀가 어린 시절을 보냈고 왠지 그곳이 좋다는 얘기를 주워들었다. 긴 팔로 수저를 들었다 놓았다 하는 그녀의 모습에서 자꾸 모딜리아니의 목 긴 여인, 잔느가 보였다.

식사를 마친 그녀가 떠난 후에도 우리는 술자리를 이어 갔다. 후배는 이번 전시회에 아쉬움이 남는다며 자꾸 술을 마셨다. 충분히 만족할 만한 작품전이었는데, 욕심을 부리는 후배가 거슬렸을까. 후배 친구가 건방 떨지 말라고 들이받았다. 결국 술자리는 취한 자들의 옥신각신 말다툼과 횡설수설로 끝났다. 나도 어지간히 취했고 씩씩대는 후배는 더욱 흔들거렸다. 와중에도 후배와 헤어지는 순간 나는 기어이 그녀에 대해 묻고 말았다.

"야, 그런데, 네 그림 속에 왜 아까 그 여자가 들어 있냐?"

후배는 무슨 소린지 알아듣지 못했다.

"네 그림 속에서 그 여자가 보인다고."

공을 굴리다

후배는 마침 다가온 택시에 오르며 고개를 갸웃거렸다.

"뭐야, 형. 그 여자한테 꽂힌 거야? 형 그런 일 잘 없잖아."

그러나 나는 분명 그림 속에서 그녀를 보았다. 다음 날 작업실에 앉아서 다시 도록을 들여다보았다. 여자를 그린 그림은 없었다. 주로 검푸른 바탕에 이스타 섬의 석상과 같은 상징물들을 재구성하여 늘어놓았을 뿐 그림 속에 인물은 없었다. 그럼에도 그림마다 그 여인의 이미지가 보였다. 그 여인의 이미지는 후배의 그림을 넘쳐 나에게로 다가왔다. 나는 미친 듯이 그림을 그리기 시작했다. 그녀에게서 떠오르는 이미지들을 스케치했다.

그동안 내가 줄곧 표현하고자 한 것도 시간이었다. 시간이 축적되어 있는 돌이나 오랜 벽화를 단순화하여 그리는 판화기법은 내가 자주 활용하는 방법이었다. 나는 이집트 벽화에도 그 여인을 그렸고, 오래전 고구려 벽화 속 비천무에도 그녀를 그려 넣었다. 날아가는 화살에도, 땅을 뚫고 나오는 새싹에도 그녀를 그려 넣었다. 시간, 하면 떠오르던 먹청색 속에 자꾸 황톳빛, 연둣빛이 칠해졌다. 나도 모르게 그녀 곁에 머물던 노란빛의 이미지를 입혔다.

"어! 그림이 달라졌네."

후배가 작업실에 들어서자마자 소리를 질렀다. 전시회를 끝내놓고 인사차 들른 길이라고 했다.

이작도

"이거 날아가네. 좋은데. 이렇게 가면 좋겠다."

역시 우리는 코드가 비슷했다. 후배는 이해하고 있었다. 나도 모르게 그림의 중심이 위로 올라가고 있었다. 전에도 중심이 다른 사람들보다 좀 위에 놓이긴 했지만 요즘 들어 점점 더 위쪽으로 올라가는 것을 나도 어쩌지 못했다. 땅에 박혀 있는 민들레가 답답해서 뿌리를 날렸다. 땅에 붙어 있는 집이 자꾸 목을 조이는 것 같아 하늘 위로 띄워놓았다. 모든 것을 지구 밖으로 날려 보내고 싶었다. 텅 빈 아랫부분을 보며 사람들은 묻곤 했다. 이 땅은 비워 둘 거냐고.

"형, 사랑에 빠진 거야! 누구야, 이렇게 목석같은 우리 형을 흥분시킨 여자가?"

고구려 벽화 속의 비천상을 제외하고는 내 그림 속에도 여인의 형상은 없었다. 그 비천상 역시 종전의 내가 그리던 것처럼 형체를 단순화한 세모꼴의 얼굴과 길게 늘어뜨린 옷자락으로 짐작해 볼 뿐 달라진 건 없었다. 그러나 그는 나를 읽고 있었다.

나는 이젤 위의 그림들을 보며 긴 한숨을 내쉬었다. 그러나 그녀를 떠올릴 수가 없었다. 그녀의 형상이 떠오르지 않았다.

"그런데 형, 얼굴이 왜 그래? 어디 아파?"

후배는 비로소 내 얼굴을 바라보며 물었다. 사실 그날 그녀를 본 후로 제대로 잠들지 못했다. 그녀의 이미지가 사라지기 전에 뭔가를 그려야 할 것 같았다. 부지런히 스케치하고 그렸지만, 그렇게 그린 그림 속에 정작 그녀는 없었다. 고구려 벽화 속의 비천상이, 수월관음도 속의 관음보살이, 모딜리아니의 잔느가 그녀인 줄은 알겠는데, 현실 속의 그녀가 떠오르지 않았다. 딱 한 번만 보면 될 것 같았다. 그림들은 점안을 앞둔 부처상 같았다.

후배는 움푹 들어간 눈에 누렇게 뜬 내 얼굴이 심상치 않다고 했다. 나는 후배의 얼굴을 멀거니 올려다보았다. 그동안 후배에게 얼마나 연락하고 싶었는지 모른다. 혹시 그녀의 거처를 알 수 있지 않을까, 수없이 망설였다. 그때마다 자존심, 체면…… 그런 것들이 발목을 잡았다. 그냥 이미지만 취해서 정신없이 그림을 그려댔지만 만족할 수가 없었다. 혀가 말리는 것 같았다. 산소 공급기가 빠진 수족관 속의 물고기처럼 자꾸 숨이 턱에 받쳤다.

"누구야, 형?"

이렇게 물어주는 후배가 고마웠다.

"그 여자. 어디 가면 만날 수 있을까?"

후배는 여전히 감을 잡지 못했다. 나는 튼 입술을 잡아 뜯으며 말했다.

"네 그림 전시할 때 안내하던 여자 말이야. 이름이 수애라고 했던가. 그 여자 좀 찾아봐주라."

입술의 거스러미가 떨어지며 피가 나왔다. 나는 입술을 빨았다. 비릿한 쇳내가 고였다. 이 쇳내에 또 그녀의 이미지가 겹쳐졌다. 나는 청회색 물감을 듬뿍 찍어 사선을 쭉 뻗쳐 그었다. 그리고 연필로 쉿내라고 써넣었다. 후배는 어이없어했다.

"그 여자, 형 취향이야? 너무 마르고, 병색이 짙어 나는 안내에 앉히기도 망설여지던데. 와, 형 독특하네."

후배는 농담처럼 받으며 놀렸다. 이젠 아무래도 상관없었다. 스스로도 납득할 수 없는 이런 상황을 어찌 설명할 수 있겠는가. 감정의 유희라고 해도 할 수 없었다. 그 여자가 아니면 안 될 것 같았다. 이렇게 이미지로만 튀어나오는 그녀의 실체를 확인하고 싶었다. 내 눈으로 그 여자를 다시 보아야만 속에서 일어나는 이 갈증이 가실 것 같았다. 깊은 잠을 잘 수 있을 것 같았다.

"참, 나 원. 이런 걸 보고 뭐가 씌었다고 하는 모양이네."

연신 혀를 차던 후배는 그녀를 소개했다는 갤러리의 큐레이터와 통화를 했다. 그 사람도 잘 모르는 모양이었다.

"사실은 화랑에서는 늘 일을 하던 사람에게 부탁을 했는데, 그 사람이 사정이 생겨서 그날 그 여자가 오게 된 거래. 그 여자 이름이 수앤건 또 어떻게 알았어?"

후배는 자신도 잊고 있었던 여자의 이름을 기억하고 있는 나를 보며 놀라워했다. 그러나 그 여자에 대해 수소문해 주겠다던 후배에게서는 소식이 없었다. 나 역시 후배를 통해서는 그녀를 수배할 수 없다는 걸 알았다. 그녀를

공을 굴리다

찾아야 할 특별한 명분도 이유도 댈 수가 없었지만, 그녀의 소식을 마냥 기다리고 있을 수는 더욱 없었다. 나는 간단하게 짐을 꾸렸다. 그녀가 언뜻 했던 말, 그곳에 돌아가 쉬고 싶다는 그 말 한마디가 망망대해에서 길을 알려주는 등대처럼 반짝거렸다. 나는 무작정 이작도 가는 배에 올랐다.

섬은 조용했다. 가끔 어슬렁거리는 개 몇 마리뿐, 농사일도 끝난 늦가을 섬에는 인적이라고는 거의 없었다. 여름 한철, 피서객들을 위해 문을 열었던 민박집들도 대부분 육지로 철수한 터라 실제 살고 있는 사람 수는 몇 명도 안 되는 듯 보였다. 민박을 정한 나는 종일 섬을 돌아다녔다. 그나마 다행인 것은 섬에 들어오자 그토록 조갈이 나던 마음이 좀 가라앉는 느낌이었다. 실은 저 오래된 암석에서 그녀의 이미지를 보았다. 떠오르지 않는 그녀를 굳이 떠올리려 애를 쓰며 마음을 들볶던 작업실에서와는 달리 섬에 내려 검은 바위를 보는 순간 마음이 편안해졌다. 오직 그녀에게만 쏠려 있던 마음이 저 암청색 바위 위로 흩어지는 게 느껴졌다.

부아산에 올라가면 검푸른 바다가 툭 터졌다. 풀등 앞 정자에서 바라보는 바다는 아늑했다. 섬을 걸어 가로지르는 데는 두 시간이면 족했다. 터벅터벅 걸어가 섬의 남쪽 끝을 보고 와 바위 위에 앉아 바위를 들여다보면 날이 저물었다.

이십억 년 전에 솟았다는 바위 앞에서 머무는 시간이 점점 길어졌다. 물기가 없는 바위는 일상의 얼굴이었다. 그러나 물기가 스미기 시작하면 색을 바꾸었다. 물은 바위 가까이 다가올 때도 있었고 멀리서 바라보기만 할 때도 있었다. 물에 푹 젖은 바위는 온갖 삼라만상을 뱉어내는 듯했다. 이렇게 물에 잠기는 바위를 보기 위해 기다렸다. 온갖 색이 합쳐져 만든 저 검은 빛, 그 속에 시간이 배어 있었다. 어떻게 저 깊음을 표현할 수 있을까. 어떻게 저 세월을 담아낼 것인가. 그 여인은 바위틈을 날고 있는 노랑나비였다. 종이컵에서 튀어 오르던 노란 물방울이었다. 나는 바위를 들여다보며 이 계절에는 없을 그런 노란 이미지를 찾고 있었다.

물이 드는 시각이면 이 뿌리 바위를 지켜봤다. 오늘은 물이 얼마나 들 것인가 궁금했다. 물들 때마다 밀려오는 해풍을 가늠해보았다. 망망대해에 그물을 쳐놓고 고기가 들기를 기다리는 심정이었다. 형상 없이 수십 장을 그렸던 이미지는 이곳에 오자마자 사라졌다. 스케치는 고사하고 붓조차 들 수 없었다. 그물에는 고기가 들지 않았다. 캔버스는 며칠째 해풍에 젖고 안개에 젖을 뿐, 여전히 손은 움직이지 않았다. 그러나, 괜찮았다. 바닷바람과 해무, 또 이곳을 떠도는 세월이 붓질을 하는 것 같았다. 내가 남들이 듣지 못하는 소릴 듣듯이 누군가 그 그림을 보고 있을지도 모른다는 생각이 들었다. 떠나야지 하면서도 뭔가

공을 굴리다

를 기다리던 날들이었다.

하지만 이제 떠나야 할 때였다. 어젯밤 놀란 가슴은 사람을 그립게 했다. 산 사람이 그리웠다. 음악이 듣고 싶었다. 커피 향이 그리웠다. 사람을 만나고 싶다는 생각이 든 게 얼마 만인가. 이제 세상으로 돌아갈 때가 된 모양이다. 입술을 뜯으며 극복해야 할 시간이 겨우 요거였던가 싶어 웃음이 나기도 했다.

햇살이 아직 환한데 갑자기 투두둑 비가 쏟아진다. 때 아닌 여우비였다. 그때 정자 아래에서 인기척이 느껴졌다. 큰 바위 너머에 간혹 낚싯대를 드리우는 이들이 있기는 했지만 종일 머문 곳에서 나는 낯선 인기척이라니. 난간을 잡고 내려다보니 언젠가 보았던 사내 하나가 산책로 아래 바다를 지나가고 있었다. 그는 언뜻 보아도 일반 관광객은 아니었다. 오래 떠돌아다닌 사람처럼 머리가 덥수룩했다. 모자 달린 토퍼를 걸친 옷차림은 벌써 한겨울을 맞은 듯 두툼했다. 투두둑 떨어지는 비가 그의 어깨 위를 시커멓게 적시고 있었다. 그 사람을 처음 마주친 지가 벌써 꽤 된 것 같은데, 그렇다면 그도 이 마을에 머무는 사람일까.

사내는 내가 정자에 있었다는 걸 알 터이건만 고개조차 들지 않았다. 처음 정면으로 마주쳤을 때도 눈인사조차 하지 않던 사내였다. 그는 내가 다니는 산책로가 아닌 물이 들고 나는 바위틈을 익숙하게 걸었다. 물이 차가울 법

도 한데 사내는 아랑곳 않고 바위를 돌아 사라졌다. 산책
로는 이 정자까지였다. 정자 아래 큰 바위는 물이 들면 섬
이 되는 여였다. 해안 저쪽은 그저 바라만 보았을 뿐 밀물
에 잠기는 저 뒤쪽 바위를 넘어가 볼 생각은 하지도 않았
는데 그는 물속을 휘적휘적 걸어 그쪽으로 사라진다. 그
에게서 나쁜 기운은 느껴지지 않았다.

　여우비를 몰고 온 구름이 바다를 건너간다. 이제 이젤
을 접어야지 하다가 그냥 정자를 내려왔다. 산책로에 굵
은 빗방울이 검은 점을 찍어놓았다. 데크 바닥에 툭툭 터
져버린 비의 무늬가 참신했다. 산책로도 다 적시지 못한
채 금방 사라진 비를 보며 또 실소를 짓는다. 속이 두텁지
못한 내 모습이 떠올라서다. 산책로 중간쯤, 내가 서서 늘
바다를 바라보던 곳에서 걸음을 멈추었다. 25억 년이 넘
었다는 바위를 설명하는 표지판이 있는 곳이다.

　바람을 따라 밀려든 파도가 바위에 부딪혀 돌아나가는
곳. 나는 돌아서서 바위들을 바라본다. 여러 형상을 한 바
위들 틈을 비집고 내린 나무 뿌리가 그악스레 바위를 끌
어안고 있다. 틈새를 비집고 들어와 생명을 만들고 그 생
명이 보듬어 안고 있는 바윗덩어리. 그들을 옭아매고 있
는 것도 인연줄일 터. 그렇게 바위들을 훑던 중 뭔가 평소
와는 다른, 낯선 것이 눈에 잡혔다. 무엇일까. 이 산책로
와 눈높이가 같은 곳이다. 물이 빠진 바닥에서는 삼 미터
쯤 될까. 폭이 한 30센티 되는 병풍처럼 생긴 바위였다.

촛불 두어 개 켜 놓으면 좋겠다고 느끼던 그 바위에 얼핏 그림이 보였다. 방금 내린 여우비가 바위 틈새를 적셔 진한 무늬를 만들고 있었다.

마애불인가. 언제 누가 저런 곳에 그림을 새겼을까. 가슴이 쿵쿵 뛰었다. 어쩌면 내가 처음 발견하는 것일지도 모른다. 그런데 마애불치고는 부처의 형상이 이상했다. 빗물에 드러난 형체는 머리가 단발인 여인이었다.

"그림 그리……."

느닷없이 뒤쪽에서 들려오는 소리에 어젯밤처럼 소름이 돋고 머리카락이 쭈뼛 섰다. 언제 다가왔는지 뒤에 그가 와 서 있었다.

"내 딸."

그림의 형상은 부처님이 아니었다. 단발머리에 가느다란 목을 가진 여자. 눈앞에서 모으고 있는 손이 길쭉했다. 아랫부분은 아직 완성되지 않은 상태였지만 마른 몸이었다.

바위를 바라보던 그는 따라오라는 말도 없이 정자로 걸음을 옮겼다. 왠지 그를 따라가야 할 것 같아 주춤거리며 뒤를 따라갔다. 그는 내 이젤 앞에 서서 아무것도 없는 캔버스를 한동안 바라보았다. 그리곤 벤치에 걸터앉아 들고 있던 비닐봉지를 열었다. 봉지에서는 소주병과 종이컵 두 개, 썬 양파가 담긴 고추장 통이 나왔다. 그는 말없이 잔에 술을 따랐다. 그리고 또 아무 말 없이 잔을 내밀었다.

이작도

사내의 눈이 소주처럼 맑았다. 그는 한 컵 가득 담긴 소주를 한꺼번에 다 마셔버렸다. 말 없는 그가, 그가 하는 동작들이 이상스레 거북하지 않았다.

그는 조금 전 바라보던 바위를 가리켰다.

"저건 내 딸."

그는 정상적인 대화법을 잃어버린 사람 같았다. 아니면 애초에 말하는 능력이 부실했던 사람인지도 모르겠다. 그의 완성되지 않은 문장을 이어 가는 것이 그리 어렵지는 않았다.

"애 엄마는 절에 요양 왔어……, 나는 절 뒤 바위에 부처님을 새기고……. 우리 아기 낳았어."

아이 엄마는 아이를 낳아놓고 세상을 떠났다고 했다.

"아기가 혼자 컸어. 절에서. 나는 일하러 가고……."

그는 절에 아이를 맡겨 놓고 다녀야 했다.

"저기 보살이 바위에 딸을 새기라고……."

그는 보살이 살고 있다는 윗말을 가리켰다.

"한이 많아서 자꾸 떠돈다고……. 그래서 밤마다 저 바위에 딸을 새겨."

밤에 들리던 망치 소리는 그가 딸을 새기느라 저 바위를 쪼는 소리였다. 비로소 풀리는 의문에 나는 큰소리로 물었다.

"그렇죠? 그 소리 때문에 많이 놀랐습니다."

그는 고개를 크게 끄덕이며, 엉하고 웃었다.

공을 굴리다

"그런데 왜 하필 밤에 새기시는 건데요."

"여기 바위 조각 안 돼. 문화재 보호⋯⋯. 기도 안 돼. 촛불 안 돼."

그의 뭉툭해진 손끝이 흔들렸다. 손가락에 끝에 박힌 누런 굳은살이 바위를 닮았다. 어제 주인이 한 말이 떠올랐다.

"여기가 우리나라에서 제일 오래된 돌이 있는 곳이라, 옛날엔 무당들이 정성기도 하러 엄청 많이 왔시다. 바위마다 촛불이며 떡이며 과일들이 놓여 있었지. 당연히 벌레도 꼬이고 짐승들도 나타나고. 그런데 이제 문화재 보호구역으로 지정된 뒤로는 기도를 못하게 해. 잘못하면 나랏돈으로 지어놓은 것들 다 태울까 봐. 그 바람에 해변이 깨끗해졌시다."

"딸은 어디 있어요?"

나는 혹시 내가 찾는 여자일까 싶어 우회적으로 물었다.

"없어. 오래전에 엄마한테 갔어. 나도 걸 거야. 사람들한테 말하면 안 돼."

그의 말이 무슨 뜻인지 알 것 같았다. 그러나 나는 내 생각으로 빠져들고 있었다. 저 바위 속 여자가 내가 보았던 여자일까. 설마 내가 저 돌에 새겨진 여자의 현신을 본 것은 아니겠지. 요즘 같은 세상에 될 법이나 한 소린가.

소주를 더 따라 마신 그는 아까부터 난간 너머 한 곳을 뚫어져라 바라보고 있다. 마치 눈으로 바위를 쪼는 듯, 앞에 있는 나의 존재는 까마득히 잊은 지독한 몰입이었다.

그의 뒤로 청회색의 어스름이 몰려오고 있다. 바위를 닮은 그 검푸른 빛이다. 캔버스가 그 빛을 담는다. 이렇게 아득해지는 것이 오랜만에 마신 술 때문만은 아닐 것이다.

비상구

"엄마, 빨리 나오세요."

거실과 건넌방, 양쪽에서 틀어 놓은 TV 소리가 주방에서 만나 웅성거린다. 그 소리에 한껏 높인 목소리가 묻힌다. 거실에서도 건넌방에서도 아무런 반응이 없다. 아침, 이때가 제일 바쁜 시간이다. 엄마를 챙겨 노인 주간보호센터에 보낸 다음 옆 동에 사는 딸네 집에 가서 손주들을 유치원에 등원시켜야 한다. 릴레이 달리기에서 바통을 터치하듯 출근하는 사위와 교대하며 아이들을 떠안으려면 서둘러야 할 시간이다. 잠들어 있는 녀석들을 깨워 아침을 먹여야 하고 가방에 다섯 가지 물건, 즉 빈 도시락, 수저통, 물통, 손수건, 양치통을 챙긴다. 나는 하나 둘 셋 세어가며 다섯 가지를 넣은 가방을 현관에 내놓고 아이들이 입고 갈 옷을 준비한다.

아이들과 조금 여유를 가지려면 지금 이 시간부터 순조
로워야 하는데 아침 먹고 들어간 엄마가 기척이 없다. 엄
마가 드신 밥그릇을 치우고 남편 수저를 놓으며 한 번 더
소리를 지르려다 말고 불현듯 불길한 생각이 든다. 혹시
또?

급발진하는 자동차처럼 고무장갑을 낀 채 건넌방으로
튀었다. 엄마가 화장실에 가다 미끄러지며 재봉틀 의자에
부딪힌 게 두어 달 전이다. 왼쪽 얼굴 전체가 부어오르고
이마가 터져 피가 흘렀다. 구급차에 실려 가 여기저기 사
진을 찍고 이마를 꿰매고 오니 남편의 입은 댓 발이나 나
와 있었다. 엄마가 구급차에 실려 가는 걸 보고도 온전치
못한 남편은 자기 혼자 두고 갔다며 골을 부렸다.

엄마의 저지래는 전에도 있었다. 노인정에 간다며 집을
나섰다가 밀차가 인도 턱에 걸려 넘어지는 바람에 다리에
금이 가서 석 달 넘게 고생을 했다. 다리뼈가 겨우 아무는
가 싶을 때 화장실에서 미끄러진 것이다. 연이은 엄마의
사고에 내 신경이 곤두서 있었다.

"얘, 인영이 년이 숫제 밥을 안 준다. 나 쟤랑 더는 못
살겠어."

이렇게 엄마의 전화를 받고 인영에게 전화를 해 보면
인영은 무슨 소리냐고 금방 숟가락 놓고 들어갔는데, 하
며 펄쩍 뛰었다. 전화로 인영을 험담하는 것도, 공연한 어

공을 굴리다

깃장을 부리는 것도, 매일 무언가가 없어졌다며 집에 도둑이 끓는다고 수선을 피운 것도 모두 치매 증상이라는 것을 그때는 몰랐다. 소변을 지리고도 모르는 엄마를 보며 증세가 심각하다는 걸 느껴 검사를 받았다. 병원에서 노인성 알츠하이머라는 진단을 받고도 치매환자 주간보호센터에 모시기까지 과정이 쉽지는 않았다.

"언니, 나 엄마랑 같이 있다가는 돌아버릴 것 같아. 제발 엄마 좀 어떻게 해 줘."

엄마를 모셔올 때까지도 저런 상텐 줄 몰랐다. 40년을 넘게 함께 살던 시어머니가 돌아가신 게 불과 일 년 전이었다. 이제 좀 단출하게 사나 싶었는데 그 틈새를 비집고 들어오는 동생이 야속했다. 그래, 나도 엄마 딸인데. 이렇게 마음을 눙치기까지 시간이 걸렸다.

화장실 사고 여파로 엄마의 왼쪽 광대뼈 근처에는 아직 누르스름하게 멍 자국이 남아 있었다. 팬더처럼 멍이 뒤덮였을 때는 에구구구 소리를 입에 달고 살더니 이제 좀 살 만해졌는지 집에 있으려고 하지 않았다. 틈만 나면 화장대 앞에 앉아 멍 자국 위에 파운데이션을 두툼하게 바르고는 어떠냐 감쪽같지, 이제 나 노치원 가도 되겠지, 하며 보챘다. 노치원은 노인 주간보호센터를 편히 부르는 말이다. 아이들이 다니는 유치원과 비슷한 역할을 하는 노인유치원이라는 의미도 있다. 현관 비밀번호도 기억하지 못하면서 눈 온 날 강아지처럼 자꾸 밖으로 나가려는 엄마를 막는 것도, 툭하면 서로 시비를 거는 엄마와 남편을 떼놓는 것도 힘에 부쳤다.

엄마와 처음 노치원에 견학을 갔을 때는 마침 레크레이션 시간이었다. 엄마는 누구보다 신이 나서 손뼉을 치며 노래를 불렀다. 하지만 돌아오는 길에선 말이 달라졌다.

"내가, 이 손순임이가 저렇게 질 떨어지는 노인네들과 함께 놀아서야 되겠니? 난 안 갈란다."

이렇게 불평을 하던 엄마는 센터에 나간 지 며칠 만에 적응했다. 학교에 가야 하는 아이처럼 노치원에 가는 걸 당연히 여겼다. 아침 식사만 마치면 화장을 하느라 바쁘다.

엄마는 아직 속옷 차림으로 화장대 앞에 앉아 있다. 사고가 아닌 게 다행이다. 또 눈썹이 말썽인 모양이다. 눈썹이 맘에 들게 그려지지 않으면 엄마의 시간은 흐르지 않는다.

"엄마, 여덟 시야. 어서 나가야 해요. 차가 와서 기다린다니까."

와랑거리는 TV를 끈자 세상이 다 사라진 듯 고요했다.

"좀 기다리라고 해."

엄마는 신경질적으로 옆에 있던 화장지를 잡아 빼더니 퉤, 침을 묻혀 눈썹을 문지른다. 화장대 앞에는 이미 검은색, 붉은색 휴지 뭉치가 쌓여 있다. 지우고 그리기를 몇 번이나 반복했는지 눈썹 주위가 벌겋다. 빨갛게 칠한 입술을 썰쭉거리며 다시 거울을 노려보는 거울 속 엄마는 초현실주의 그림 같다. 엄마가 들고 있는 눈썹연필은 저 새빨간 입술과 어울리기에 색이 너무 연했다. 나는 화장대 서랍을 열어 진한 눈썹연필을 찾아 들었다.

"돌아앉아 봐요. 내가 그려줄게."

엄마의 화장이 진해진 건 한국무용을 배우면서부터였다. 아버지의 사업이 잘되던 쉰 살 무렵, 엄마는 평생 하고 싶었다는 한국무용을 배우기 시작했다. 무대 위에서 흰 버선발로 휘돌아 칠 때면 선녀가 되어 승천할 것 같은 기분이 든다고 했다.

그 무렵이 엄마의 전성기였을 것이다. 수십 벌의 깨끼 한복과 굽 높은 고무신이 옷장 가득 들어있었다. 점점 화장이 진해지던 엄마는 그때에도 종종 눈썹과 실랑이를 벌였다. 눈썹이 잘 그려지는 날은 하루가 순조롭다고 했던가. 이제 더는 연두저고리에 붉은 치마를 입고 살랑살랑 걸을 일도, 순조롭게 헤쳐나가야 할 세상도 없건만 눈썹에 대한 집착은 여전하다.

오래전에 했던 문신 자국은 엄마의 정신만큼이나 흐려져 청회색 흔적만 남아 있다. 나는 희미한 문신 자국을 따라 진하게 선을 그었다. 그 위를 한 번 더 칠하고 손으로 눈썹 끝을 살살 문질러 폈다. 비로소 엄마의 얼굴에 흡족한 빛이 돌았다. 엄마는 굿판에 나서는 무당처럼 진한 눈썹과 빨간 입술을 움씰거리며 표정을 마무리한다.

"자, 이제 옷 입고 나갑시다."

엄마는 치렁한 긴 치마에 보라색 블라우스를 입고 구슬 백을 챙겨 들었다. 늙어 사리 분별은 어려워졌어도 분단 장 몸단장은 당신 고집이 우선이다. 초여름 더위가 기승 을 부리는데도 저 두꺼운 초록 치마에 꽂혀있다. 이럴 땐 살살 구슬려야 한다. 나는 철 지난 치마 속에 헐렁한 바지 하나를 더 입힌다. 노치원에 가서 너무 더우면 치마를 벗 으라고 아이들 타이르듯 이른다. 강제로 벗기려다간 노염 이 일어 손에 잡히는 대로 집어 던지는 엄마였다.

"자, 어서 나갑시다. 엄마가 좋아하는 총무 아저씨가 기 다려요."

엄마는 아침에 오는 요양보호사에게 관심이 많다. 당신 손녀 또래의 남자다. 친절하고 잘생겼단다. 그 앞에서 온 얼굴에 주름을 잡으며 교태를 부리는 엄마가 민망하다. 하지만 문제는 모든 것을 나와 가까이 둘 때 생긴다. 거리 를 두고 보면 딱히 부끄러울 것도 민망할 것도 없다. 내가 길거리의 거동 불편한 노인들에게 연민을 느끼듯 다른 이 들도 엄마에게 연민을 느낄 것이다.

"엄마 모셔다드리고 애들 보내고 올게요. 배고프면 이 거 드세요."

나는 바나나를 탁자 위에 올려놓으며 말했다. 남편은 대답도 없이 TV 드라마에 빠져 있다. 엄마 나갈 때 같이 밥이라도 먹으면 좋으련만 남편은 엄마와 함께 식사하는

공을 굴리다

것을 좋아하지 않는다. 그걸 알기에 엄마의 상을 먼저 차리고 애들 보내고 돌아와 남편과 같이 밥을 먹는다.

"집 잘 봐요. 금방 올게요."

대답 없는 남편이지만 이렇게 말이라도 하면 주위의 어떤 존재가 이 공간을 보호할 것 같다.

현관 앞에 대기하던 주간보호센터 차에서 보호사가 내렸다. 친절한 남자가 손을 잡아 주자 엄마는 춤을 추듯 초록 치마를 감싸 안으며 안으로 미끄러진다. 엄마는 행복해 보인다. 관세음보살. 얼마나 다행인가. 엄마가 노치원에 나가기 시작하자 일이 반으로 준 것 같았다. 이제 아이들만 보내면 된다.

부리나케 옆 동의 딸네 집으로 들어가니 사위가 신발을 꿰어 신고 나오는 중이었다. 아직 잠들어 있는 아이들을 깨우기 위해 휴대폰으로 아이들이 좋아하는 동요를 크게 튼다. 아이들 가방을 정리해서 현관 앞으로 내놓았다. 아이들은 음악 소리를 들으며 일어날 시간임을 알 것이다. 온갖 핑계를 대며 일어나지 않으려는 아이들을 깨우고 달래는 일은 〈오늘의 메뉴〉를 고르는 것보다 더 힘이 든다.

남편에게 이상이 생긴 후엔 이렇게 아이들을 어르는 일에만 온 신경을 쓸 수가 없다. 홀로 집에 있을 남편을 생각하면 마음이 급해진다. 마음이 급해지면 아이들을 다그치는 소리가 커진다.

오늘도 아이들에게 영혼 없는 약속을 했다.

"오늘 잘하고 오면 할미가 아이스크림 사줄게."

내 아이들을 키울 때만 해도 조건을 내걸며 타협하는 짓은 하지 않았다. 흥정 자체가 점잖게 느껴지지 않았다. 강아지를 사 달라는 아들에게 전교 일 등을 하면 사주겠다고 약속했다는 친구를 비웃었다. 친구의 아들이 내 딸보다 공부를 잘해서 그랬는지도 모르겠다. 결혼하면 자기의 부모님을 모셔야 한다는 남편의 당당함이 좋았다. 내가 무엇을 해 줄 테니까 너는 어떻게 해달라는 조건부 타협 따위는 하지 않을 줄 알았다. 그런데 고만고만한 아이들을 키우다 보니 본의 아니게 유치한 협상을 할 때가 많다. 늦게 일어나면 이따 TV 안 보여줄 거야. 빨리 양치 안 하면 누나만 사탕 줄 거다. 유치하게 아이들을 어르고 달랜다.

허둥지둥 집으로 돌아오니 여전히 TV 소리가 요란하다. 언젠가 아이들 집에서 돌아오니 남편은 식탁 위의 음식들을 몽땅 바닥으로 내동댕이쳐 놓았다. 분노조절 장애도 치매의 일종이라고 했다. 그 후로는 엄마가 식사한 음식들을 냉장고에 넣어 두건만 마음은 늘 불안했다. 나는 국솥에 다시 불을 올리고 엄마가 허물처럼 벗어 놓은 옷들을 정리했다. 남편은 아침상을 차리고 나서도 몇 번을 부른 후에야 식탁에 앉았다. 그리곤 뭔가를 찾듯이 두리번거린다.

"다 어디 갔어?"

남편이 두 사람의 수저가 놓인 식탁을 보며 물었다.

"누구? 장모님 노치원 가셨잖아."

내 말이 끝나기 무섭게 남편이 도리질을 한다.

"우리 엄마 아버지. 식사 안 하신대?"

놀라서 보니 남편의 눈동자가 또 흐릿하다. 한물간 생선 눈알처럼 뭔가 한 겹 덮여 있다. 정신이 맑지 못하면 눈으로 신호가 온다. 오 년 전에 돌아가신 시아버지와 일 년 전에 돌아가신 시어머니를 찾는다. 부모 의존도가 높았던 남편은 그렇게 부모님이 계시던 때를 온전한 가정으로 여긴다.

젊었을 때부터 내 뒤를 집요하게 따라다니던 남편이었다. 그땐 그게 사랑인 줄 알았다. 결혼 후에도 남편은 나를 앞세웠다. 시집 형제간의 갈등이라거나 동서를 맞이할 때, 집을 사며 대출을 받을 때, 아이들 이름 지을 때, 아들이 유학 갈 때나 딸아이를 시집보낼 때, 시부모님 장례 때도 남편은 뒤로 물러서 있었다. 그 모든 게 나에 대한 믿음이려니 했다. 하지만 그게 아니었다. 남편은 결정 장애가 있었다. 무슨 일이건 결정을 내리는데 자신 없어 했다. 하다못해 밥 한 끼를 먹으러 나가는 도중에도 메뉴가 수없이 바뀌었다. 감자탕을 먹으러 가는 길에, 설렁탕에서 순댓국으로 낙지볶음과 돼지갈비로, 결국 아이들이 짜증을 낼 때쯤 나에게 결정권이 넘어왔다.

젊어서 어머니한테 의존하던 남편은 나이가 들면서 나

를 의지했다. 그 증세가 갑자기 심해진 것이 시어머니가 돌아가시고부터다. 엄마를 모시고 와 내가 엄마에게 신경을 쓰면서부터 더 심해진 것도 같다. 아니 어쩌면 딸이 아이를 낳고 나의 관심이 아기들에게 옮겨가면서부터 서서히 증세가 시작되었을지도 모른다.

남편은 엄마 찾는 아이처럼 나를 찾았다. 조금만 불편하면 자다가도 엄마를 불렀다. 그리곤 점점 어린 시절로 퇴행하는 중이다. 그 진행 속도가 엄마보다 빨랐다. 남편이 이럴 때마다 나는 몸이 가려워 온다. 몸에 뭔가 달라붙은 것 같아 팔과 다리를 손바닥으로 훑는다. 그래도 스멀스멀, 피부가 들썩인다. 팬티나 내의의 솔기가 가려움을 일으키는 것 같아 속옷을 뒤집어 입고 다닌 지 오래다.

남편이 퇴직할 무렵 나는 파워블로거, 요즘은 인플루언서라는 것에 도전 중이었다. 평소에도 가끔 사진을 곁들인 글을 블로그에 올리기는 했었다.

"언니, 좀 더 전문적으로 접근해 봐. 언니는 음식솜씨가 좋으니까 그쪽이 좋겠네. 이게 부업으로도 괜찮아. 애들 보내고 남는 시간에 손맛 자랑 한번 해 봐."

인영은 제가 쓰던 거라며 카메라와 장비를 챙겨 주었다. 음식을 만들기 전 식재료부터 사진을 찍고 조리과정을 자세히 써서 블로그에 올렸다. 반응이 확실히 달랐다.

그 무렵 엄마를 모셔왔다. 친정엄마는 나물을 다듬거나 생선을 손볼 때면 일손을 거들기도 했다. 〈오늘의 메뉴〉

공을 굴리다

는 일주일에 세 번씩 사진과 그 과정을 찍어 올렸다. 딸이 좋아하는 깻잎절임은 시시콜콜한 얘기를 곁들여 올렸고 사위가 좋아하는 등갈비찜을 올리며 은근히 아이들 자랑을 곁들었다. 엄마를 위해 짠지무침을 준비하며 엄마를 모셔 온 이야기며 다친 사연들도 일기처럼 적었다.

블로그에 댓글이 달리고 '좋아요', 추천 횟수가 늘었다. 어깨가 으쓱해졌다. 식구들도 좋아했고 요리를 만드는 과정도 재미있었다. 그런데 남편이 문제였다. 공연히 심술을 부렸다. 행동이 굼떠지고 세상일에 의욕이 없어졌다. 퇴직의 충격이려니 했다. 그래서 더 마음을 썼다. 음식도, 입성도 더 갖춰주려고 노력했다. 그러던 어느 날 남편은 화장실 문을 두드리며 돌아가신 어머니를 찾았다.

"엄마, 여기 있어?"

"누굴 찾는 거야? 우리 엄마는 노치원 가셨잖아."

알 수 없는 느낌에 등골이 오싹했다. 간혹 엄마의 이치에 닿지 않는 소리와 어깃장에 흥분했던 적은 있었다. 엄마는 가끔 눈썹연필을 누가 집어 갔다고 소란을 피웠다. 당신이 잘못 두고 왜 남 탓을 하느냐고 하면 엄마는 되레, 이제 나를 정신 없는 늙은이 취급하는 거냐며 소리를 지르곤 했다. 하지만 그건 구순이 넘은, 치매에 걸린 엄마였기에 그러려니 할 수 있었다. 남편 나이 이제 예순여덟. 아직 엄마처럼 엉뚱한 소리가 나올 나이는 아니었다.

"우리 엄마 어디 갔어?"

"돌아가셨잖아. 벌써 일 년도 넘었다고. 당신 엊그제도 산소에 갔다 왔잖아."

"아니야, 방금 여기로 들어가는 거 봤다구."

남편을 끌어다 어머니 영정사진 앞에 세웠다.

"이 사진 생각나지? 돌아가셨을 때 당신이 들고 갔었잖아."

그러나 남편의 이상한 짓은 잦아졌다. 퇴직했다는 사실을 잊어버리고 회사에 늦겠다며 아침부터 양복을 차려입느라 부산을 떨기도 하고 오늘이 부하직원의 아이 돌이라며 봉투를 찾아내라 하기도 했다. 부하직원이 있을 리 없는 남편이지만 행여 있다 하더라도 지금은 돌이 아니라 결혼을 시킬 나이들이었다.

"언니가 너무 손자들만 이뻐하니까 관심 끌려고 그러는 거겠지. 형부한테 더 잘해 줘."

인영조차 대수롭게 여기지 않았다. 엄마 대신 남편에게 나물을 같이 다듬자고도 하고 사진을 부탁하기도 했다. 멀쩡할 땐 잘 찍어주다가도 오늘처럼 정신이 희미해지면 카메라를 맡길 수 없다. 언젠가 저런 상태에 있는 남편에게 카메라를 내밀었다가 내동댕이치는 바람에 수리비만 잔뜩 들어갔다.

처음엔 이런 못난 남편이 속상해서 같이 발끈했지만 그역시 알츠하이머 초기라는 진단을 받은 후엔 포기했다. 가족의 배려가 중요하다는 말에 부드럽게 대하려고 노력

공을 굴리다

하는 중이다. 얼마 전까지만 해도 혼자서 부모님 산소에
다녀오던 남편인데, 이제 홀로 나서지 못한다.

"어머니가 보고 싶어요? 오늘 부모님 뵈러 갈까?"

남편에게 묻자 고개를 끄덕인다.

"그럼 어서 식사하고 우리 나물 몇 가지 무치고 생선전
붙여서 산소에 다녀옵시다. 어때요?"

알 먹고 꿩 먹고. 당연히 〈오늘의 메뉴〉는 고사리와 시
금치 도라지 삼색나물과 생선전이다. 남편도 좋다고 고개
를 끄덕였다.

"그럼 당신이 사진 찍어줘야 해."

살살 남편을 달랬다. 커피까지 마신 남편을 씻으라고
들여보내고 나는 습관처럼 휴대폰을 연다. 인영이 올린
영상을 살피는 것도 하루의 일과였다. 인영은 전문가답게
유튜브에 올리는 영상이 수준급이었다. 배경 음악도 한몫
했다. 영상 속의 인영은 깔끔하고 예뻤다. 아이들 영상을
찍을 때면 아이들의 눈높이에 맞춰 화장을 했다. 쉰을 넘
긴 나이가 드러나지 않았다. 머리를 뒤로 묶고 민소매로
녹화한 영어 파닉스 영상은 조회 수가 100만이 넘었다.
우리 손자들도 이모할머니 영어를 틀어달라고 조른다. 이
영상이 주요 수입원이라고 했다.

게다가 우리 아이들이 궁금해하는 것들을 보며 영상을
찍기 시작한 인영의 〈호기심 똑똑〉도 인기 상승 중이었
다. 이 코너에는 별 해괴한 것들을 올려놓고 찍는다. 처음

엔 실험 상자 속 개미나 메뚜기, 곤충들을 다루었다. 하지만 점점 더 기괴해지더니 뱀도 있고 이구아나도 있다. 꿈틀거리는 걸 유독 싫어하는 나는 이 코너를 운영하는 인영을 이해할 수 없다. 언젠가 그 이유를 묻자 인영은 무심하게 말했었다.

"살아남으려고 그러지. 튀어야 살 수 있는 세상이잖아."

이런 종류의 영상을 찍을 때면 인영은 삐에로처럼 짙은 화장을 하고 자루 같은 옷을 입는다. 밝은 목소리와 우스꽝스러운 얼굴 앞에서는 굼벵이나 뱀 같은 것들이 상대적으로 덜 징그러워 보이긴 했다. 어느 영상이든 인영의 오프닝은 유쾌하다. 그 누구도 그녀가 심한 우울증에 시달린다고는 생각하지 않을 것이다.

하지만 화면 속 인영의 모습과 달리 인영의 집은 쓰레기 소굴이다. 인영의 마음을 해부해보면 저 집구석 같을 것이다. 인영이 작업하는 작업대를 제외한 모든 공간은 온갖 물건으로 가득했다. 그중에는 실험도구로 썼던 뱀도 쥐도 있을 것만 같다. 가끔 작업대 뒤쪽 소파에 쌓인 물건들이 카메라에 잡히기도 한다. 하지만 영상에선 들판에 핀 꽃처럼 무심한 배경으로 보인다. 그 뒤쪽에 산처럼 쌓여 빛을 차단하고 있는 물건들은 엄마가 집을 옮기면서부터 높아지기 시작했다. 인영의 힘으로 치우기엔 이미 도를 넘겼다.

오늘도 새로운 영상은 없다. 인영의 영상이 며칠째 업로드되지 않으면 신경이 쓰인다. 나는 인영에게 화상전화를 건다. 엄마와 함께 살 때는 인영이 먼저 전화를 해왔다. 하지만 엄마를 보낸 후 인영은 좀체 연락이 없다. 막바지엔 이젠 엄마라는 소리도 듣기 싫다며 히스테릭한 반응을 보이던 인영이었다. 엄마 인생 소중하면 내 인생도 소중한 거 아니야? 도대체 나한테 뭘 해줬다고 그렇게 당당하게 요구하는데? 엄마 앞에서 소리를 지르는 인영을 보며 엄마를 모셔와야겠다고 결심했었다.

결혼하지 않고 당당하게 사는 인영이 때론 부러웠다. 돈을 벌어 집을 사고 엄마를 모시는 인영은 세칭 골드 미쓰였다. 틈나는 대로 여행을 다녔고 온갖 명품을 사들였다. 혼자 사는 여자의 모든 것을 누리는 모습이 멋졌다. 그러던 어느 날 인영은 멀쩡하게 다니던 직장을 그만두고 집에 틀어박혔다. 이제부터는 조직에 얽매이지 않고 혼자 자유롭게 살 거라고 했다. 제 기술만으로도 충분히 살 수 있다는 말에 안심했다. 그런데 집에 있는 날이 많아질수록 엄마와 자주 부딪치는 눈치였다. 아침에 출근하는 막내딸에 맞춰져 있던 엄마의 질서도 무너졌다. 어지르고 출근하면 엄마가 치워주면서 유지됐던 집 안에 점점 물건이 쌓였다. 전자상거래로 마구 사들이는 인영의 쇼핑, 엄마의 잔소리도 수위를 높였을 것이다.

"나도 엄마 없는 세상을 한번 살아보고 싶어. 언제쯤에

비상구

야 홀가분하게 살아볼까?"

엄마가 온 후 인영의 신경질적인 반응은 멈추었다. 하지만 세상일에도 무심해진 듯 보였다. 때론 연거푸 영상을 올리다가도 한동안 쥐 죽은 듯 조용했다. 그녀의 상태를 살피려면 화상전화를 해야 한다.

인영은 뭔가를 들여다보며 전화를 받았다.

"언니, 이것 좀 볼래?"

인영의 하얀 접시 위에서 꿈틀거리는 건 분명 지렁이다.

"아침에 배달된 물건을 가져오려고 문을 열었는데 애들이 현관 앞에 있는 거야. 내가 데리고 들어 왔는데 이렇게 붙어서 안 떨어지고 있네."

화면 속에 쌓여 있는 물건들이 비친다. 그새 더 많아진 것 같다. 저런 쓰레기 더미 속에서 지렁이가 살지 말란 법도 없다. 말끔한 곳은 한 평 남짓한 작업대 위뿐. 작업대 위, 아래에도 온갖 실험용 상자들이 쌓여 있다. 하지만 카메라는 조작하는 범위를 넘지 않는다. 흰색 작업대 한 편에는 안티프라민과 필리핀산 까뗑꼬, 거기에 대만산 호랑이 연고가 나란히 놓여 있다. 얼마 전부터 비교해서 올릴 자료들이라고 했는데 아직 그대로다.

"하다못해 이젠 지렁이냐?"

화면으로만 봐도 소름이 돋았다. 아직 분장을 하지 않은 인영의 얼굴이 심각하다.

"언니도 기억하지? 아빠가 한참 지렁이 키운다고 할 때 말이야. 아빠가 그랬잖아. 왜 지렁이를 싫어하냐구? 진저리치는 언니 보면서 이래 봬도 얘가 지구의 청소부다. 얘가 살지 못하는 세상은 너도 살지 못해. 그러셨는데 생각 안 나?"

건축업을 하다 실패한 아버지는 고향으로 내려가 지렁이를 키웠다. 같이 건축업을 하던 김씨 아저씨가 먼저 내려가서 식용견을 키워 자리를 잡은 걸 보며 아버지가 내린 결단이었다. 같은 고향 출신 김씨 아저씨는 식당을 돌며 음식물쓰레기를 걷어다 개를 키웠다. 식당에서 음식물 수거비용을 받고 그 음식물로 개를 키워 짭짤한 수입을 올린다고 했다.

김씨 아저씨가 남는 음식물쓰레기 처리를 고심하던 중에 지렁이 사육을 제안했다. 아버지는 선산 아랫자락에 지렁이 사육을 시작했다. 그때 엄마는 무대 위에서 자진모리로 몰아치던 춤을 접었고 나는 다니던 대학을 중퇴했다. 막 대학생이 된 인영은 아르바이트를 찾아 쉴 새 없이 돌아다녔다.

아버지는 일가붙이가 떠난 빈집에서 숙식하며 지렁이를 키웠다. 가끔 만나는 아버지의 몸에서는 이상한 지린내가 났다.

"이 녀석들이 번식력이 대단해. 땅만 들추면 토실한 녀석들이 떼를 지어 나온다니까. 어찌나 잘 먹어 치우는지

김 사장이 주는 잔반만으론 모자랄 지경이야."

지렁이는 깨끗한 동물이라는데 왜 당신 몸에서 그렇게 냄새가 나느냐며 엄마는 집에 들른 아버지를 목욕탕으로 밀곤 했다. 그러나 우리는 그 지렁이가 주는 혜택을 받지 못했다. 지렁이를 키우던 아버지는 아무도 보는 사람 없는 곳에서 돌아가셨다. 마지막으로 아버지를 본 사람은 김씨 아저씨였다. 아저씨는 전날 저녁 아버지와 막걸리를 한잔하고 헤어졌단다.

"아침에 잔반을 건네주러 갔더니 형님이 나오질 않잖아요. 그래서 들어가 봤더니 아, 화장실에 쓰러져 계시더라구요."

지난밤 함께 먹었던 음식물을 다 토해놓았더라고 했다. 당시 동네 사람들이 군청에 민원을 넣어서 아버지가 스트레스를 받고 있었다는 것도 김씨 아저씨를 통해서 들었다. 곧 출하를 앞두고 있었다는 지렁이를 우리는 한 마리도 보지 못했다. 김씨 아저씨는 지렁이를 넘긴 돈이 잔반 값도 되지 않았다고 장례식이 끝난 후 말했다.

"언니, 이 지렁이가 우리가 바르는 립스틱에 들어간댔지? 아빠가 그때 이 지렁이 잘 키워서 화장품 회사에 납품해 볼 거다, 그러셨잖아."

전혀 기억에 없다. 아버지에 대해 더 많이 기억하고 있는 인영이 신기했다.

"얘네 지금 사랑을 나누는 중이야. 원래는 암수한몸이

라 자가생식도 가능하다는데 그래도 여건만 되면 다른 놈
과 난자와 정자를 바꾼다네. 지금 한 시간째 이렇게 붙어
있다니까."

인영인 긴 몸체 중 유난히 통통하게 부풀린 채 맞붙어
있는 지렁이를 보여주며 말했다. 저기가 생식기일까. 가
슴이 싸아하게 아려왔다. 인영인 저렇게 남자와 맞붙어
있던 때를 회상하고 있는지도 모른다. 한때 회사 상사와
정분이 났던 인영인 호된 대가를 치른 채 사랑과 담을 쌓
았다.

"지렁이뿐만 아니라 대부분의 하등동물들도 암수한몸
이지만 딴 놈과 짝짓기를 한대. 동물만 그런 것이 아니고
식물도 제꽃가루받이는 피한다네. 이런 미물들도 근친결
혼을 하면 유전형질이 좋지 못한 자식을 낳는다는 것을
알고 있다는 거지."

표정을 푼 인영이 다시 입을 열었다. 이럴 때 보면 더없
이 명랑해 보이는 인영이었다.

"지렁이들이 본능적으로 긴 몸통을 가장자리에 붙이는
거랑 사람들이 어딘가에 기대앉으려는 거랑 본질이 같은
거라네. 참 신기해."

공연한 걱정을 했나 보다. 열심히 작업을 하는 인영의
모습 뒤로 방 풍경이 담긴다. 침대를 제외한 바닥도 그대
로 쓰레기장이다. 이때다 싶어, 잔소리를 하려고 할 때였
다.

"나 그때, 아빠가 지렁이 키울 때 말이야, 시골집에서 아빠와 잔 적이 있었거든. 밤에 이상한 소리가 들리는 거야. 아빠 말이 지렁이가 우는 소리랬어. 아빠가 그때 했던 말도 기억해. 쟤들이라고 저렇게 짜고 질 나쁜 음식 먹으면서 살을 찌우는 게 좋겠니? 그게 생명인 거다. 산다는 게 앞으로 앞으로만 나아갈 수밖에 없게 되어 있는 거지. 그때 아빠가 되게 멋져 보이더라."

나는 아버지와 한 번도 속엣말을 나눈 적이 없었다. 아버지와 각별했던 인영이 갑자기 부러워졌다.

"언니와 엄마는 아빠를 원망했지만 난 그때도 아빠가 되게 불쌍했어."

인영의 말투에서 어렴풋한 원망을 느낀다. 삼십 년도 더 지난 일이다. 당시 나는 집안을 끌고 가야 한다는 부담이 있었다. 상황을 그 지경까지 만든 아버지가 어리석어 보였고 사치스럽고 무능한 엄마가 야속했다. 하지만 겉으로 드러내지 않고 무심하게 대했을 뿐이다. 그때 악을 쓰며 대든 건 오히려 인영이었다. 그런데 인영의 기억은 반대다.

갑자기 식탁 앞이 어둑해졌다. 남편이 곁에 와 선다. 곧 출근하려는 사람처럼 와이셔츠에 넥타이까지 맨 모습엔 어서 나가자는 독촉이 들어있다. 아직 음식 준비는커녕 설거지도 하지 않은 상태였다.

"여보 벌써 준비했어요? 잠깐만요. 잠깐만 기다려줘

요."

인영에게 인사도 못하고 전화를 끊었건만 무엇부터 해야 할지 막막하기만 하다. 개수대 주위가 엉망인 걸 보며 남편에게 말한다.

"여보 우리 마트 같이 갈래요? 무거운 것 좀 들어주고 같이 갑시다."

남편은 싫다고 고개를 흔든다. 어미 앞에서 투정을 부리는 여남은 살 아이 같다.

"그럼, 여기 잠깐만 앉아 있어요. 내가 얼른 마트에 다녀올게요. 알았죠?"

거듭 다짐을 받고 집 앞 마트로 달렸다. 급한 마음에 호출 단추를 여러 번 눌렀건만 엘리베이터는 지렁이처럼 굼뜨게 올라왔다.

아까 전화 속에 비친 남편의 모습을 보며 인영이 형부, 어디 가, 하고 물었다.

시부모님 산소에 가기로 했다는 말에 인영은 일그러진 표정을 짓다가 푸하하 억지로 웃으며 말했다.

"저런 차림으로? 언니도 정말 힘들게 산다."

아니 난 아직 견딜 만하다. 너만 괜찮으면 좋겠어. 하지만 그 말을 못 했다. 난 네가 기억하는 아버지도 지우고, 엄마도 떠밀면서 이렇게 버틸 거다. 내 남편 끝까지 거두면서 살 거야. 사는 게 이렇게 앞으로 가는 거라며? 할 수 있는 데까지 버티며 살아야지. 오늘 일을 적당히 각색해서 블로그에 올리면 나를 걱정해주는 이웃도 있을 테고 힘내라고 격려해주는 사람들도 있을 거야. 그렇게 또 하루를 견뎌낼 거다. 중얼거리며 시장을 보았다. 슬리퍼가 벗겨지지 않도록 발가락에 힘을 주며 정신없이 달려왔다.

조금만 기다려요, 금방 갈게요, 이까짓 거 일도 아니에요. 금방 나물 볶고 무쳐서 부모님께 다녀옵시다. 급하면 혼잣말이 더 많아지는 건 내 습관이다. 검은 비닐봉지를 한 손에 움켜쥐고 현관 앞에 서서 급히 비밀번호를 누른다. 띠띠띠띠띠. 딩동, 열려야 할 현관문이 열리지 않는다. 오래전부터 비밀번호는 어머니의 생년월일이었다. 다시 누른다. 열리지 않는다. 언젠가 비밀번호를 바꾼 것 같기도 하다. 이건가? 중얼거리며 남편의 생년월일을 누른다. 아니다. 그럼 딸애의 생년월일인가. 아니다. 열리지 않는 문 앞에서 막막해진다. 예전에도 가끔 비밀번호를 잊은 적이 있긴 했다. 하지만 그때는 남편이 성할 때였다. 오늘은 급히 서두르느라 휴대전화도 두고 나왔다. 어쩌지, 문에 귀를 대본다. 아무 소리도 들리지 않는다. 혹시, 남편이 엄마처럼 쓰러진 건 아닐까. 불안이 엄습해온다. 나는 정신없이 문을 두드린다.

"여보!"

계단참 아래, 귀퉁이가 깨진 비상구 전등이 놀라서 껌벅인다. 문에 부딪힌 내 목소리가 좁은 계단을 오르내린다. 봉지를 내려놓고 손바닥이 얼얼하도록 문을 두드린다. 여전히 문은 열리지 않는다. 더 세게, 더 세게. 귀퉁이 깨진 불빛이 문 두드리는 소리에 장단을 맞춘다. 나도 같이 춤추고 싶다. 엄마처럼, 남편처럼 저 비상구 안으로 걸어 들어가며 덩실덩실 춤을 추고 싶다.

이렇게 읽었다

—

이선우 소설가
닭발 속의 삶의 본질
— 「닭발」을 읽고

김진초 소설가
봄비에 흘러내리고 시간이 무너뜨린 「흐르는 벽」
— 「흐르는 벽을 읽고」

신미송 소설가
내 우리 안의 파충류
— 「파충류 우리」를 읽고

양진채 소설가
몸이 말을 걸 때
— 「쫍의 시간에 들다」를 읽고

구자인혜 소설가
과장되지 않지만, 깊이 있는
— 「0의 그림자」를 읽고

정이수 소설가
비상구 앞에서 서성이다
— 「비상구」를 읽고

닭발 속의 삶의 본질
— 「닭발」을 읽고

이목연 작가의 지치지 않는 문학에의 열정과 거침없는 행보를 응원하는 마음으로 소설집을 기다렸다.

「닭발」은 이목연 작가의 작품 중 흔치 않게 거칠고 패륜아 같은 화자가 등장한다. 소설 속 일상은 풍요와 빈곤, 사고와 사건이 교차한다. 떠돌이 인부를 따라 숨어든 산골 마을에서 다시 혼자가 된 어머니의 삶은 사고, 사건 그 자체다. 어머니의 아슬아슬한 삶은 고스란히 어린 화자에게 결핍으로 다가왔다. 신도시 개발의 바람이 산골 마을까지 밀려들어 오도가도 못하는 투쟁과 같은 삶 복판에 화자와 어머니가 위태롭게 놓여있다.

어머니는 아들을 먹이고 입히려면 어쩔 수 없었노라고 말하지만 화자는 그런 어머니를 죽이고 싶을 만큼 증오하며 어린 시절을 보냈고 성장이 멈춘 듯 불량하다. 어머니의 목을 조르고 폭력을 행사하는 망종과 같은 짓을 저지른다. 이들 모자의 일상이 삶의 투쟁이다.

「닭발」의 첫 문장은 이런 상놈의 새끼들. 화자가 불특정 다수, 세상에 향해 울분을 토해내는 문장이다. 악몽 같은 불안한 꿈, 집이 흔들리고 유리창이 내려앉는 꿈속의 장면은 현실에서 마을을 뭉개는 착암기 소리다. 화자는 소주병을 쓰러뜨리며 미친 듯 밖으로 뛰어나간다. 새벽부터 울려퍼지는 공사현장의 사진을 찍어 고발하기 위함이다. 그런데 그곳에서 목도한 것은 허깨비 같은 모습으로 난간에 매달려 있는 어머니다.

아쭈, 이젠 쇼까지 하셔!
철렁 내려앉았던 가슴에 훅, 열이 솟은 건 순간이었다.
그래. 까짓거, 이판사판이다 이거지. 하긴, 더 길게 산다고 무슨 뾰족한 수가 있겠어. 이 기회에 아예 제물로 만들어 버려?

화자는 짐짓 날선 말로 부아를 돋우어 본다. 보상금을 더 받으려면 희생의 제물이 필요하다고 했던 위원장 말도 떠올린다. 그러나 난간을 야무지게 움켜잡고 있는 어머니의 손을 보자 현실이 자각된다. 어머니는 죽고 싶은 게 아니라 살고 싶은 거다. 더 이상 물러날 자리가 없는 이 상황에서도 버티고 싶은 거였다. 이 새벽에 보란 듯이 시뻘건 지라를 썰어 먹는 어머니가 야속한 화자는 공연히 감염을 핑계대며 생 지라를 쓰레기통에 쓸어 넣는다. 몹쓸

짓을 하고 난 화자에게 그냥 고꾸라져 죽을 수는 없으니 먹을 것을 좀 구해 오라는 어머니의 악다구니가 차라리 후련하게 들린다.

목적지를 잃은 내 발길은 나도 모르게 오래전에 살던 읍내의 구 터미널 쪽으로 움직였다. 어제 어머니가 닭발을 먹고 싶다던 게 생각났기 때문이다.

모진 말을 던지고 뛰쳐나온 화자는 어머니가 먹고 싶다고 했던 닭발을 생각해 낸다. 불량스런 행동 속에 내면 깊숙이 박혀 있는 애정을, 거푸 다가오는 파도를 맞으며 삶에 지친 모자의 애증을 닭발의 티눈처럼 잘 표현했다.

그러나 그 애정 속에 도사리고 있는 유혹. 어머니를 치매 노인 간병인으로 보내는 것이 어떻겠냐는 신도시개발위원장의 말이 계속 머릿속을 맴돈다. 어머니가 자신과 함께 있는 것보다 어쩌면 그곳에서 지내는 것이 나을지 모른다는 생각으로 위장하며 걸림돌이었던 어머니를 디딤돌로 만들어 제 삶을 이어가려는 그악스러운 삶의 본질이 드러나는 장면이 소름 돋는다.

"적당히 졸았으면 얼른 가져오시오."
어머니의 눈매가 그윽해진다. 그 사내가 그랬듯이, 또 당신을 배반하려 드는 이 아들의 속내를 모른 채 어머니는 한껏 가늘어진 눈으로 흐물쩍 웃고 있다. 아마도 그 사내, 내 아버지가 했던 말과 억양이 비슷하지 않았을까.

아직 불량한 어린 아이를 벗어나지 못하고 방황하고 있지만 어머니를 생각하는 근저는 때로 어린아이처럼 순수함이 남아 있는 화자의 양가감정을 작가가 잘 보여준다. 화자를 비난할 수만은 없는 장면이다.

투쟁과 같은 화자와 어머니의 삶, 그 틈을 작가는 처연하게 바라보고 밀도 있게 묘사했다. 또한 작가는 들여다보는 것에서 끝나지 않고 더 나아가 인간적 공감을 통해 그들을 비난하는 것보다 아파하고 안아준다. 대가족 속에서 자연스럽게 만들어진 작가의 인간적 면모라는 것을 미루어 짐작하게 한다.

이목연 작가의 앞날에 무궁한 발전이 있기를 기원한다.

이렇게 읽었다

봄비에 흘러내리고 시간이 무너뜨린「흐르는 벽」
—「흐르는 벽을 읽고」

　시어머니와 친정엄마가 나누는 대화로 시작되는 이 소설은 소재와 작법에서 힘을 빼고 써서 곁에 앉아 듣는 이야기처럼 편하고 자연스럽다. 두 어머니는 이따금 동문서답을 한다. 국수를 좋아하는 친정엄마와 밥을 좋아하는 시어머니는 그렇게 각자의 말을 하면서도 대화가 단절되는 법이 없다. 시간이 만들어준 기적이다.

　세상에 사돈처럼 불편한 사이도 없다. 서로 견제하느라 뻑뻑하고 어렵던 사이가 세월이 입혀지고 구별이 사라지면서 오랜 친구처럼 임의로워진 건 시간이란 묘약 덕분이다. 예의에 어긋나는 말은 물론 흠이 될 이야기도 가리지 않고 나누는 두 노인은 부끄러움을 초월한 나이다.

　이 소설은 시간의 순기능을 보여주는 사이사이 시간에 접혀진 서러움을 얼핏얼핏 드러낸다. 치매를 앓는 구십수 두 어머니가 흉허물 없이 끄집어내는 과거에는 갈피마다 아픈 사연과 역사가 들어 있다. 특히 친정아버지가 우여곡절 끝에 일명 귀신 터에 기어이 집을 짓는 대목은 실향민의 끈기와 오기가 아프게 드러나는 대목이다.

일제 강점기 때 탄광에서 목수 일을 배운 아버지는 한국전쟁이 끝난 후 파괴된 이 땅에서 목수 일을 했다. 아내의 산달이 가깝자 몸이 단 친정아버지는 터가 세서 아무도 눈여겨보지 않는 땅에 집을 짓기로 하고, 뒷산에서 황토를 캐다가 짓이겨 흙벽돌을 만든다.

"그런데 비가 내린 거예요. 무슨 봄비가 그리 억세게 내렸나 몰라요. 금방 벽돌이 풀려서 벌겋게 진창이 되어 흘러내리더라구요."

다시 황토를 캐다가 남아 있던 흙과 버무려 벽돌을 만들던 아버지. 그 벽돌이 말라 집 지을 날을 받았을 때 또다시 비가 내리고, 흘러내린 흙을 긁어모으고 짚을 썰어 넣고 다져서 또 벽돌을 만들기 수차례, 일곱 번 만에야 온전한 벽돌로 집을 지었지만, 고생한 보람도 없이 아내는 집을 무서워하고, 어린 딸은 죽어나간다. 애쓴 공도 없이 비에 흘러내리던 벽돌과 지난한 씨름 끝에 지은 집을 끝내 버리고 떠나야 했던 친정아버지. 빈손으로 월남한 실향민이 내 집 가지기가 그처럼 어려웠다는 반증은 아닐는지?

이북에서 맨손으로 내려온 친정엄마와 남한에서 부유

하게 살던 시어머니는 과로로 병이 날만큼 수다를 떤다. 개인의 내밀한 과거사를 부활시키며 코미디 같은 맞장구를 친다. 이를테면 시이모의 춤바람과 시아버지가 한눈판 이야기가 그렇다. 노인들에게는 과거사만 생생한데 그것을 들어주고 공감할 이가 없으니 사돈이고 뭐고 친구일 수밖에 없는 거다.

예전 친정아버지에게는 비가 벽돌을 사라지게 했지만 시어머니와 친정엄마 사이의 벽은 시간이 무너뜨렸다. 그렇게 허심탄회한 두 사람이지만 친정엄마는 가끔 을로 돌아와 시어머니 흉을 본다. 모든 벽이 다 무너져 흘러도 주머니 속의 송곳은 남아, 이따금 손을 찌르며 존재를 과시한다.

"애, 너희 시어머니 정말 대단하시다. 내가 화장실 갔다 오면서 주무시라고 들렀더니 글쎄 얼굴에 팩을 붙이고 계시더라."

이건 흉이 아니라 부럽다는 고백이다.

딸은 친정엄마의 얼굴에 '팩을 붙인다는 명분으로 엄마의 얼굴을 쓰다듬는다. 다독다독 묵은 뜰 같은 엄마의 얼굴을 두드린다.' 마지막 장면에서, 아직은 을의 입장에서 완벽히 벗어나지 못한 모녀가 애처롭고도 짠한 울림을 준다. 그러니까 이 소설은 시간이 풀어주는 관계의 유연성

을 보여주다가 끝내는 '아직은' 완벽한 시간에 도달하지
않았음을 항변한다. 마지막 반전이 화룡점정으로 소설의
완성도를 높인다고 하겠다.

내 우리 안의 파충류
—「파충류 우리」를 읽고

'우리는 우리다.' 사전적 의미로 본다면 앞의 우리는 말하는 이가 자기와 자기 동아리를 함께 일컬을 때 쓰는 대명사이고 뒤의 우리는 짐승을 가두어 두거나 가두어 기르는 곳을 뜻하는 명사다. 「파충류 우리」는 우리의 중첩된 의미를 담고 있는 소설이다.

소설 속의 '나'는 얼마간은 냉소적이고 방관자이며 때로는 관찰자로 파충류의 세상을 바라본다. 포유류 세상에 적응하지 못한 채 몸을 사려 숨죽이고 있는 약자의 삶이다. 생명의 근원 속에 도사리고 있는 파충류의 본능. 여전히 포유류들은 파충류가 내는 원초적 소리를 두려워한다. 타인의 속에 깃든, 아니 내 속의 파충류를 누르거나 타협하거나 넘어서야 세상을 살아갈 수 있다.

소설 속 '나' 역시 어설픈 포유류. 타투 가게에서 고객을 맞이하고 상담해 타투이스트를 연결해 주는 상담실장이다. 가게에서 나는 타투이스트인 피기, 도기, 미키에게 그들 각자가 가진 타투 스타일에 맞는 고객을 연결해 준다. 고객이 가져온 작품성이 낮은 저급한 도안을 거절하거나 예술적 경지인 타투를 싼값에 새기려는 고객을 돌려보내는 것도 상담실장의 역할이다. 속을 파 들어가 보면 주도권을 잡은 것은 타투이스트도 아니고 고객도 아니다. 소설 속의 여자, 바로 '나'다.

소설에는 발가락에 작은 타투를 새기는 것을 시작으로 점차 온몸에 타투를 새기는 여자가 나온다. 사회에서의 위치를 나타내는 표상인 제복, 그 아래에 꿈틀거리는 본능을 감추고 있는 여자다. 현실 사회에서 드러내놓고 으르렁댈 수 없는 상황을 타투에 새기며 제 몸 안에 우리를 만드는 여자는 몸에 타투를 새길 때마다 세상과 대적할 용기가 생긴다고 했다. 환한 조명을 받을수록 숨을 곳이 필요한 것도 인간 몸에 새겨진 파충류의 흔적이리라.

서울의 변두리로 향하는 지하철 종점. '나'는 지하철이 거대한 파충류처럼 보이고 지하철 칸칸에 탄 사람들은 우리 속에 자발적으로 걸어 들어온 무리처럼 보인다. 자발적이라고는 했지만 얼마간은 자학적 처지의 현실을 받아들일 수밖에 없는 존재적 비애를 가진 사람들이다.

거친 파도를 가르며 대양을 당당하게 항해하고 싶었던 남편도 신혼여행지에서 거센 파도를 헤지고 전진하는 범선을 이두박근에 새겼다. 하지만 현실로 복귀한 남편은 이두박근에 새긴 거친 파도 위를 맘껏 달리는 대신 긴 옷

소매에 범선을 숨겼다. 그리고 세상에서 표류했다. 세상 속에 좌초한 남편은 내가 암초인 양 나를 폭행하고 가족을 위협한다. 남편은 자신의 조절되지 않는 위협적 행동이 두렵다며 가족 곁을 떠난다. 암컷이 낳아놓은 제 새끼를 먹어치울까봐 두려워 우리를 떠나던 파충류 시대 커다란 뱀처럼.

남편은 가끔씩 자기 존재를 알리는 사진을 보냈다. 무덤덤했다. 눈동자도 가슴도 흔들리지 않았다. 거대한 근육을 가진 튼실한 꼬리를 휘두르며 혀로 쉬, 소리를 내며 위협하던 남편 역시 실패한 포유류다.

지하철은 현대판 우리다. 그 칸칸에 타고 있는 우리 인간들 역시 파충류에서 완전히 벗어나 있지 않다. 사랑에 빠진 여인이나 며느리 험담을 늘어놓는 늙고 힘 빠진 여인이나 비늘이 덮인 문신을 긴 옷으로 가린, 한때는 용기 충만했을 사내 역시 본성 속에 파충류를 기르고 있다.

정글 대신 불 환한 야생으로 삶의 터전이 바뀌었을 뿐이다. 무리가 모여 있던 우리에서 벗어난 '나'는 어두운 내 보금자리 우리를 향해 간다. 비록 멀고 어두운 곳이지만 본능이 이끄는 우리다.

남편에게도 이곳이 우리였을까. 설마 이곳으로 돌아오지 못한 채 이슬을 맞고 야생에서 잠드는 것은 아니겠지. ……지금 우리가 보고 있는 별빛은 정작 사라지고 없는 별의 빛일지도 몰라. 늘 하늘에 눈길을 주고 있던 남편의 희떠운 소리가 검은 허공을 떠돌고 있다.

야생에서 살며 하늘을 올려다보던 습관처럼 우리는 야생을 잃어버린 하늘을 여전히 올려다본다.

이목연 작가는 소설 속 인물의 내면을 파이의 결처럼 겹겹이 포착해내는 능력이 있다. 그들이 끝끝내 파격으로 치닫지 않게 고삐를 쥐고 있는 작가의 통찰력이 작품을 끌고 나가는 힘이 된다.

눈물이 마른 눈, 실핏줄이 터져 망막에 검은 점으로 떠 있는, 이인자인 양 방관하는 듯 힘을 뺀, 삐걱대는 남자의 각진 슈트, 절교하고 싶은 베스트 프렌드, 약간씩 들뜨는 무대 위의 연기.

이목연의 소설 속 케릭터는 파멸하는 대신 성장해 나간다. 적당한 텐션으로 독자를 몰입하게 만든다. 그래서 게으른 완벽주의자 이목연 작가가 그려내는 이야기가 맛깔스럽다.

이렇게 읽었다

몸이 말을 걸 때
— 「쭙의 시간에 들다」를 읽고

가끔 몸이 말을 건다. 나이가 들수록 더 자주 말을 건다. 말을 하는 건, 말을 들어달라는 신호다. 그러나 웬만해선 그 말을 듣지 않는다. 몸의 신호를 무시했다가는 한마디로 '골'로 가기 십상이라는 걸 알면서도 그렇게 되기전까지는 잘 안 듣는다. 아주 크게 안 좋아지고서야 귀를 기울인다. 주인공도 그렇다.

이 소설의 현재 축은 마사지샵에서 마사지를 받는 장면이다. 당연히 마사지사가 있을 테고 마사지를 하는 손의움직임에 따라 몸이 반응한다. 한때 300여 명 가까이 되던 공장이 무너지고 도망치듯 태국으로 건너온 '나'는 태국어를 할 줄 모르니 당연히 입을 다물게 된다. 작가는 이때 '언어의 장벽을 핑계로 입을 닫으니 평화가 오고 눈을 감으니 세상이 고요해진다'라고 묘사한다. 한국에 남았다면 어떻게든 공장을 살리려고 발버둥을 쳤겠지만 도망치듯 다른 나라로 오니 할 수 있는 게 없다. 입을 다물게 되고, 인연이 없는 곳이니 세상이 고요해지고 그때에야 몸의 말을 듣는다.

'쭙은 나를 읽고 있다. 점자를 읽듯 나의 몸을 읽는다. 강하게 때론 약하게. 내 몸이 원하는 만큼 내 혈을 눌렀다가 뗀다. 하나 두울 세엣 네엣. 느린 네 박자 곡조가 몸에 실린다. 여기 와서 많은 시간을 잠으로 보냈다. 그리고 여기 쭙의 가게였다.' 소설 속에서 쭙이 마사지해주는 장면이 여러 번 묘사된다. 주인공 '나'는 공장 문제를 해결하지 못한 채 도망을 쳤고, 이곳에서 '그동안 나조차 팽겨쳤던 내 몸을 위로해주'는 쭙의 마사지에 따라 반응하는 몸을 본다.

이 소설에서 중요한 상징으로 잭프루트 과일이 쓰였다. 사원에 갔다가 산 과일이다. 잭프루트 과일은 한자로 바라밀波羅蜜이라고 적고, 태국 사람들은 팔로밀이라고 부르고, 주인공은 따라오라는 의미의 팔로미로 듣는다. 바라밀은 '해탈에 이르는 저쪽 언덕이라는 뜻으로 깨달은 자가 건너가는 곳, 반야심경의 본래 이름에 들어가는 '마하반야바라밀경'이라는 뜻이다.

주인공은 머리조차 마음대로 할 수 없는 한국을 벗어나자 이발소에서 머리를 밀어버린다. 그리고 습관처럼 목표를 세우는데 그것이 사원을 둘러보는 일이다. 그 나라에 워낙 사원이 많으니 도시에 눈에 띄는 게 사원이라고는 하지만 도망치듯 와서 아무것도 하지 않으면서 어슬렁거리며 여기저기 기웃거리면 될 텐데, 굳이 머리를 밀고, 세운 목표가 사원을 둘러보는 일이다. 그리고 거기서 잭프루트를 산다. 팔로미로 들었던 말은, 바라밀, 팔로밀. 따라오라는 손짓, 깨달은 자가 건너가는 곳.

향로 앞에서 머리를 조아리는 사람들을 보면서도 '나'는 '저들은 무엇이 저리 절실할까. 향로의 타오르는 불보다 그들의 모습이 경건했다. 이보다 더 절박할 수 없는데, 나는 왜 기도조차 떠오르지 않는 걸까' 자문한다. 백지 상태의 그는 어쩌면 정신을 온전히 놓아버린 채 쫩을 통해 몸의 말을 들으며 피안의 세계로 가고 싶었던 것인지도 모르겠다.

그래서 소설 막바지에 이르면 '안마를 받는 도중 꿈을 꾸었다. 관세음보살인지 마리안지, 아낸지, 쫩인지, 여인을 끌어안고 황홀경에 빠졌다. 깜짝 놀라 눈을 떠보니 쫩이 허벅지를 누르고 있었다. 정성을 다해 주무르고 두드리는 쫩이 관세음보살처럼 여겨졌다'라고 진술할 수 있는 것이다. 그리고 비로소 눈과 입과 귀에 집중하고, 숨을 크게 내쉴 수 있게 된다.

이쯤에서 다시 첫 문장으로 돌아가 본다. '안을 살피고 싶었는데 보이는 건 유리창에 어른거리는 내 그림자였다.' '나'가 쫩을 통해, 몸의 말을 통해, 희미한 거울처럼 비치는 자신을 발견하게 되는 것. 망하게 된 공장을 살릴 수 없었던 주인공이 태국으로 도망쳐 사원을 거닐고, 마사지를 받는 내용 속에서 작가는 나를 옭아매던 것에서 벗어나 '바라밀'을 엿보고자 한 것은 아닐까.

한 편의 단편소설로 많은 것을 얘기하기는 어렵지만 이목연 작가를 떠올릴 때 드는 생각, 사람에 대한 이해와 깊은 불심의 내력이 이번 소설집에는 더 깊어진 형태로 드러나리라 생각한다. 우린 '소주한병'을 통해 아주 오래 만날 것이고, 서로 건필과 건강을 빌며, 창작을 해나갈 것이다. 다행이고, 기쁘다.

이렇게 읽었다

과장되지 않지만, 깊이 있는
—「0의 그림자」를 읽고

오랜 친구이자 출가한 스님을 만나러 나서는 화자의 구두코에 물방울 하나가 툭 떨어지며 소설은 시작된다. 화자와 스님은 대학서클에서 알게 된 인연이다. 서로 다른 길을 가던 두 여성은 어느 날, 우연히 마주치며 각자의 삶과 상대의 삶을 반추하는 과정을 거친다.

소설은 그녀와 나의 젊은 시절과 현재의 생각과 행동이 연결되며 교차한다. 작가가 자주 말하던 인드라망으로 연결된 현 세계의 거미줄처럼. 이 거미줄은 현란하거나 과장되지 않다. 이런 점을 평범한 사건의 전개라고 할 수도 있겠다. 하지만 이 소설을 읽다 보면 행간의 잠재성과 작가가 가지고 있는 생각의 깊이에 늘 나 자신을 돌아보게 된다.

혜안慧眼, 천안통, 허공虛空, 찰나, 공즉시색, 색즉시공, 분별심, 삼천배 등의 불교적 단어로 이어지는 소설의 진행은 『대승기신론 소·별기』로 연결된다. 짧은 생각으로 짐작컨대, 아마 작가는 이 소설에서 오온에서 시작되어 의미가 입혀지며 세상에 자리 잡는 이치에 대해 이야기하고 싶었던가 보다.

'본래 아무런 구별이 없던 오온(안·의·비·설·신)에 밝지 못한 것들, 무명이 뭉쳐 인과를 만들고, 상을 지어 지금의 나를 만드는 과정'을 화자의 말을 빌어 풀어낸다. 그 이야기는 '오온 상태의 무명의 세상이 형상을 드러내는 1차원의 세상을 거쳐, 이들에 감각기관이 생기며 작용하는 감각 작용이 2차원의 세상'이고 의식의 세상을 갖게 되는 인간 중심의 세상이 3차원이 아닐까, 하며 생각을 굴린다. '좋다 나쁘다,를 가려가면서 분별하는 인간 세상이 3차원이라면 오온 상태는 차원을 나눌 수 없는 0차원이 된다'는 얘기도 흥미로웠다.

화자와 스님은 저수지를 산책하면서 기억의 편린을 꺼낸다. 화자의 마음에 상처를 주고 떠난 남자와 스님의 마음에 묻혀 있던 불교동아리 리더에 대한 추억담이다. 이들은 그녀들에게 출가를 하게 한 계기가 되기도, 출가하여 도의 길을 찾는 스님을 만나게 해준 인연들이다. 관계의 아픔과 성숙의 과정 또한 인과의 법칙에 자연스레 연결되어 있다.

동심원이 한 점에서 시작해서 일파만파 퍼져나가듯 세상의 모든 일들과 관계가 인과로 이루어져 있고 이것 또한 보이지 않는 파장으로 연결되어 있다는 것을 두 여성

이렇게 읽었다

을 통해 말하고 있다. 나 자신 또한 그 세계의 일부이란 생각이 든다. 작가가 이끄는 대로 잘 따라가고 있다는 증거일 것이다. 이렇듯 차분하게 전개되는 작가의 문장은 늘 호기심을 일으켜 그녀의 정신세계로 잡아당긴다. 「0의 그림자」역시 나의 기대감을 져버리지 않는다.

원효대사가 썼던 『대승기신론 소·별기』와 요즘 물리학을 대비하는 맛이 각별했다. 허수의 세계와 양자의 세계, 불교에서 말하는 공의 세계가 모두 이름만 다를 뿐 결국 한 현상을 얘기하고 있는 것 아닐까. …… 이것이 물질을 구성하고 있는 소립자의 세계를 표현한 장이론과 무엇이 다른가. 원자핵 속에 있는 소립자의 세상이 바로 우리 마음을 구성하는 물질 아닐까. 오래전 내게 왔던 불교는 물리학과 만나며 나를 흥분시켰다. 그녀를 만나고 싶었다.

작가는 『대승기신론 소·별기』와 물리학을 연결시키며 공의 세계와 허수의 세계와 양자의 세계가 한 현상을 이야기한다는 소신을 밝힌다. 어느 과학자는 죽음을 앞두고 아들에게 마지막으로 던진 말이 '세상은 하나의 양자로 구성되어 있다'였다고 한다. 이는 불교의 공空 사상과 직결되는 말이기도 하다.

내가 만나자고 하던 아우성은 그녀의 비어가는 몸뚱이를

향한 손짓이었을까. 그 어디쯤에서 부딪쳐 나온 신호가 나를 초대한 것인가. 그녀는 도를 이루고 간 것일까. 그녀가 가고 있는 곳이 정녕 그녀가 말하던 그곳이 맞는걸까. …… 그녀 뒤에 가부좌를 튼 석가모니 부처님은 웃는 중인가 웃음 끝인가. 꼭 다문 그녀의 입가에도 부처를 닮은 모호한 미소가 걸려있다.

화자가 스님을 만나러 가는 길은 마지막을 배웅하는 길이었다. 또한, 스님의 새로운 시작을 만나는 순간이기도 했다. 삶이 인과의 고리로 이어지듯 죽음 또한 인과로 연결됨을, 우리가 가진 불성 또한 이 인과의 고리에 이어져 있음을 확인하는 순간이었다. 그녀의 소설처럼 현란하거나 과장되지 않지만 무게가 있는 울림이 조용히 다가오는 시간이기도 했다. 과학적 사실과 불교적 관념을 두 여성을 통해 부드럽고 자연스럽게 풀어낸 작가의 역량에 새삼 마음이 따뜻해진다.

이렇게 읽었다

비상구 앞에서 서성이다
— 「비상구」를 읽고

비상구 앞을 서성이는 여자!

소설가 이목연의 「비상구」를 읽고 난 뒤의 느낌이 그랬다.

초, 분 단위로 변해가는 세상을 살아내는 현대인들, 코로나19로 그 어느 때보다 힘든 나날을 보내고 있는 사람들에게 탈출구가 필요한 것처럼, 긴급한 사태가 있을 때에만 열어서 사용하는 출입구! 과연 그녀에게 비상구가 열리는 것이 나올까?

이목연의 소설에서는 다양한 인물을 만날 수 있어 좋다. 세기를 뛰어넘어 역사 속에 들어 있는 인물을 끄집어내기도 하고, 기독교 신자가 부처님을 한번 만나보고 싶을 만큼 심도 있는 사찰 언저리 이야기를 펼쳐 놓기도 한다. 무엇보다 평범한 사람들의 애환을 맛깔나게 버무려내는 재주가 있다.

소설 「비상구」는 알츠하이머를 앓고 있는 친정엄마와 치매 초입에 들어선 남편을 다룬 작품이다. 어느 시인은 '눈물'이라는 시에서 치매를 '거기엔 어떤 빈틈도 행간도 없는 완벽한 감옥이 있더라'고 했다. 또 한 시인은 '영혼의 정전'이라 했다. 누군들 불치병 치매에 붙들리고 싶겠는가.

오래전에 했던 문신 자국은 엄마의 정신만큼이나 흐려져 청회색 흔적만 남아 있다. 나는 희미한 문신 자국을 따라 진하게 선을 그었다. 그 위를 한 번 더 칠하고 손으로 눈썹 끝을 살살 문질러 폈다. 비로소 엄마의 얼굴에 흡족한 빛이 돌았다. 엄마는 굿판에 나서는 무당처럼 진한 눈썹과 빨간 입술을 움씰거리며 표정을 마무리한다.

눈썹을 그리는 일로 하루를 시작하는 구순의 어머니, 소설을 읽는 내내 입가에 웃음이 물린다. 주름진 얼굴에 눈썹 그리기, 귀여움과 귀기가 함께 묻어난다. 늙어도 여자는 여자다.

반복되는 일상, 지켜보는 것으로 끝나지 않고 직접 화장까지 해주는 모녀의 화장놀이는 재미있으면서도 슬프다. 정작 젊은 '나'는 눈썹 그릴 여유가 있는지 묻고 싶다.

결혼 후 부모님을 모셔야 한다는 남편의 당당함이 좋았

이렇게 읽었다

다고 했던 여자는 이제 세상이 요구하는 그 도리와 당당함에 치어 오도 가도 못한다. 치매에 걸린 친정엄마, 외손녀 돌봄, 혼자 있는 동생의 조울에도 반응해야 한다. 반복되는 일상이 지겹고 지칠 만도 한데 화자는 전혀 내색하지 않고 담담히 숙명처럼 받아들인다. 타인을 위한다는 명분, 그 오지랖이 화자의 발목을 잡고 있다. 누구에게나 있을 법한 일이지만 그렇다고 누구나 감당할 수 있는 일은 아니다,

　젊어서 어머니한테 의존하던 남편은 나이가 들면서 나를 의지했다. 그 증세가 갑자기 심해진 것이 시어머니가 돌아가시고부터다. 엄마를 모시고 와 내가 엄마에게 신경을 쓰면서부터 더 심해진 것도 같다. 아니 어쩌면 딸이 아이를 낳고 나의 관심이 아기들에게 옮겨가면서부터 서서히 증세가 시작되었을지도 모른다.

　친정어머니가 치매센터의 도움을 받기 시작하자 한시름 놓은 화자 앞에 남편의 치매가 발목을 잡는데도 화자는 외친다. '나는 아직 견딜만하다.'

　빨간불이 들어온 줄도 모르고 앞으로 내닫던 화자는 비상구 앞에 서야 자신의 속내를 털어놓는다.

불안이 엄습해온다. 나는 정신없이 문을 두드린다. ……
손바닥이 얼얼하도록 문을 두드린다. 여전히 문은 열리지 않
는다. 더 세게, 더 세게. 귀퉁이 깨진 불빛이 문 두드리는 소
리에 장단을 맞춘다. 나도 같이 춤추고 싶다. 엄마처럼, 남편
처럼 저 비상구 안으로 걸어 들어가며 덩실덩실 춤을 추고
싶다.

엄마처럼, 남편처럼 저 비상구 안으로 걸어 들어가고
싶다. 본인도 모르게 삶의 수레바퀴에 얹혀 굴러온 고단
함이 고스란히 드러나는 말.
나는 내 삶의 수레를 내 의지대로 밀고 왔을까.
내 앞에 놓은 비상구의 불이 반짝인다.

이렇게 읽었다

공을 굴리다

1쇄 발행일 | 2021년 11월 25일

지은이 | 이목연
펴낸이 | 정화숙
펴낸곳 | 개미

출판등록 | 제313 - 2001 - 61호 1992. 2. 18
주소 | (04175) 서울시 마포구 마포대로 12, B-103호(마포동, 한신빌딩)
전화 | (02)704 - 2546
팩스 | (02)714 - 2365
E-mail | lily12140@hanmail.net

값 15,000원

＊ 본 예술표현활동 출간사업은 인천광역시, (재)인천문화재단 문화예술육성지원
  사업으로 선정되어 제작되었습니다.